- 1 -

Brant Matthews avait rencontré nombre de très belles femmes au cours de sa vie, mais aucune ne l'avait troublé comme celle qui venait de faire son entrée dans la salle de bal de l'hôtel Shangri-La de Darwin, où avait lieu la fête de fin d'année de sa société.

Vêtue d'un fourreau en lamé argenté qui flattait sa minceur et soulignait ses courbes sensuelles, Kia Benton était tout simplement parfaite : un mélange de grâce et de sophistication. Son chignon raffiné mettait l'ovale très pur de son visage en valeur, son maquillage discret rehaussait l'éclat de ses yeux bleus et la finesse de ses traits.

Ce n'était pas seulement son physique exceptionnel qui bouleversait Brant, cependant. Il y avait quelque chose en elle qui suscitait plus que du désir, un je-ne-sais-quoi qu'il n'avait jamais perçu chez une autre femme, pas même chez Julia, son ex-fiancée.

« Certainement pas chez Julia… », songea-t-il avec amertume.

Cependant, il ferait bien de se souvenir que Kia n'était pas un ange. Elle n'aimait qu'une chose : l'argent.

Il avait soupçonné sa vénalité avant même de la connaître. Dans l'avion qui le ramenait d'un voyage d'affaires en Europe, il avait vu sa photo dans la chronique mondaine d'un journal de Darwin. Arrivant à un cocktail au bras de Phillip Reid, l'associé de Brant, la jeune femme arborait un sourire triomphal. La légende ironique confirmait l'impression véhiculée par le cliché : « L'un des plus riches célibataires d'Australie va-t-il succomber au charme de sa ravissante assistante ? On dirait que Mlle Kia Benton sait se rendre indispensable, et pas seulement au bureau. »

Brant avait eu peine à en croire ses yeux. D'où sortait cette Kia ? Depuis quand Phil avait-il une nouvelle secrétaire ?

Dès son arrivée au siège de sa société, il avait constaté par lui-même que la nouvelle recrue était une femme très intéressée. En passant devant le bureau de Phillip, il l'avait vue de dos, négligemment assise sur le coin de la table, comme si elle était la maîtresse des lieux. La conversation téléphonique qu'il avait surprise avait été des plus édifiantes.

— Ne t'inquiète pas, je vais alpaguer un homme riche…, assurait-elle.

Avec un rire entendu, elle avait ajouté :

— C'est bien connu : il est aussi facile d'aimer un millionnaire qu'un mendiant.

Les jours passant, il avait dû se rendre à l'évidence : Kia Benton avait jeté son dévolu sur son associé. Ses efforts avaient été couronnés de succès. En l'espace de quelques semaines, elle l'avait littéralement enroulé autour de son petit doigt.

Brant revint au présent en entendant une femme assise face à lui à la table d'honneur s'extasier :

— Ne forment-ils pas un beau couple ?

— Ils sont faits l'un pour l'autre, renchérit une autre.

— Ne vous y trompez pas, Kia est aussi intelligente que jolie, affirma le directeur du département juridique avec un sourire rayonnant d'affection et de fierté.

Brant jura intérieurement. Jamais il n'aurait pensé que Simon, quinquagénaire d'ordinaire avisé, tomberait lui aussi sous le charme de Kia.

Il semblait être le seul à voir clair dans le jeu de l'assistante arriviste et cupide. Tous les autres souriaient avec attendrissement alors que Kia passait sous la banderole rouge et vert qui souhaitait un joyeux Noël et une bonne année à tous les employés de la société, poussant le fauteuil roulant dans lequel était installé Phillip.

Même s'il savait à quoi s'en tenir au sujet de la secrétaire dévouée, Brant ne pouvait s'empêcher de la désirer. Elle avait un effet dévastateur sur ses sens. Chaque fois qu'il la croisait dans le couloir, son pouls s'accélérait, son imagination s'emballait. Il se voyait la prendre là, contre le mur, et il regrettait amèrement de ne pas l'avoir rencontrée en premier.

Kia avait été engagée deux mois plus tôt, pour remplacer Jane, la collaboratrice de Phillip qui venait de démissionner pour raisons de santé. A cette époque, Brant était parti superviser l'ouverture d'un nouveau bureau à Paris parce que son associé refusait de quitter Darwin ainsi que sa petite amie, Lynette.

En cet instant précis, Brant vibrait du besoin animal de posséder Kia, de l'entendre gémir de plaisir sous lui, de voir la passion assombrir ses grands yeux bleus tandis qu'il la…

La voix de son chef du personnel interrompit le film érotique de ses pensées :

— Il paraît que Kia a une nouvelle voiture. Une Porsche.

— C'est sans doute un cadeau de Phil, intervint son épouse. Qu'en dis-tu, Simon ?

Craignant manifestement que Brant n'apprécie pas

sa participation aux potins de bureau, le directeur du service juridique sourit avec gêne.

— Eh bien… je n'en suis pas sûr.

— C'est compréhensible, intervint sa voisine. Phil devait craindre que Kia n'ait un accident, elle aussi. Il aura voulu qu'elle dispose d'un véhicule fiable.

Comme ses convives, Brant savait que son associé avait frôlé la mort quelques semaines plus tôt. Phil était tombé en panne en raccompagnant Kia chez elle après un dîner qui s'était prolongé tard dans la nuit. Alors qu'il descendait de voiture pour voir s'il trouvait la cause du problème, il avait été fauché par un chauffard ivre. Il s'en était sorti par miracle, avec un traumatisme crânien, de multiples fractures et une rotule en miettes. Dix jours plus tôt, il avait été consterné d'apprendre qu'il boiterait toute sa vie et, depuis, il était profondément déprimé.

Mais Phil pouvait compter sur la perle des assistantes, pensa Brant avec un sourire cynique. Durant toute son hospitalisation, Kia avait fait la navette entre le bureau et l'hôpital pour l'aider à régler les affaires courantes. Et elle avait été la première à le réconforter quand il avait rompu avec Lynette.

Elle s'était manifestement débrouillée pour être récompensée de son dévouement.

Une Porsche, rien que ça !

Brant secoua la tête. Son ami méritait mieux

qu'une femme qui avait des vues sur son compte en banque. S'il n'avait tenu qu'à lui, il aurait montré à tous, et en particulier à Phil, que Kia était loin d'être la collaboratrice et la compagne idéale qu'elle voulait paraître.

Lui aussi était riche. Elle ne se ferait pas prier pour tomber dans ses bras, il en était convaincu. Cependant, en la démasquant, il ferait souffrir Phil. Et cela, il ne le voulait à aucun prix. Il ne se rappelait que trop bien ce qu'il avait enduré quand un autre homme lui avait volé sa fiancée.

Et puis, en agissant ainsi, il mettrait sa société en péril. Il avait déjà dû corriger certaines erreurs et décisions malencontreuses de Phillip. Des tensions au sein de la direction risquaient d'anéantir des années de dur labeur.

Il n'avait pas le choix : il devait se taire et ronger son frein, conclut-il, la rage au cœur, en regardant Kia traverser la salle avec Phillip.

Cette beauté au cœur de pierre était très douée. Elle savait conquérir un public. Un sourire chaleureux aux lèvres, elle prenait soin de s'arrêter à toutes les tables, pour échanger quelques mots aimables avec chaque invité.

Ecœuré, Brant se leva brusquement. Il avait besoin d'air ! Sa compagne étant partie se laver les mains quelques minutes plus tôt, elle ne risquait pas de s'inquiéter de son absence.

Avec un peu de chance, lorsqu'il regagnerait sa place, il serait parvenu à maîtriser son attirance irrationnelle pour une femme qui ne méritait que son mépris.

Kia essayait désespérément de se détendre avant le retour de Brant à leur table. Elle savait que, comme toujours lorsqu'elle était en sa présence, elle devrait feindre l'indifférence, même si en son for intérieur, elle était sur des charbons ardents.

Dès son arrivée, elle avait senti son regard intense la brûler à travers sa robe. Elle n'en avait pas été étonnée. Depuis qu'elle l'avait rencontré, elle savait qu'il avait envie de l'attirer dans son lit.

Ce qui la choquait, en revanche, c'était de devoir admettre que Brant était loin de la laisser de marbre. Il exerçait sur elle une attirance aussi violente qu'incontrôlable. Ce soir encore, le seul fait de le savoir dans la salle avait allumé des étincelles sur sa peau et affolé son cœur.

Elle avait souhaité davantage que ses regards torrides.

Elle avait eu envie qu'il la prenne dans ses bras, qu'il l'embrasse, qu'il…

— Tout va bien, Kia ?

Prenant une inspiration tremblante, elle se força à sourire à Phillip assis à côté d'elle.

— Très bien.

Après l'avoir dévisagée avec attention, ce dernier fixa la rivière de diamants qui étincelait à son cou.

— Ce collier te va à merveille.

En fait, il avait voulu lui en faire cadeau, mais elle avait catégoriquement refusé. Pour finir, après une discussion acharnée, ils avaient atteint un compromis : elle porterait le collier à la fête de fin d'année, mais le lui rendrait dès le lendemain.

— Il est splendide.

— Une femme splendide mérite un cadeau splendide, déclara Phillip d'une voix forte.

Consciente des regards curieux braqués sur eux, elle frémit tandis qu'il lui baisait la main. Etait-il obligé d'en rajouter ? Même s'il tenait à ce que tout le monde croie qu'ils sortaient ensemble, il n'était pas obligé de se comporter comme le héros d'une mauvaise série télévisée. Mentir la mettait de plus en plus mal à l'aise et lui faisait regretter d'avoir accepté de se prêter à cette comédie.

Elle oublia jusqu'à la présence de Phillip en voyant Brant rentrer dans la salle par une des baies vitrées et gagner la piste de danse en compagnie d'une petite brune. Il était vraiment superbe, l'incarnation de la virilité, de l'assurance et de la séduction. Ses cheveux noirs coupés très courts, ses traits taillés à la serpe, son smoking noir, tout renforçait son charme ténébreux.

— Qui est la jeune femme qui danse avec Brant ? demanda un homme qui passait près de Kia. Je ne l'avais jamais vue avant.

— C'est son invitée, lui apprit quelqu'un.

Kia cacha sa surprise du mieux qu'elle put. Selon les magazines à scandale, Brant ne fréquentait que des blondes pulpeuses et sophistiquées. Et d'après Evelynn, son assistante, toutes les femmes qui passaient le voir à son bureau étaient également blondes.

Sa cavalière n'était donc pas du tout son style. Elle n'était pas laide, mais elle n'était pas belle non plus. Et elle n'avait ni l'assurance, ni l'élégance des femmes avec qui Brant était régulièrement photographié par les paparazzis. Elle semblait savoir que sa robe rouge et blanc à fleurs la rapetissait et la rendait insignifiante.

Tout comme le charisme et la prestance de Brant.

Kia savait très bien ce que l'on éprouvait à se sentir un vilain petit canard. Le cœur empli de compassion, elle regarda la femme lever timidement les yeux vers Brant, et trébucher alors qu'il lui souriait et lui murmurait quelque chose à l'oreille.

Brant Matthews, grand séducteur devant l'Eternel, avait encore frappé. Peut-être Kia devrait-elle suggérer à Evelynn de faire ajouter ce titre sur les cartes de visite de son patron.

Elle sursauta quand Phillip lui tapota le bras.

— Excuse-moi… Que disais-tu ?

— Je disais que Brant danse avec ma kinésithérapeute, Serena.

Elle ne put cacher son étonnement. Pour s'être entretenue avec Serena au téléphone à plusieurs reprises, afin de fixer ou déplacer les séances de rééducation de Phillip, elle savait que la jeune praticienne était timide à l'extrême.

Pourquoi diable Brant l'avait-il invitée à cette soirée ? En toute logique, c'était Phillip qui aurait dû lui proposer de l'amener.

Soudain, la vérité se fit jour dans l'esprit de Kia.

— Phil ! Comment as-tu pu ? chuchota-t-elle, indignée.

— Quoi donc ?

— Demander à Brant d'inviter Serena.

Phillip haussa les épaules.

— Où est le mal ? J'ai pensé que cela flatterait Serena de venir avec Brant. Et comme il n'y voyait pas d'inconvénient…

Seigneur ! Pourquoi les hommes étaient-ils aussi insensibles ? pesta Kia en silence.

— C'était une très mauvaise idée. Brant n'est pas un compagnon pour elle.

Les sourcils froncés, Phil la dévisagea d'un air perplexe.

— Que veux-tu dire ?

— Quand elle s'apercevra que tout le monde se demande ce que Brant peut lui trouver, elle se sentira encore plus mal dans sa peau et aura envie de disparaître dans un trou de souris.

— Je voulais seulement l'aider, se défendit Phillip.

Son air contrit attendrit Kia.

— Je sais, dit-elle d'une voix radoucie. C'est juste que je comprends que Serena éprouve…

Elle s'interrompit, ne voulant pas révéler qu'autrefois, elle aussi avait été timide et complexée.

— Bonsoir, Kia.

Perdue dans ses souvenirs amers, elle n'avait pas vu Brant revenir à leur table avec sa cavalière. Lorsqu'il l'embrassa sur la joue, Kia respira une bouffée de parfum boisé enivrant. Son cœur se mit à cogner si fort qu'elle entendit à peine les présentations.

— Serena, je vous présente Kia, l'assistante de Phillip. Kia, voici…

— Nous nous connaissons par téléphone, coupa Kia avec un sourire amical à l'adresse de la jeune kinésithérapeute.

Refoulant son émoi, elle s'efforça de mettre celle-ci à l'aise.

— Vous avez un très joli prénom.

— Vous trouvez ?

— Il vous va très bien, déclara Brant avant que Kia puisse répondre.

Serena rosit de plaisir et accepta la flûte de champagne qu'il lui tendait.

— Merci, Brant. C'est gentil.

— Je suis sincère. Auprès de vous, un homme se sent serein. Vous avez une influence apaisante.

Kia surprit son bref regard en coin. Sous-entendait-il qu'elle n'avait pas cette qualité ?

Quel toupet ! fulmina-t-elle en silence. Ce n'était pas sa faute à elle, s'il était frustré parce qu'il ne pouvait pas l'avoir.

— Certains hommes ne sont pas apaisants non plus, souligna-t-elle, refusant de lui laisser le dernier mot.

Brant s'adossa à sa chaise et croisa les bras. Le défi contenu dans son regard la fit frissonner.

— Vous voulez dire que certains hommes vous rendent nerveuse, Kia ?

Elle leva le menton avec dédain. Il était hors de question qu'elle admette qu'il exerçait un quelconque effet sur elle.

— Les gens ne nous affectent que si nous les laissons faire. Personne ne peut me perturber.

— Tant mieux.

Elle ne fut pas dupe de son sourire affable.

Depuis leur rencontre, son hostilité ne faisait que se renforcer. Certes, il faisait de son mieux pour donner le change, mais elle percevait son mépris dans ses yeux, dans la crispation de sa bouche.

Sans doute la tenait-il pour responsable de l'accident de son associé, parce que c'était en la ramenant chez elle que Phil avait été heurté par une voiture.

Le pire était qu'elle ne pouvait même pas se justifier en précisant qu'elle avait accompagné Phillip à cette soirée sur sa demande expresse, sans quoi Brant risquait de comprendre que son associé et elle lui mentaient quand ils prétendaient sortir ensemble.

Au départ, Phillip l'avait suppliée de jouer la comédie le temps d'un dîner d'affaires, car il devait y retrouver des relations de son ex-petite amie et voulait leur donner l'impression qu'il s'était déjà remis de sa récente rupture. Mais un mensonge en entraînant un autre, la situation avait échappé à leur contrôle, et Phil n'avait plus voulu rétablir la vérité, de peur de perdre la face. Depuis, tout le monde était convaincu qu'elle entretenait une liaison avec son patron.

Brant aussi.

Kia remarqua le muscle qui palpitait sur sa joue avant qu'il ne lui tourne le dos, comme s'il ne supportait plus de la voir.

L'irritation la gagna. Etait-ce ainsi qu'il traitait les femmes ? Les jetait-il comme des vieux vêtements devenus inutiles ?

Bien sûr... Tout le monde savait que Brant Matthews collectionnait les conquêtes. Pensait-elle avoir droit à un traitement de faveur ?

Pour recouvrer son calme, Kia observa les couples qui se pressaient sur la piste. Elle entendit vaguement Phillip expliquer à leurs convives qu'il partait pour le Queensland à la fin de la semaine suivante. Cela lui rappela qu'elle devait encore prendre son billet d'avion pour Adélaïde. Jamais elle ne s'était autant réjouie de passer les fêtes avec sa mère, son beau-père et sa sœur, loin du bureau.

Et surtout, loin des hommes qui le dirigeaient.

Elle faillit tomber de sa chaise quand, tout à coup, Phillip demanda :

— Brant ! Veux-tu faire danser Kia pour moi ?

— Quoi ? balbutia-t-elle, horrifiée.

Elle ne voulait pas se retrouver dans les bras de Brant.

C'était apparemment réciproque, constata-t-elle en percevant la tension dans la voix de ce dernier, lorsqu'il répondit :

— Kia est peut-être fatiguée.

Il lui laissait une porte de sortie, comprit-elle. Et en même temps, il lui signifiait qu'il était résolu à tout faire pour combattre le désir qu'elle lui inspirait.

Elle agita la main avec un rire forcé.

— Je préfère rester avec toi, Phillip.

— Allons donc ! Tu meurs d'envie de danser. Depuis tout à l'heure, tu bats la mesure avec ton pied.

Consciente qu'ils étaient le point de mire de toute la tablée, elle réfléchit rapidement. Refuser catégoriquement de danser avec Brant donnerait lieu à des commérages.

— D'accord, Phillip. Puisque ça *te* fait plaisir…

Autant que Brant comprenne qu'elle ne se réjouissait pas de danser avec lui.

Lorsqu'il s'inclina devant elle et lui tendit la main, elle se força à sourire. Mais déjà, ses sens étaient en émoi, et des frissons d'anticipation la parcouraient.

Une fois sur la piste, elle prit soin de rester le plus loin possible de lui, pour ne pas risquer de succomber à la tentation de se blottir contre sa chaleur et sa force si tentantes.

— Détendez-vous, Kia… Ce n'est qu'une danse, dit-il d'un ton de moquerie.

Le fourbe ! Il savait l'effet qu'il avait sur elle… Sur toutes les femmes, d'ailleurs.

— Monsieur Matthews…

Brant pinça les lèvres.

— Je vous l'ai déjà dit. Appelez-moi par mon prénom.

— Vous êtes mon patron. Je préfère rester formelle.

— Pourquoi ?

— J'ai été élevée dans le respect des mes aînés.

Le sourire de Brant révéla ses dents parfaitement alignées.

« C'est pour mieux te croquer, mon enfant », pensa-t-elle.

— Merci de me rappeler ma place.

— De rien. Je fais de mon mieux.

L'air pensif, Brant pencha la tête sur le côté.

— Je me demande pourquoi.

— Vous êtes le patron, répéta-t-elle.

La main de Grant glissa imperceptiblement vers ses reins.

— Donc, vous devez faire tout ce que je vous dis.

Kia lut dans son regard que cette consigne ne s'appliquait pas seulement au travail. Elle leva le menton.

— Je n'ai jamais été douée pour obéir aux ordres.

— On dirait que cela ne vous empêche pas d'obtenir ce que vous voulez.

— Je sais user de persuasion, comme tout le

monde, répliqua-t-elle, sans comprendre où il voulait en venir.

— Comme toutes les femmes, corrigea Brant.

Elle remarqua le pli amer de sa bouche. Ainsi, don Juan avait une piètre opinion des femmes.

— Tout le monde, répéta-t-elle. Homme, femme, enfant.

— Il paraît que vous roulez en Porsche, maintenant ?

— C'est exact.

Que venait faire sa voiture dans la conversation ? se demanda-t-elle, perplexe.

Un sourire sarcastique étira les lèvres de Brant.

— Nous devons bien vous payer.

Elle remarqua son ton accusateur, son animosité grandissante.

— Je mérite amplement mon salaire.

— Je n'en doute pas une seconde.

Brant ajouta à son oreille :

— Mais c'est surtout Phillip qui en a pour son argent.

Elle s'écarta vivement.

— Que voulez-vous dire ?

Le regard de Brant aurait fait geler le désert.

— Seulement que vous êtes la perle des assistantes. J'espère que Phil est conscient de sa chance.

Kia le dévisagea avec méfiance.

— Pourquoi ai-je l'impression que ce n'est pas un compliment ?

— Je me le demande.

Ce ping-pong verbal lui mettait les nerfs en pelote et l'épuisait.

— Serena est adorable, dit-elle poliment.

Le sourire entendu de Brant indiqua qu'il savait qu'elle tentait un changement de sujet pour ne plus être sur la sellette.

— J'apprécie sa compagnie, répondit-il d'un ton sincère.

Kia hocha la tête.

— Je n'en doute pas.

— Que voulez-vous dire ?

— A votre avis ?

Elle aussi pouvait jouer à son petit jeu du chat et de la souris.

— Vous allez répondre à toutes mes questions par une autre question ? s'impatienta Brant.

— Je fais ça ?

L'air innocent de sa cavalière ne l'abusa pas une seconde.

— Vous vous attendiez à ce que je traite Serena comme quantité négligeable, n'est-ce pas ?

Cette éventualité lui avait traversé l'esprit, admit Kia. Mais ensuite, elle s'était rappelée qu'il ne manquait jamais une occasion de charmer une femme, qu'elle soit jeune ou vieille, belle ou quelconque.

— Phillip a cru bien faire, soupira-t-elle. Cependant, il a mis Serena dans une situation difficile. Je sais combien il est douloureux de se savoir le vilain petit canard.

Brant ne cacha pas son étonnement.

— Vous ? C'est impossible.

— Adolescente, j'étais laide et insignifiante. Mon père ne manquait pas une occasion de déplorer mon physique ingrat.

Kia sourit tristement en se remémorant le nombre de fois où elle avait pleuré parce qu'elle n'était pas la fille que son père aurait voulue.

La surprise et la compassion se mêlèrent dans le regard de Brant.

— L'amour d'un père est inconditionnel, il me semble.

— Mon père est l'exception qui confirme la règle. Il ne veut queu des femmes qui ressemblent à des mannequins.

— *Des* femmes ?

— Mes parents sont divorcés, expliqua Kia. Ma mère a trouvé le bonheur avec son second mari, Gérard, un homme adorable qui est aux petits soins pour elle. Papa, lui, en est à son troisième mariage avec une midinette qui a la moitié de son âge.

— Et vous ? Comment vivez-vous cette situation ? voulut savoir Brant.

— Tout ce qui m'importe, c'est que ma mère soit enfin heureuse.

Regrettant d'en avoir trop révélé sur elle-même, Kia rappela :

— Nous parlions de Serena.

A son grand soulagement, Brant accepta une nouvelle fois de se laisser distraire.

— C'est une gentille petite.

— Je ne crois pas qu'elle apprécierait que vous la considériez comme une gamine. Elle a presque mon âge.

— Mais vous êtes tellement plus…

— Cynique ?

— J'allais dire mûre.

Kia ne put s'empêcher de sourire.

— Vous devriez me sourire plus souvent, Kia.

La chaleur contenue dans la voix de son compagnon la bouleversa. Comme Serena un peu plus tôt, elle perdit le rythme et manqua un pas.

— Certainement pas. Vous risqueriez de vous imaginer que je vous apprécie.

Brant se rembrunit.

— Cela ne risque pas d'arriver, n'est-ce pas ?

Au grand soulagement de Kia, la chanson s'achevait. Elle s'éclaircit la voix.

— Merci pour cette danse, Brant.

Comme elle se détournait pour quitter la piste, Brant la retint par l'épaule.

— Dites-le encore.

— Quoi donc ?

— Dites encore mon nom, reprit-il avec un sourire enjôleur.

Elle avait moins de mal à garder ses distances quand il reprenait ses habitudes de séducteur impénitent et lui parlait de cette voix veloutée.

— Brant *Matthews*.

Le visage crispé par l'irritation, Brant laissa retomber sa main. Comme il aurait laissé tomber son cœur si elle le lui avait donné, pensa-t-elle avec cynisme en le suivant vers leur table.

Mais bien sûr, cela n'aurait pas pu arriver. Elle était trop consciente des risques qu'il y avait à baisser sa garde avec ce genre d'homme.

En se rasseyant près de Phillip, elle croisa son regard inquiet et se força à sourire. Même si elle regrettait d'avoir accepté de jouer la comédie, elle y voyait tout de même un avantage certain : tant que Brant la croyait avec son associé, il n'essaierait pas d'approfondir l'attirance explosive qui régnait entre eux.

Elle s'entretenait avec son autre voisin quand elle vit l'ex-petite amie de Phillip s'approcher de leur table. Petite et fluette, Lynette incarnait la féminité et la douceur, avec ses cheveux noirs de jais qui tombaient en vagues souples sur ses épaules dénudées par une robe en taffetas rose pâle.

— Que fais-tu ici, Lynette ? demanda Phillip d'un ton sec.

— Je suis venue avec Matthew Wright.

— Dois-je en déduire que c'est lui, l'homme de tes rêves ?

Kia le considéra avec étonnement. Pourquoi parlait-il à Lynette avec autant d'agressivité ? C'était lui qui avait rompu, estimant que le métier d'hôtesse de l'air de la jeune femme était incompatible avec une relation stable.

Lynette leva le menton.

— C'est plus que possible.

Kia espéra avoir été la seule à entendre le gémissement de Phillip. Dieu merci, personne ne semblait avoir perçu la tension presque palpable entre Lynette et Phillip, constata-t-elle après un rapide regard autour d'elle.

— Quelle coïncidence ! s'écria ce dernier avec une jovialité forcée lorsqu'il recouvra sa voix.

Lui prenant la main, il annonça avec un sourire triomphal :

— Figure-toi que moi aussi, j'ai trouvé le grand amour. Et ce soir, je suis l'homme le plus heureux du monde, car Kia a accepté de m'épouser.

- 2 -

— Tu vas épouser Kia ? balbutia Lynette, le visage blême, juste au moment où il y avait une pause dans les conversations.

Aussitôt, ce fut la révolution autour d'eux.

— Qui va se marier ?

— Félicitations, Phillip !

— Je savais bien qu'il y avait quelque chose de sérieux entre vous.

— Petits cachottiers !

Kia resta pétrifiée sur sa chaise. Avait-elle bien compris ? Phillip avait-il réellement dit ce qu'elle croyait avoir entendu ?

Comme pour dissiper ses doutes, ce dernier porta sa main à ses lèvres.

— Je sais, chérie, dit-il d'un ton apaisant. Nous avions prévu de garder le secret jusqu'à la fin des vacances, mais je ne pouvais plus attendre…

Avec un regard suppliant, il ajouta :

— Tu me pardonnes ?

Elle allait le tuer ! maugréa-t-elle en silence. Mais plus tard, car elle ne pouvait pas lui faire perdre la face devant ses amis, ses relations et ses employés.

Et surtout devant Lynette.

Celle pour qui il avait monté leur petite comédie au départ.

L'esprit en déroute, elle chercha une réponse.

— Phillip, je… je…

— Des détails ! Nous voulons des détails ! réclama une femme à la table voisine.

— Quand aura lieu la cérémonie ? voulut savoir Simon.

— Allez-vous vous marier dans l'intimité ou en grande pompe ? demanda son épouse.

C'était aussi bien qu'on lui ait coupé la parole, décida Kia. Elle ne savait même pas ce qu'elle avait été sur le point de dire.

— Où est votre bague de fiançailles ? interrogea une secrétaire du service marketing.

Avec un petit rire, Phillip leva la main pour endiguer le flot des questions.

— Nous n'avons encore rien prévu. J'ai fait ma demande juste avant de venir ici.

Il sourit à Kia avec adoration.

— Mais nous choisirons ta bague avant Noël, n'est-ce pas chérie ?

Encore sous le choc, Kia ne parvenait pas à décider de la conduite à adopter.

— Eh bien…

— Comme c'est romantique ! s'extasia une autre femme en joignant les mains avec un soupir rêveur.

— N'est-ce pas ? ironisa Brant.

Kia lut dans ses yeux qu'il avait des doutes sur la prétendue romance de son associé. Elle frémit en imaginant sa réaction quand il découvrirait qu'elle lui avait menti.

Pour des raisons qu'elle ignorait, Phillip avait insisté pour que personne ne soit mis dans la confidence, et surtout pas Brant. De son côté, elle avait vu un intérêt à garder un secret absolu. Faire semblant de sortir avec Phillip lui assurerait un minimum de protection contre le désir qu'elle voyait flamboyer dans les yeux de Brant chaque fois qu'ils se trouvaient dans la même pièce.

Lynette avait fini par se reprendre.

— Toutes mes félicitations, Phillip. Je vous souhaite beaucoup de bonheur.

Kia remarqua sa soudaine pâleur et le trémolo dans sa voix.

— Je vous laisse, Matt m'attend, ajouta Lynette après un silence tendu.

— Au revoir, Lynette, dit Phillip dans un murmure.

Voyant ses épaules s'affaisser, Kia s'en voulut plus que jamais de s'être prêtée à sa comédie. Sur le moment, leur mensonge lui avait paru inoffensif. Pourtant, Lynette avait été au bord des larmes. Et Phillip était catastrophé. S'il avait su que son ex-petite amie viendrait à la soirée, il n'aurait certainement pas…

Kia tressaillit alors que la vérité s'imposait à son esprit. Phillip avait appris que Lynette serait présente. Voilà pourquoi il avait été si distrait au bureau, durant l'après-midi, et pourquoi il avait tenu à ce qu'elle porte son collier de diamants. S'il avait insisté pour que Brant la fasse danser, c'était pour que tout le monde la voie et l'admire.

Surtout Lynette.

Kia frémit de rage en comprenant que Phillip s'était servi d'elle pour mettre à exécution un plan machiavélique et cruel.

Dès qu'ils seraient seuls, elle lui dirait sa façon de penser et elle exigerait qu'il rétablisse la vérité !

C'est du moins ce qu'elle se promit.

Faisant appel à tout son contrôle, elle parvint à garder son calme et à faire comme si de rien n'était durant tout le repas. Cependant, elle sentit que Brant ne la quittait pas des yeux et qu'il épiait ses moindres gestes, comme s'il voulait s'assurer que son comportement était bien celui d'une fiancée heureuse et épanouie.

Elle fut prise au dépourvu quand le café fut servi, et que Phillip écarta son fauteuil roulant de la table.

— Je dois vous laisser, lança-t-il à la cantonade. Je suis épuisé et ma jambe me fait très mal.

Kia se souvint alors qu'il n'avait pratiquement rien mangé et qu'il avait à peine desserré les dents pendant le dîner. Sans doute était-il rongé par le remords d'avoir peiné son ex-petite amie.

Il n'avait que ce qu'il méritait, décida-t-elle avec un regain de colère. Et il était hors de question qu'il s'en aille en la jetant en pâture aux loups.

Et surtout à un loup nommé Brant.

— Je rentre avec toi, dit-elle en tendant la main vers sa pochette.

Phillip lui serra gentiment l'épaule.

— C'est inutile, chérie… Je vais aller directement me coucher.

Faisant la sourde oreille, elle repoussa sa chaise. Il n'allait pas s'en tirer si facilement. Ils allaient avoir une petite explication, foi de Kia.

Et ce, dès maintenant.

— Je rentre chez moi aussi.

— Je t'en prie, reste…, insista Phillip. Je m'en voudrais trop d'avoir gâché ta soirée.

Au comble de l'irritation, elle le foudroya du

regard. Sa colère retomba quand elle vit ses traits défaits. Revoir Lynette l'avait vraiment bouleversé.

— D'accord, Phillip. Repose-toi bien pour être en forme pour le vernissage de demain.

Il aurait intérêt, alors, à répondre de son comportement inqualifiable.

Phillip évita son regard.

— Je t'appelle tout à l'heure, pour savoir si tu es bien rentrée.

— Ne t'inquiète pas, Phil. Je raccompagnerai Kia, promit Brant.

Paniquée, elle secoua la tête. Elle ne voulait pas se retrouver en tête à tête avec Brant.

— Je prendrai un taxi.

— C'est hors de question.

Brant fixa ses seins qui se soulevaient rapidement sous sa robe argentée.

— Encore la semaine dernière, une femme a été agressée alors qu'elle sortait d'un hôtel, rappela-t-il.

Haussant les épaules, elle répliqua :

— La police a arrêté le coupable. C'était un soupirant éconduit. Pas un maniaque ou un tueur en série. Je me débrouillerai.

— Brant a raison, intervint Phillip. Tu ne dois pas rentrer seule.

Au comble de l'exaspération, Kia leva les yeux au ciel.

— Je ne suis pas une gamine ! Je sais me débrouiller, tout de même…

Une lueur ironique dans le regard, Brant demanda :

— Vous ne voulez pas que votre… « fiancé » s'inquiète et passe une nuit blanche, n'est-ce pas ?

Kia contint un gémissement consterné. Il avait un argument imparable et il le savait.

— D'accord, marmonna-t-elle. Je rentrerai avec vous.

Se tournant vers Phillip, elle reprit d'un ton sans réplique :

— Laisse-moi au moins te raccompagner dans le hall.

Elle eut tout juste le temps de lui reprocher de l'avoir mise dans une situation impossible, et elle lui extorqua la promesse qu'ils auraient une discussion sérieuse dès le lendemain. Dès qu'ils arrivèrent devant la sortie, le chauffeur de Phillip prit la relève et poussa le fauteuil roulant vers sa voiture.

A pas lents, elle regagna la salle de bal et se prépara à affronter Brant sans la protection de son prétendu fiancé.

S'il avait un mot ou un geste déplacé, elle lui

renverserait son verre de champagne sur la tête ! se jura-t-elle en espérant presque en arriver là.

Dès qu'elle posa le pied dans la salle de bal, le regard intense de Brant l'enveloppa comme une flamme. Il feignait d'écouter Simon, mais il lui signifiait, avec ses yeux, qu'il mourait d'envie de posséder son corps.

Justement, elle ferait bien de se souvenir qu'il ne voulait que son corps.

— Hé, beauté ! Tu viens danser ?

Stupéfaite de s'entendre apostropher de la sorte, elle fit volte-face et se trouva nez à nez avec Danny Tripp, un stagiaire du service comptable, qui d'ordinaire rougissait jusqu'aux oreilles et se mettait à bégayer chaque fois qu'elle lui adressait la parole. L'abus d'alcool et les encouragements bruyants de la tablée des moins de vingt ans avaient manifestement fait perdre ses inhibitions au timide jeune homme.

« Merveilleux ! » soupira intérieurement Kia. Encore un qui voulait l'attirer dans son lit !

Cependant, si Danny était un enfant dans un corps d'homme, Brant Matthews, lui, était un homme, un vrai.

Lorsqu'elle se tourna instinctivement vers ce dernier, elle remarqua la crispation de ses traits virils. Il n'appréciait pas qu'un autre mâle s'aventure sur son territoire.

Son territoire ? Depuis quand se considérait-elle comme la propriété de Brant ?

C'était absurde…

Et pourtant, elle ne pouvait s'en empêcher.

Reportant son attention sur le jeune stagiaire, elle lui sourit avec bienveillance pour ne pas l'humilier devant ses compagnons de table.

— C'est gentil de m'inviter à danser, Danny.

Une profonde surprise se peignit sur le visage du jeune homme avant qu'il ne se ressaisisse et l'entraîne vers la piste. Là, il l'enlaça et enfouit le visage dans son cou.

Gentiment mais fermement, elle le fit reculer à distance respectable.

— Danny, je…

— Ne parle surtout pas, chérie.

La prenant par les hanches, il la ramena sans ménagement contre lui.

— Danny !

Son ton indigné parut atteindre l'esprit embrumé de son cavalier. Il relâcha son étreinte avec un sourire penaud.

— Je suis désolé, Kia… Tu me montes à la tête.

— C'est l'alcool qui est en cause, pas moi, corrigea-t-elle.

— Je n'ai pas l'habitude de boire du rhum, admit Danny.

Elle le soupçonna de ne pas avoir l'habitude de boire du tout.

— Une fois, j'ai abusé du brandy et j'ai été malade pendant une semaine, raconta-t-elle pour détendre l'atmosphère.

— Toi ?

Il la considéra avec incrédulité.

— J'ai été jeune, moi aussi, plaisanta-t-elle.

Elle se rembrunit en se rappelant qu'elle avait à peine quinze ans quand, décrochant le poste de sa chambre pour appeler une amie, elle avait surpris une conversation téléphonique entre ses parents qui l'avait accablée de chagrin. Son père était en train de dire qu'il ne voulait pas de son « laideron de fille » à son deuxième mariage.

Bien sûr, elle avait feint l'indifférence quand, ensuite, sa mère avait prétexté une erreur dans l'organisation de la cérémonie pour expliquer qu'il n'y aurait pas de place pour elle. Mais lorsqu'elle s'était rendue à la fête d'une amie le même soir, elle avait bu plus que de raison, pour s'étourdir et ne plus penser à rien. Elle avait ensuite appris, de la manière la plus dure qui soit, que l'alcool ne résolvait aucun problème.

— J'espère que ce que je viens de te confier restera entre nous, dit-elle en s'efforçant de revenir au présent.

— Vas-y, Danny ! Tu es sur la bonne voie ! lança une voix pâteuse à la table des jeunes.

Danny manqua un pas.

— Excuse-moi, Kia. Je n'ai pas entendu.

— Je compte sur ta discrétion. J'ai une réputation à tenir, plaisanta-t-elle.

Du coin de l'œil, Danny regarda ses amis qui l'applaudissaient.

— Je ne dirai rien.

Lorsqu'il se pencha vers elle comme s'il lui chuchotait des mots tendres, Kia comprit qu'il ne voulait pas perdre la face devant ses amis. Elle se mordit la lèvre. Devait-elle attendre la fin de la chanson ou inventer une excuse pour pouvoir regagner sa place dès maintenant ?

Elle sursauta quand il lui caressa le bas du dos. Cette fois, il allait trop loin : elle devait réagir.

— Danny, je…

— Ça suffit ! décréta une voix autoritaire derrière elle.

Danny leva les yeux et pâlit.

— Je… je ne fais rien de mal, monsieur Matthews.

— Je sais exactement ce que tu fais, Daniel.

Brant indiqua la table des jeunes.

— Retourne t'asseoir. Je doute que M. Reid soit content quand je lui raconterai que tu as importuné son assistante.

L'air affolé, Danny secoua la tête.

— Je m'amusais, c'est tout… Je vous en prie, monsieur Matthews, ne dites rien à M. Reid.

En le voyant quitter la piste sans demander son reste, Kia ne put s'empêcher de le plaindre. Brant pouvait être très intimidant et impressionnant, quand il le décidait.

Son cœur se mit à battre la chamade lorsque Brant la prit dans ses bras. Rien, dans sa manière de la tenir, n'était indécent ou inapproprié, et pourtant, elle n'arrivait plus à respirer.

La tête lui tournait comme si elle était ivre.

Furieuse d'être à ce point troublée par leur proximité, elle demanda d'un ton glacial :

— Aviez-vous besoin de terroriser ce pauvre garçon ?

— Il le méritait.

Elle constata que le regard de Brant était aussi féroce que sa voix. Etait-elle la seule à percevoir le prédateur impitoyable qui se cachait sous sa façade d'homme d'affaires civilisé ?

Oui, sans doute.

— Vous n'aviez pas à intervenir, lança-t-elle.

— Phillip m'a chargé de veiller sur sa… fiancée.

Ignorant sa pause lourde de sous-entendus, elle haussa les épaules.

— Danny est un gamin inoffensif.

— C'est déjà un homme, corrigea Brant. Il aurait voulu vous prendre ici, sur la piste.

Il haussa les épaules.

— Evidemment, si ce genre de chose vous excite..., ajouta-t-il.

— Taisez-vous, Brant !

Kia eut du mal à dire qui, de son cavalier ou d'elle, était le plus surpris par son éclat de voix.

Avant qu'elle puisse s'excuser de lui avoir parlé si durement, Brant reprit sur le ton de la plaisanterie :

— Alléluia ! Elle a prononcé mon nom...

Elle ne put contenir un sourire amusé. Certes, elle pouvait lui concéder cette petite victoire, d'autant plus qu'il l'avait sortie d'une situation potentiellement gênante et désagréable.

— Si cela peut vous soulager, je dirai à Danny que l'incident de ce soir ne prête pas à conséquence, promit Brant. Mais j'attendrai lundi pour lui parler. Cela lui fera du bien de s'inquiéter tout le week-end. Il doit retenir la leçon : on ne fait pas d'avances à la femme de son patron.

Quel patron ? faillit demander Kia, alors qu'un délicieux frisson la parcourait à l'idée d'être la femme de Brant...

Une des femmes de Brant, corrigea-t-elle intérieurement.

Après un bref silence, ce dernier reprit :

— Si j'ai bien compris, les félicitations sont de rigueur.

Incapable de mentir effrontément, elle se contenta de hocher la tête.

— Vous m'avez étonné, confia-t-il. La plupart des femmes n'auraient pas su garder un tel secret.

— Je ne suis pas « la plupart des femmes ».

— C'est certain.

A son ton acide, Kia sut qu'il ne lui adressait pas un compliment. Mais avant qu'elle puisse demander une explication, il effleura son collier et déclara :

— Il n'y a pas à dire, les diamants vous vont bien. C'est encore un cadeau de Phillip ?

Elle fronça légèrement les sourcils.

— « Encore » ? Que voulez-vous dire ?

— Vous aviez déjà eu une Porsche, non ?

Au comble de la surprise, elle manqua un pas.

— Phillip ne m'a pas offert ma voiture.

— Mais ce collier, si.

Brant secoua la tête.

— Phil a le cœur sur la main, ajouta-t-il. Cela le perdra.

La froideur de son regard indiqua à Kia qu'il était convaincu qu'elle ferait tout pour continuer à profiter des largesses de son associé.

Durant quelques secondes, elle se demanda

pourquoi il avait une si piètre opinion d'elle. Que lui avait-elle donc fait ?

Ou plutôt que ne lui avait-elle pas fait ? corrigea-t-elle en silence. Lui en voulait-il parce qu'elle n'était pas tombée dans ses bras ?

Si elle précisait qu'elle allait rendre le collier à Phillip dès le lendemain, Brant lui demanderait pourquoi. Une explication risquait d'en entraîner une autre, qu'elle n'était pas forcément prête à donner.

Qu'il pense ce qu'il voulait, après tout. De toute façon, il la croyait déjà capable du pire, et elle sentait que rien de ce qu'elle pourrait dire ne l'amènerait à changer d'avis.

Perdue dans ses sombres pensées, Kia mit plusieurs secondes à s'apercevoir qu'un slow avait commencé. Brant avait resserré son étreinte pour suivre la musique langoureuse. A chaque pas, les pointes de ses seins frôlaient son torse, et sa cuisse frôlait la sienne.

— Vous allez bien ?

La voix rauque de son cavalier la fit sursauter. Elle leva les yeux et le regretta aussitôt. Le désir qui flamboyait dans ses prunelles chocolat se propagea à chaque parcelle de son corps, lui donnant envie de se lover contre lui, de s'offrir à ses baisers et à ses caresses.

Brant avait lu dans ses pensées. Ce n'étaient

même plus des pensées, d'ailleurs... C'était là, sur son visage, dans les cognements de son cœur contre le sien, dans la tension qui émanait de son corps.

— C'est...

Elle s'humecta les lèvres.

— Il fait chaud. Il y a trop de monde sur la piste.

Après avoir longuement fixé sa bouche, Brant étudia sa coiffure.

— Vous ne détachez jamais vos cheveux ?

Lui demandait-il s'il la verrait un jour sans son chignon ? S'il pourrait enfouir ses doigts dans ses cheveux en lui faisant l'amour ?

L'image qui traversa son esprit la fit frissonner violemment. Elle devait sortir de cette salle, s'enfuir loin de Brant sans plus tarder.

Si Phillip était resté avec elle, elle n'aurait pas eu besoin...

Phillip ! Bien sûr ! Comment n'y avait-elle pas pensé avant ?

Recouvrant un semblant d'assurance, elle sourit suavement.

— Si, pour mon fiancé.

Comme elle l'espérait, Brant reprit aussitôt ses distances. Un muscle palpita sur sa joue.

— Mon associé était bien taciturne, ce soir.

Elle comprit ce qu'il sous-entendait : normalement, Phillip aurait dû être transporté de joie par leurs fiançailles.

— Phillip en a beaucoup trop fait, cette semaine.

Le regard de Brant se fit inquisiteur.

— C'est tout ?

Elle haussa les épaules.

— Etre le centre de l'attention durant tout le dîner l'aura mis mal à l'aise. Il a toujours peur qu'on ait pitié de lui parce qu'il va boiter toute sa vie.

— Vous avez sans doute raison.

A son grand soulagement, Brant l'accompagna jusqu'à leur table dès la fin de la chanson. Une fois assise, elle s'éventa avec sa serviette. Sa peau la brûlait aux endroits où elle avait été en contact avec lui. Une danse de plus, et elle aurait pris feu.

— Vous semblez nerveuse…, constata Serena en l'enveloppant d'un regard plein de sollicitude.

Kia se força à sourire.

— Phil me manque. Je regrette qu'il soit parti si tôt.

Son interlocutrice hocha la tête avec sympathie.

— Il lui faut du temps pour accepter le verdict des médecins. Mais vous verrez, il finira par aller bien.

— Je l'espère.

Les remords de Kia s'accrurent quand ses autres compagnons de table s'enquirent également de son bien-être. Elle n'était qu'une menteuse et une tricheuse : elle ne méritait pas leur affection et leur sympathie. Ils étaient tous si gentils et attentionnés !

Sauf Brant, corrigea-t-elle en silence, observant celui-ci du coin de l'œil. Chaque fois qu'elle croisait son regard, elle y lisait le soupçon et une hostilité larvée.

Lorsque Simon, désirant la distraire, décida de lui montrer qu'il savait encore danser le rock, elle le suivit sur la piste sans se faire prier. Elle rit de bon cœur tandis qu'il enchaînait des passes élaborées en bombant le torse.

— Tu le paieras demain, prédit l'épouse de Simon quand ils revinrent s'asseoir.

Avant que Kia puisse reprendre son souffle, Bill Stewart, un autre directeur de département, exigea lui aussi une danse. Elle comprit alors que les deux hommes s'étaient entendus pour lui faire oublier l'absence de son prétendu fiancé, quand Simon se leva de nouveau et lui tendit la main dès qu'elle regagna sa place.

— Pitié…, supplia-t-elle en se laissant tomber sur sa chaise.

S'ils continuaient ainsi, ils allaient la tuer à force de gentillesse.

— Mais…, commença Simon.

— Fini, décréta Brant du ton d'un homme habitué à se faire obéir. Kia semble épuisée.

Elle détestait lui donner raison. Mais d'un autre côté, elle aspirait à boire un verre d'eau au calme.

— Je vais souffler un peu, dit-elle avec un sourire d'excuse à Simon.

— Pour être franc, confia le quinquagénaire avec un petit rire, je ne suis pas sûr que j'aurais pu tenir encore une danse sans m'écrouler.

A minuit, le disc-jockey commença à diffuser de la techno à un volume assourdissant. Les invités les plus âgés décidèrent de rentrer chez eux.

— Mesdames, voulez-vous partir aussi ? proposa Brant en regardant Serena puis Kia.

Cette dernière aurait dansé jusqu'à l'aube pour ne pas risquer de se retrouver seule avec lui. Cependant, elle savait qu'elle ne pouvait obliger Serena à veiller toute la nuit.

— Cela dépend de Serena, répondit-elle poliment.

— Je suis prête.

La jeune kiné étouffa un bâillement derrière sa main.

— J'ai un rendez-vous très tôt, demain matin.

— Pas de grasse matinée dominicale ? plaisanta Kia.

Brant but le reste de son verre d'eau d'une traite et se leva.

— En route.

Serena ne parut pas remarquer son ton sec. Elle continua à bavarder gaiement en gagnant le hall. Kia, en revanche, se demanda pourquoi il était contrarié.

Etait-ce parce qu'il venait de comprendre qu'il dormirait seul cette nuit ?

Sans doute pas. Ce séducteur ne devait avoir que l'embarras du choix, quand il voulait de la compagnie.

Elle oublia ses réflexions quand le voiturier arrêta la Mercedes grise de Brant devant l'entrée.

— Puisque vous habitez à quelques rues d'ici, je vais vous ramener en premier, dit Brant à Serena, tandis qu'il l'aidait à s'installer sur la banquette arrière. Comme ça, vous gagnerez quelques minutes de sommeil.

Elle le remercia d'un sourire timide.

— Comme vous voulez.

Kia vit ses derniers espoirs s'envoler. Comme elle l'avait redouté, elle allait rester en tête à tête avec Brant pendant dix bonnes minutes.

Elle allait s'asseoir à côté de Serena quand Brant la prit par le coude et l'entraîna vers l'avant de la voiture. Elle se laissa faire sans mot dire.

Tandis qu'il prenait place derrière le volant, elle

sentit son cœur s'emballer. Bientôt, elle se retrouverait seule avec un homme qui la faisait chavirer de désir simplement en lui touchant le bras.

Tout compte fait, c'était une très bonne chose qu'elle soit « fiancée ».

- 3 -

Durant le bref trajet jusqu'à l'appartement de Serena, Kia tenta de faire contre mauvaise fortune bon cœur en se répétant qu'au moins, la timide jeune femme était en sécurité. Non pas que Brant aurait tenté quoi que ce soit pour attirer celle-ci dans son lit. A en juger par son attitude bienveillante et sans équivoque, il ne la considérait pas comme une proie potentielle. Cependant, il était de ces hommes pour qui plaire et charmer est aussi naturel et vital que respirer.

Comme le père de Kia…

Moins de cinq minutes plus tard, celle-ci regardait Brant raccompagner Serena jusqu'à sa porte et l'embrasser sur la joue.

— Ai-je été assez chaste pour vous ? demanda-t-il d'un ton moqueur en revenant dans la voiture.

Du point de vue de Kia, un baiser de Brant Matthews ne pouvait rien avoir de chaste.

— Je suis étonnée que vous connaissiez ce mot, répliqua-t-elle avec une ironie mordante.

— Je peux dire la même chose de vous, riposta-t-il en lançant le moteur.

Elle ouvrit de grands yeux.

— Pourquoi ?

Il fixa ouvertement ses seins.

— Vous êtes la tentation incarnée. Pourquoi pensez-vous que le jeune Danny a perdu la tête, ce soir ?

Après un bref silence, il fronça les sourcils.

— Phillip ne vous a pas dit que vous étiez très sexy ?

Phillip la respectait. Il ne se serait jamais permis de lui parler de la sorte, pensa Kia.

— Si, bien sûr, mentit-elle.

— Alors pourquoi vous étonnez-vous de l'effet que vous avez sur les hommes ?

— C'est juste que…

Elle réfléchit fébrilement.

— Depuis l'accident, Phil et moi pensons moins à nous qu'à sa santé, improvisa-t-elle.

Brant parut accepter cette explication.

— C'est vrai qu'il traverse une période éprouvante, difficile, physiquement et moralement.

Après l'avoir enveloppée d'un regard appréciateur, il ajouta :

— Mais si une femme peut le distraire de ses préoccupations, c'est bien vous.

Piquée au vif par sa remarque, Kia rétorqua vertement :

— Vous avez manqué votre vocation. Vous auriez dû animer un talk-show.

Le rire de Brant lui coupa le souffle. Elle comprit alors pourquoi il subjuguait les femmes de tous âges.

Même si elle ne l'appréciait guère, elle devait bien reconnaître qu'elle était bouleversée par son charme et son assurance virile.

Un chantier mobile obligea Brant à ralentir et à concentrer son attention sur la route. A part les brèves indications que Kia lui donna, ils effectuèrent le reste du trajet en silence.

— C'est la dernière maison, informa-t-elle en indiquant sa rue en cul-de-sac.

Quelques secondes plus tard, Brant coupait le contact et étudiait la grande villa en L nichée au milieu d'un bosquet d'arbres.

— Vous vivez seule ?

— Il y a un appartement dans chaque aile, répondit Kia. J'occupe celui qui donne sur la cour.

Brant vint lui ouvrir sa portière.

— Je vous raccompagne jusqu'à votre porte.

Ayant déjà pu constater que lorsqu'il avait quelque chose en tête, rien ne pouvait l'en dissuader, elle n'essaya même pas de discuter. Cependant, lorsqu'il lui tendit la main pour l'aider à descendre de voiture, elle marqua une légère hésitation. Son pouls était déjà erratique… Toucher Brant allait l'affoler davantage.

Retenant son souffle, elle nicha sa main dans sa large paume. Comme elle s'y attendait, des étincelles crépitèrent sur sa peau. Cependant, elle fut surprise de constater que Brant gardait la main ouverte, la laissant libre d'enlacer ses doigts aux siens ou de prendre seulement appui sur lui.

« C'est donc comme ça qu'il fait l'amour… Il laisse sa partenaire donner le tempo. »

Cette pensée surgie de nulle part suffit à faire durcir les pointes de ses seins. Heureusement, Brant ne parut pas remarquer son trouble. Il laissa retomber sa main et recula avant que leurs corps puissent se toucher.

— Par ici, indiqua-t-elle d'une voix rauque, en s'avançant sur l'allée goudronnée qui contournait la maison.

En passant devant son garage, elle regretta une fois de plus de n'avoir pas pris sa Porsche pour se rendre à cette soirée.

La Porsche que Brant imaginait être un cadeau de Phillip…

Elle oublia l'opinion que son compagnon avait

d'elle en s'apercevant que sa porte était grande ouverte.

— Mon Dieu ! Que…

Brant comprit aussitôt ce qui s'était passé.

— Ne bougez pas, ordonna-t-il en passant devant elle.

Elle l'entendit jurer dans sa barbe alors que sa main tâtonnait sur le mur à la recherche de l'interrupteur. Quand la lumière jaillit dans la cuisine, elle vit la vitre brisée de la porte, les morceaux de verre sur le sol.

Quelqu'un avait bel et bien pénétré chez elle.

— Vous pensez qu'il est encore ici ? demanda-t-elle d'une voix chevrotante.

— Si c'est le cas…

Le visage sombre, Brant prit son portable de la poche de sa veste.

— … il va le regretter.

Kia admira son calme tandis qu'il expliquait la raison de son appel au policier de permanence. Cependant, elle nota l'éclat féroce de son regard, la veine qui battait sur sa tempe. S'il était encore chez elle, le voleur passerait un sale quart d'heure.

Après avoir raccroché, Brant l'informa :

— Les policiers sont débordés. Ils ne pourront pas venir avant au moins une demi-heure.

Pour la première fois de la soirée, Kia fut soulagée de l'avoir à son côté. Si elle était rentrée seule…

Elle n'osait même pas y penser.

— Et maintenant ? demanda-t-elle. Que faisons-nous ?

D'un geste résolu, Brant prit un des couteaux accrochés au-dessus du plan de travail.

— Je joue les héros.

Voyant son expression horrifiée, il fronça les sourcils.

— Qu'y a-t-il ?

— Vous comptez vous servir de ce couteau ?

Il haussa les épaules.

— C'est juste une précaution. Surtout, restez bien derrière moi.

Elle le suivit comme son ombre alors qu'il gagnait le salon. Là, elle s'aperçut que son ordinateur portable, son lecteur de DVD et sa chaîne hi-fi avaient disparu, avec une pendulette ancienne et toute son argenterie.

Le voleur semblait avoir limité son exploration au rez-de-chaussée, constata-t-elle avec soulagement, quand Brant alluma la lumière dans sa chambre. Son coffret à bijoux était sur la commode, ses CD et son baladeur dans la table de nuit. Elle aurait détesté penser qu'un étranger avait pénétré dans son intimité, fouillé ses tiroirs, touché ses sous-vêtements…

Sentant son haut-le-corps, Brant lui serra gentiment le bras.

— Ça va ?

Elle fixa ses longs doigts musclés, regrettant de ne pas pouvoir s'imprégner de leur force, de leur chaleur.

— Kia ?

Lorsqu'elle croisa son regard, un autre frisson la parcourut, qui n'avait rien à voir avec la peur.

Il allait l'embrasser.

Elle voulait qu'il l'embrasse.

Elle sursauta en entendant des pas dans la cuisine.

— C'est la police, annonça une voix masculine. Tout va bien ?

— Il était temps ! maugréa Brant.

Se précipitant dans le couloir, il cria :

— Nous sommes en haut… J'arrive !

Kia combattit sa déception et son irritation. Il ne lui avait même pas accordé un regard. C'était exactement ainsi qu'il se comporterait, si elle cédait à son attirance pour lui. Dès qu'elle ne présenterait plus d'intérêt, il oublierait jusqu'à son existence.

De toute façon, elle ne finirait jamais dans son lit, se jura-t-elle en redressant les épaules. Si elle avait failli perdre la tête et le laisser l'embrasser, c'était uniquement parce qu'elle était encore sous le choc de cette effraction.

Lorsqu'elle arriva dans la cuisine, l'officier de police d'une cinquantaine d'années et son assistant l'invitèrent à s'asseoir. Tandis qu'elle répondait à leurs questions, Brant s'adossa au buffet, les bras croisés, le regard intense.

Intimidé, le plus jeune des policiers se mit à bégayer. Son supérieur prit les choses en main.

— C'est probablement un drogué, conclut-il avec un haussement d'épaules fataliste, après avoir enregistré la plainte de Kia. Ces gens-là sont prêts à tout pour se procurer de quoi se payer une dose.

Après un regard sur les diamants qui brillaient sur le cou de Kia, il ajouta :

— C'est une chance que vous ayez porté votre collier ce soir.

Du coin de l'œil, Kia vit Brant serrer les dents. Il semblait furieux, comme s'il ne supportait pas l'idée que Phillip lui ait fait un cadeau. Pourquoi donc ?

Elle oublia sa perplexité quand l'officier de police lui suggéra d'ajouter un verrou sur sa porte et de prendre un chien de garde.

— Ma propriétaire a un berger allemand, précisa-t-elle. Elle habite l'autre appartement…

Saisie d'une soudaine inquiétude, elle se mit à trembler comme une feuille.

— June est partie avec Ralphie pour le week-end. Pourriez-vous vérifier si elle a été cambriolée aussi ?

— Je m'en occupe, dit le jeune policier.

Visiblement soulagé d'échapper au regard scrutateur de Brant, il se précipita dans la cour.

Le visage soucieux, son supérieur demanda :

— Quelqu'un pourrait-il venir passer la nuit avec vous, mademoiselle Benton ? Vous semblez bouleversée.

— Je vais rester, déclara Brant avant que Kia puisse répondre.

Elle se leva d'un bond.

— C'est inutile. Je sais me débrouiller seule.

Brant haussa un sourcil ironique.

— Que ferez-vous si le voleur revient ?

Cette pensée lui fit froid dans le dos. Cependant, elle feignit la nonchalance.

— Il a eu ce qu'il voulait. Il ne reviendra pas.

— A votre place, je n'en serais pas si sûr.

Irritée par son arrogance, elle le foudroya du regard.

— Arrêtez de me faire peur !

— Votre porte est grande ouverte et vous habitez au fond d'une impasse, rappela-t-il. Personne ne vous entendra crier s'il vous arrive quoi que ce soit.

Le visage implacable, il décréta :

— Je reste.

Kia s'irrita du soulagement qui s'emparait d'elle. Elle aurait dû redouter davantage sa faiblesse face au charme viril de Brant que le retour éventuel du cambrioleur.

— C'est la meilleure solution, mademoiselle Benton, assura l'officier de police avec un sourire bienveillant. Si le voleur revenait et vous trouvait seule chez vous…

Elle prit une inspiration tremblante.

— Vous avez raison.

A cet instant, l'autre policier revint dans la cuisine.

— Tout va bien, annonça-t-il. L'autre porte n'a pas été forcée.

S'adressant à son supérieur, il ajouta :

— Serge, le central m'a appelé. On a besoin de nous au poste.

— Entendu.

Après avoir rangé son calepin dans sa poche, l'officier se leva.

— Nous vous appellerons si nous avons du nouveau, promit-il à Kia et à Brant.

Après le départ des policiers, elle s'éclaircit la voix.

— Je vais vous préparer le canapé.

Brant fit la grimace.

— Si je dois me recroqueviller sur le minuscule sofa de votre salon, je ne fermerai pas l'œil.

Le cœur de Kia s'arrêta. Espérait-il dormir dans son lit ? Avec elle ?

Jamais de la vie !

Plutôt mourir !

— N'est-ce pas le but de votre présence ici ? demanda-t-elle avec hauteur. Rester réveillé pour me protéger ?

Tandis qu'elle prenait de l'eau dans le réfrigérateur, elle regretta de ne pouvoir se renverser la carafe sur la tête pour se rafraîchir les idées.

— Mon canapé est convertible. Vous y serez très bien, vous verrez.

Brant secoua la tête.

— J'aime pouvoir étendre mes jambes.

Elle ne put contenir un rire railleur.

— Cela ne doit pas vous arriver souvent.

Il la regarda droit dans les yeux.

— Je ne suis pas marié. Je ne partage mon lit que quand j'ai besoin d'affection.

— Donc tous les soirs. C'est bien ce que je disais.

Au comble de l'exaspération, elle lui tourna le dos. Si elle ne sortait pas très vite de la cuisine, elle allait l'étrangler.

— Je vais vous chercher une couverture et un oreiller.

Il avait passé une nuit blanche à tourner et retourner sur le canapé, tout en sachant que son insomnie n'était pas due à l'inconfort de son couchage, mais au fait qu'une mince cloison le séparait de la femme qui avait le don de faire bouillir son sang dans ses veines, et lui donnait envie d'oublier ses principes et sa raison.

Tout à coup, la sonnerie stridente du téléphone sur la table basse le fit sursauter. Oubliant qu'il n'était pas chez lui, il décrocha.

— Quoi ? maugréa-t-il dans le combiné.

Après un silence interloqué, une voix masculine demanda :

— Brant ? C'est toi ?

Il s'assit d'un bond.

— Phil ?

Son associé prit une longue inspiration.

— Que fais-tu chez Kia ?

— Ce n'est pas ce que tu t'imagines, se hâta de le rassurer Brant. Quand j'ai raccompagné Kia, nous nous sommes aperçus qu'elle avait été cambriolée. Je suis resté pour veiller sur elle car sa porte ne fermait plus.

Pour éviter tout malentendu, il précisa :

— J'ai dormi sur le canapé.

— Tu as bien fait, approuva Phillip. Comment va Kia ?

— Hier soir, elle était un peu secouée. Je suis sûr qu'une bonne nuit de sommeil lui aura fait du bien.

Du coin de l'œil, Brant vit Kia entrer en bâillant dans le salon. Les cheveux ébouriffés, le regard encore embrumé par le sommeil, vêtue d'une nuisette et d'un déshabillé à fleurs, elle était si belle qu'il eut envie de jeter le téléphone sur le canapé et de courir la prendre dans ses bras.

— C'est bien que tu aies été avec elle, dit Phil.

Brant remarqua que sa voix manquait de conviction.

— Je suis certain qu'elle aurait préféré que tu sois là, Phil.

A la mention de son fiancé, Kia parut se réveiller d'un coup.

— C'est Phillip ?

Lorsqu'elle lui arracha le combiné des mains, Brant perçut la tiédeur émouvante de son corps. Un violent désir s'empara de lui. Elle était si proche qu'il lui aurait suffi de tendre le bras pour la toucher, pour caresser…

Près de lui, Kia demanda :

— Brant t'a expliqué ce qui s'est passé ? Je ne peux pas croire que quelqu'un ait fait ça…

Après quelques secondes, elle expliqua :

— Il a cassé la vitre de la porte d'entrée. D'après les policiers…

Le sang de Brant bourdonna à ses oreilles quand il s'aperçut que Kia se trouvait juste dans le faisceau de soleil qui filtrait entre les doubles rideaux. Ses hanches rondes et ses longues jambes galbées se dessinaient à travers sa chemise de nuit et son déshabillé diaphane.

Le corps en feu, il se laissa retomber sur son lit de fortune et ferma les yeux de toutes ses forces. Bon sang, il devait se reprendre ! Même si Kia était d'une beauté à faire damner un saint, elle ne valait pas la peine qu'on l'admire, qu'on la désire…

— Brant ? demanda la jeune femme après avoir raccroché. Vous êtes réveillé ?

Il gémit intérieurement. Devait-elle s'adresser à lui de cette voix douce et sensuelle ? Comme si elle attendait qu'il se réveille après une nuit de passion. Comme si elle allait venir se coucher près de lui pour…

— Non, je parle toujours en dormant.

Il parlait sèchement pour cacher son émoi. Lorsqu'il rouvrit les yeux, il s'aperçut qu'elle n'était plus dans le rayon de soleil. Une déception irrationnelle envahit son cœur.

Kia pinça les lèvres et lui décocha un regard noir.

— Je n'aurai jamais l'occasion de le savoir.

Soudain, il le regrettait profondément. Mais Kia appartenait à un autre homme. Il ferait bien de s'en souvenir.

Résolu à ne plus fantasmer sur la fiancée de son associé, il se leva d'un bond et alla récupérer son pantalon sur le dossier d'un fauteuil.

— Phillip aussi parle en dormant ?

Il espérait que le fait d'évoquer son ami l'aiderait à reprendre ses esprits.

— Seulement pour me dire des mots tendres, répondit Kia après un long silence.

Une jalousie irrationnelle étreignit le cœur de Brant. C'était lui qui aurait dû chuchoter à l'oreille de Kia, au cours de cette nuit. Lui qui aurait dû se coucher près d'elle et lui faire l'amour. Phil et elle n'allaient pas ensemble.

Quelque chose ne collait pas entre ces deux-là. Quelque chose d'important... Mais quoi ? A part le fait qu'il avait voulu avoir Kia pour lui seul, il n'avait aucune raison d'éprouver ce vague sentiment de malaise quand il pensait au couple qu'elle formait avec Phillip.

— Voulez-vous prendre un café avant de partir ?

Frappé par la voix étrangement cassée de Kia, il se retourna vivement. Surprenant son regard admiratif, il réalisa soudain qu'il ne portait qu'un boxer.

Kia semblait le trouver à son goût. Pourtant, elle était fiancée depuis peu, et n'aurait pas dû être sensible au physique d'un autre homme que Phillip.

Brant fronça les sourcils alors qu'une question lui traversait l'esprit.

— Pourquoi n'avez-vous pas demandé à Phillip de venir dormir chez vous, hier soir ?

Prise de court, Kia balbutia :

— Eh bien… en fait… je ne voulais pas l'inquiéter.

— Si j'étais votre fiancé, *j'exigerais* que vous m'inquiétiez dès que vous avez le moindre problème.

Très mal à l'aise sous son regard d'aigle, elle s'humecta les lèvres.

— Phil était fatigué et souffrait beaucoup.

— A sa place, j'aimerais que vous m'appeliez si vous êtes en danger.

Elle leva le menton.

— Vous n'êtes pas Phillip.

Cela, c'était certain, acquiesça Brant en silence. Philip était l'homme d'une seule femme. Et d'après ce qu'il avait pu voir au dîner de la veille, cette femme était Lynette Kelly.

Restait à savoir si Kia le savait aussi.

Oui, bien sûr, pensa-t-il après avoir jeté un regard furtif en direction de la jeune femme. Elle ne pouvait pas ignorer qu'après avoir revu Lynette, Phil avait perdu toute sa gaieté et qu'il était devenu muet comme une carpe. Cependant, elle se préoccupait sans doute moins des sentiments de son fiancé que du solde de son compte en banque.

— Laissez tomber le café, lança-t-il avec hargne,

tout en enfilant sa chemise et son pantalon avec des gestes saccadés. Je m'en vais.

Il devait partir avant de faire ou de dire quelque chose qu'il regretterait. Phillip avait beau être encore amoureux de Lynette, il était manifestement trop orgueilleux pour tenter une réconciliation. Kia avait beaucoup de chance d'avoir mis le grappin sur un homme trop occupé à regretter son ex-petite amie pour remarquer qu'il se faisait gruger.

Tout en laçant ses chaussures, Brant ajouta :

— Je ferai réparer votre porte avant midi.

Ce qu'il aurait voulu faire, c'était enfermer Kia à double tour chez elle. Pour que tous les hommes soient à l'abri de sa beauté fatale et de sa cupidité.

— Je suis tout à fait capable de trouver un serrurier moi-même, répliqua Kia.

— Je n'en doute pas. Mais vous ne parviendrez pas à le convaincre de se déplacer un dimanche. Moi si.

— A condition de payer le double.

— La société peut se le permettre.

Kia prit une inspiration tremblante.

— C'est hors de question.

Brant serra les dents. Elle protestait pour la forme, bien sûr. Se campant devant elle, il lança :

— Dans ce cas, je reviendrai dormir sur votre canapé.

C'était une menace stupide, il en était conscient.

Il ne voulait pas passer une autre nuit blanche, à penser à tout ce qu'ils auraient pu faire ensemble si les circonstances avaient été différentes.

Kia leva le menton.

— J'irai à l'hôtel.

— C'est ça, railla-t-il. Et quand vous rentrerez, le reste de vos affaires aura disparu !

Impatient de clore une discussion inutile, il jeta sa veste sur son épaule et s'éloigna vers la cuisine.

— Je vous envoie quelqu'un d'ici une heure.

— Brant, je refuse que vous…

La sonnerie du téléphone interrompit les protestations de Kia.

— C'est peut-être la police. Vous devriez répondre, déclara Brant.

Sans lui laisser le temps d'ajouter un mot, il fonça vers la porte.

Tandis qu'il montait dans sa voiture, il se demanda une nouvelle fois pourquoi Kia n'avait pas appelé son fiancé à son secours.

Elle aurait également pu se réfugier chez Phillip, non ? Cela aurait été la solution idéale.

Et tellement logique.

A moins que Kia ne veuille se réserver pour sa nuit de noces.

— Et quoi encore ? lança-t-il à haute voix, en roulant à toute allure dans les rues de Darwin.

Si elle était vierge, il était le dalaï-lama !

- 4 -

En entendant le carillon de sa porte d'entrée en début d'après-midi, Kia prit une profonde inspiration pour tenter de recouvrer son calme. Ce devait être le chauffeur de Phillip, qui passait la chercher pour les conduire au vernissage où ils étaient convenus de se rendre.

Elle était toujours furieuse que Brant ait royalement ignoré ses protestations et lui ait envoyé un serrurier. Cependant, elle n'allait pas laisser cet homme arrogant et autoritaire gâcher sa sortie avec Phillip.

Lorsqu'elle ouvrit la porte, elle faillit tomber à la renverse. Brant se tenait devant elle, un sourire sensuel aux lèvres. Avec son polo gris clair tendu à craquer sur ses larges épaules et son pantalon noir qui moulait ses hanches étroites et ses longues jambes, il exsudait le charme viril et l'assurance. N'importe quelle femme aurait été excitée et fière qu'il passe la voir.

N'importe quelle femme sauf elle, bien sûr…

— Vous ne m'invitez pas à entrer ? demanda-t-il avec nonchalance.

Sans attendre sa réponse, il passa devant elle et traversa la cuisine.

Au comble de l'indignation, elle pivota vers lui, les mains sur les hanches.

— Comment osez-vous…

— Venir chez vous ?

Brant haussa un sourcil moqueur.

— Hier soir, vous n'y avez pas vu d'inconvénient, il me semble.

Elle le foudroya du regard.

— Je parle du serrurier que vous m'avez envoyé.

L'air soucieux, il plissa le front.

— Il n'a pas fait du bon travail ? Pourtant, on me l'avait chaudement recommandé.

—Il était censé réparer ma porte et poser un verrou ! s'écria Kia avec exaspération.

En voyant l'homme aller de pièce en pièce avec sa caisse à outils, elle avait pensé qu'il s'assurait que les fenêtres n'avaient pas été forcées. Lorsqu'elle avait compris ce qu'il faisait, il était déjà trop tard. Il avait tiré des kilomètres de câbles dans toute la maison et vissé des capteurs de mouvement à chaque fenêtre.

— J'ai estimé qu'un système d'alarme était indispensable, déclara Brant.

L'indifférence qu'il manifestait pour ce qu'elle pouvait penser accrut la colère de Kia.

— Vous n'aviez pas à commander des travaux d'une telle importance sans mon autorisation !

— Je vous l'ai dit, la société paiera la facture.

— L'argent n'est pas le problème.

La tête penchée sur le côté, Brant demanda :

— Vraiment ? Alors qu'est-ce qui vous chiffonne tant ?

— Vous vous êtes immiscé dans ma vie privée.

Il haussa les épaules.

— Vous êtes la fiancée de mon associé. Lui aussi craignait pour votre sécurité.

Kia écarquilla les yeux.

— Phillip sait que vous vous êtes permis de faire installer cette alarme ?

— Je lui fait part de mon idée et il l'a immédiatement approuvée, parce qu'il sait comme moi que les voleurs reviennent tôt ou tard sur les lieux de leur crime. Conclusion : soit vous aviez un système d'alarme, soit vous déménagiez.

Les mains sur les hanches, elle demanda avec hauteur :

— Pour aller où ?

— Pourquoi pas chez votre fiancé ?

Se sentant rougir, elle se détourna et marmonna :

— Phillip et moi n'avons pas encore abordé la question…

— C'est ce qu'il m'a dit.

Soulagée, elle osa affronter de nouveau son regard.

— Quoi qu'il en soit, ni vous ni lui n'avez à me dire ce que je dois faire chez moi. Dès que je le verrai, je mettrai les choses au point avec lui aussi.

— Il va vous falloir patienter jusqu'à demain.

Epiant sa réaction, Brant expliqua :

— Phil a passé une mauvaise nuit et ne se sent pas bien. Il m'a demandé de vous accompagner au vernissage.

Kia se sentit pâlir. Maudit soit Phillip ! Elle ne doutait pas une seconde que sa jambe le faisait souffrir et qu'il était fatigué. Mais elle était certaine que c'était surtout le remords et la crainte d'essuyer des reproches qui l'avaient incité à rester chez lui.

— Pourquoi ne m'a-t-il pas appelée pour m'avertir ? demanda-t-elle avec irritation.

Ainsi, elle n'aurait pas été prise au dépourvu, et elle n'aurait pas ouvert sa porte à Brant.

— Il a tenté de vous joindre toute la matinée, mais la ligne était sans arrêt occupée, expliqua ce dernier.

— Parce que le système d'alarme est relié à la

ligne téléphonique et que le technicien faisait des essais. Voilà pourquoi !

Avec un soupir excédé, Kia agita la main.

— Peu importe, d'ailleurs... Je n'ai plus la moindre envie de sortir.

Brant fronça les sourcils.

— L'exposition est organisée par un de nos plus gros clients.

— Je suis sûre qu'il comprendra que Phillip ne puisse pas se déplacer.

— Nous allons nous rendre à ce vernissage, vous et moi.

Le ton de Brant était aussi inflexible que son regard.

— Voyez cette sortie comme un remboursement de votre système d'alarme, ajouta-t-il.

Kia pinça les lèvres. Elle aurait dû se douter qu'il exigerait une compensation à sa générosité !

— Inutile de gâcher votre dimanche. Je peux représenter Phillip seule.

Elle s'en serait voulu de priver une pauvre femme énamourée de la compagnie du grand Brant Matthews.

— J'ai très envie de voir cette exposition, affirma Brant. L'art primitif australien me fascine.

Elle aussi était une amatrice de cet art et s'était réjouie à l'idée d'admirer des œuvres exceptionnelles.

Mais elle doutait de pouvoir passer l'après-midi avec Brant sans révéler à quel point il la troublait.

Elle n'avait pas le choix, conclut-elle après une rapide réflexion. Cependant, elle préférait limiter les dégâts. Après avoir salué leur client, elle s'arrangerait pour faire le tour de la galerie et se faire ramener chez elle en un temps record.

Trois heures plus tard, Brant et elle faisaient un second tour de la galerie. Force lui était d'admettre qu'elle passait un excellent après-midi. Brant était de très bonne compagnie, il était charmant, spirituel et enjoué. Plusieurs fois, elle s'était surprise à rire de bon cœur à ses plaisanteries tandis qu'ils buvaient un thé avec leur client et les autres invités au vernissage.

Elle ne devait pas baisser sa garde, se sermonna-t-elle. C'était justement parce que Brant avait de l'humour et du charme à revendre qu'il attirait les membres du sexe faible comme le miel attire les abeilles. A en juger par les regards adorateurs dont l'avaient enveloppé plusieurs femmes au vernissage, il aurait reçu quantité de propositions pour la soirée, s'il avait été seul.

Oui vraiment, il avait l'art de faire oublier ses principes et sa prudence à une femme.

Mais pas à elle, bien sûr.

La voix profonde de Brant la sortit de ses réflexions.

— J'aime beaucoup cette représentation des premiers pionniers. J'ai pu admirer une œuvre de ce genre il y a quelques années, mais le coup de pinceau de cet artiste-ci est exceptionnel, vous ne trouvez pas ?

— Tout à fait.

Kia était étonnée de découvrir qu'il s'intéressait vraiment à l'art et qu'il s'était fait la même réflexion qu'elle. Y avait-il plus en lui qu'un don Juan superficiel ?

Son interlocuteur l'étudia attentivement.

— Vous ne pensiez pas que nous pouvions partager le même point de vue sur quoi que ce soit, n'est-ce pas ?

Incapable de nier, elle reconnut du bout des lèvres.

— Je suis un peu surprise…

Plongeant son regard chaleureux dans le sien, il déclara :

— Nous avons davantage de choses en commun que vous ne le croyez.

Elle humecta ses lèvres soudain sèches.

— Vous avez raison. Nous apprécions tous les deux Phillip.

Le visage rembruni, Brant se tourna de nouveau vers le tableau.

— Dites-moi pourquoi ce tableau vous plaît tant.

Elle accepta ce changement de sujet sans se faire prier.

— Il évoque le goût de l'aventure et la ténacité, et il suscite l'optimisme, répondit-elle après avoir admiré une nouvelle fois la vivacité des couleurs. Quand on le regarde, on se dit qu'avec de la volonté, on peut triompher de tous les obstacles.

— Et vous êtes du genre à relever tous les défis, n'est-ce pas ?

Devinant où son interlocuteur voulait en venir, elle prit une inspiration tremblante.

— Pas tous.

— Pour ma part, je ne supporte pas de renoncer, confia Brant. Il suffit que je sache que je ne peux pas avoir quelque chose pour que je le veuille encore plus.

Et pour l'instant, ce qu'il voulait, c'était elle, comprit la jeune femme. Il n'avait pas besoin de le lui dire. C'était là, dans son expression déterminée, dans son regard intense.

Ignorant les battements précipités de son cœur, elle sourit avec nonchalance.

— Dans la vie, on n'a pas toujours ce qu'on veut.

Puis elle s'éloigna vers le fond de la galerie. Elle

ne s'était pas trompée sur Brant Matthews. Elle ne l'avait pas sous-estimé ou méjugé.

C'était un prédateur impitoyable. Un séducteur sans scrupules.

Le soleil se couchait quand ils s'assirent à une terrasse de café près de la galerie pour savourer un daïquiri. Comme toujours avant Noël, il faisait un temps splendide, l'ambiance était festive et détendue. Tout Darwin semblait s'être donné rendez-vous sur Smith Street Mall, pour écouter les musiciens ambulants ou regarder les jongleurs et les mimes.

Cependant, Brant était insensible à la liesse et l'excitation ambiantes. Toute son attention était concentrée sur Kia. Elle rayonnait de fraîcheur et de naturel, avec sa lourde natte dorée et sa robe jaune pâle sans manches qui mettait en valeur son cou de cygne et sa peau satinée hâlée.

Depuis qu'il l'avait observée à la galerie pendant qu'elle parlait aux autres invités et s'entretenait avec leur client, il se demandait s'il n'était pas plus ému par l'extrême vulnérabilité qu'il avait entraperçue dans ses prunelles saphir que par sa beauté radieuse.

Constatant le cheminement de ses pensées, il reposa son verre. Kia n'avait rien de doux et de fragile. Le désir et la frustration lui embrouillaient les idées. S'il buvait ce cocktail, il risquait de perdre entièrement la tête.

Kia semblait consciente de l'effet qu'elle lui faisait. C'était sans doute pour éviter d'attiser le feu qui le consumait qu'elle restait tournée vers la rue et évitait de le regarder.

Si elle pensait que cela suffirait à faire retomber la tension sexuelle qui grésillait entre eux, elle se trompait lourdement ! Même s'ils étaient séparés par un mur de béton, leur attirance serait toujours aussi violente. Rien ne pouvait l'apaiser.

Sauf faire l'amour.

Et encore, ce n'était pas une certitude. Devenir amants risquait d'aiguiser leur appétit et leur curiosité.

— Parlez-moi encore de votre père, demanda-t-il tout à trac pour oublier la tension douloureuse dans son ventre.

Kia haussa un sourcil étonné.

— Pourquoi ?

Il poussa un léger soupir.

— Vous vous méfiez de tout le monde ou seulement de moi ?

Le sourire à la fois taquin et sensuel de Kia l'atteignit en plein cœur et accrut son émoi.

— Juste de vous.

Elle était adorable, avec son teint de pêche, son petit nez bien droit, ses yeux bleus si brillants qu'ils auraient pu éblouir un homme, ses lèvres framboise si tentantes.

— Il n'y a pas grand-chose à dire, murmura Kia après quelques gorgées de cocktail. Nous avons très peu de contacts car il ne veut fréquenter que des beautés.

Brant fronça les sourcils.

— Vous êtes sa fille.

— S'il me tolère de temps en temps à son côté, c'est uniquement pour soigner son image de marque et multiplier ses ventes.

Tout à coup la vérité se fit jour dans son esprit.

— Votre père est Lloyd Benton, n'est-ce pas ?

— Le seul et unique, confirma Kia entre ses dents.

Brant secoua la tête. Pourquoi n'avait-il pas fait le rapprochement plus tôt ? Lloyd Benton était le roi de la vente de voitures d'occasion, il possédait des garages dans tout l'Est de l'Australie. Cible privilégiée des magazines a scandale, il était toujours photographié en compagnie de midinettes à la plastique irréprochable.

Pas étonnant que Kia semble avoir une dent contre la gent masculine... Ou, du moins, contre certains hommes. Ceux qui, comme lui, ne voyaient en elle qu'une belle fille à attirer dans leur lit.

Soudain, il la considérait sous un jour nouveau, et il n'était pas certain de le vouloir.

— Je m'explique mieux votre relation avec Phillip, murmura-t-il, pensif.

Kia le fusilla du regard.

— Si vous pensez que je l'apprécie parce qu'il ne se sent pas obligé de coucher avec toutes les jolies femmes qui croisent son chemin, vous avez raison. Phillip est très gentil, un vrai gentleman.

Reprenant son verre, elle le vida d'un coup.

— Il fera un père merveilleux et un bon mari.

— Vous n'avez pas dit que vous l'aimez, remarqua Brant.

C'était un oubli intéressant, à ses yeux. Très intéressant, même.

Kia rougit.

— Cela va sans dire.

Il s'ordonna de ne pas se laisser attendrir. Elle avait sans doute l'habitude de jouer la pauvre petite fille négligée pour s'attirer la compassion des hommes riches et endormir leur méfiance.

— Et vos parents ? demanda Kia pour changer de sujet. Ils sont toujours en vie ?

En temps normal, il détestait parler de lui. Cependant, pris au dépourvu, il ne put que répondre :

— Ils sont morts quand j'avais dix-huit ans.

Elle le regarda avec sympathie.

— Je suis désolée… Vous avez des frères ou des sœurs ?

— Un frère.

Il leva la main.

— Je sais ce que vous voulez savoir. Je suis l'aîné.

Regardant ostensiblement sa montre, il se leva.

— Partons. Il se fait tard.

Il vit l'étonnement et la déception se succéder sur le visage de Kia, avant qu'elle se reprenne et le toise avec un sourire cynique.

— Je suppose que vous avez un rendez-vous ?

— Vous supposez bien.

Brant sourit intérieurement. Il savait qu'elle pensait qu'il allait retrouver une femme. Ses amis Flynn et Damien se tordraient de rire s'ils savaient qu'ils s'étaient transformés en rendez-vous galant. Et bien sûr, ils le mitrailleraient de questions au sujet de Kia. Ils voudraient savoir pourquoi il prenait tant de plaisir à la provoquer, et ils exigeraient de la rencontrer.

Tous trois avaient grandi ensemble dans la même rue de Darwin. Ils avaient tout partagé, les premières chutes de vélo, les histoires de leur premier baiser, leurs déconvenues amoureuses, leurs soucis et leurs succès professionnels.

Cependant, pour la première fois de sa vie, Brant allait cacher quelque chose à ses amis. Sans qu'il sût pourquoi, il n'avait aucune envie de partager Kia Benton.

*
* *

— Phillip ! Comment as-tu pu me faire ça ? lança Kia en entrant dans le bureau de son prétendu fiancé le lendemain matin.

A son retour de l'exposition, elle l'avait appelé à maintes reprises, en vain. Maintenant qu'elle le tenait, elle avait deux mots à lui dire, qu'il se sente mieux ou non.

Phillip soupira longuement.

— Je suis désolé, Kia…

Les mains sur les hanches, elle se campa devant lui.

— Tu t'es servi de moi !

Il secoua la tête.

— Je n'ai pas… je n'avais pas prévu de…

D'un geste rageur, elle jeta l'écrin qui contenait le collier de diamants sur son sous-main.

— Ne me prends pas pour une idiote ! Tu m'as fait porter ce collier parce que tu savais que Lynette assisterait à la soirée. Tu as demandé à Brant de me faire danser pour qu'elle voie avec qui tu étais.

Au comble de l'indignation, elle acheva :

— Pour couronner le tout, tu m'as laissée en pâture aux curieux après avoir annoncé que nous étions fiancés !

Phillip baissa la tête.

— Je ne voulais pas que les choses aillent si loin.

Kia combattit l'apitoiement qui s'insinuait dans son cœur. Il n'allait pas s'en tirer si facilement, pas après tout ce qu'il l'avait obligée à endurer.

— Peux-tu me dire pourquoi tu m'as fait faux-bond pour le vernissage, hier ?

Phillip se tassa encore davantage dans son fauteuil roulant.

— Je ne me sentais pas le courage de sortir…

Lorsqu'il trouva enfin le courage d'affronter son regard, il fronça légèrement les sourcils.

— Brant n'est pas passé te chercher ? Il m'avait promis de le faire.

— J'aurais encore préféré m'y rendre seule ! lança-t-elle d'un ton sec.

Elle préférait oublier à quel point elle avait apprécié son après-midi avec Brant. S'il plaisait tant aux femmes, c'était justement parce qu'il savait les charmer et leur donner l'impression qu'elles passaient un moment merveilleux et exceptionnel en sa compagnie.

La tête penchée sur le côté, Phillip l'étudia d'un air pensif.

— Es-tu fâchée parce que je ne suis pas venu ou parce que c'est Brant qui t'a accompagnée ?

Elle haussa les épaules.

— Cela m'a fait bizarre de passer mon dimanche

après-midi avec mon patron, c'est tout… Je n'aime pas mélanger ma vie professionnelle et ma vie privée.

— Tu ne vois pourtant pas d'inconvénient à sortir avec moi, souligna Phillip.

— C'est différent.

— Kia, s'il y a quelque chose entre Brant et toi…

— Ne sois pas stupide !

Se sentant rougir, Kia se hâta de changer de sujet.

— Il paraît que tu étais d'accord, pour le système d'alarme ? Pourtant, je ne me souviens pas vous avoir autorisés à en faire installer un chez moi.

Phillip écarta les bras.

— Tu es censée être ma fiancée. Brant aurait eu des soupçons si j'avais hésité à assurer ta sécurité.

— Je ne suis pas une femme fragile et sans défense !

Certes, Kia avait été soulagée de se trouver en compagnie de Brant quand elle avait découvert qu'elle avait été cambriolée, mais de là à le laisser régenter sa vie…

— Si Brant s'imagine qu'il peut…

— C'est bien Brant le problème, conclut Phillip en manœuvrant son fauteuil pour s'approcher d'elle.

Elle songea alors qu'elle en avait trop dit.

— Phillip…

Son interlocuteur n'étant plus sur la sellette, il recouvra son aplomb.

— Brant te plaît et te trouble, n'est-ce pas ?

Elle eut un rire qui sonnait faux.

— Bien sûr que non !

— Je n'aurais jamais dû dire que nous étions fiancés.

Phillip abattit rageusement son poing sur l'accoudoir de son fauteuil.

— Je ne sais pas ce qui m'a pris. Quel imbécile je fais !

— Tu peux le dire.

Elle le regarda droit dans les yeux.

— La question est : qu'allons-nous faire pour nous sortir de ce guêpier ?

Il se tordit les mains.

— Je ne sais pas.

— Nous ne pouvons pas continuer comme ça indéfiniment, Phillip.

— Je sais. J'aurais dû arrêter cette comédie immédiatement après ce dîner avec les amis de Lynette.

Avec un profond soupir, Phillip baissa les yeux vers sa jambe.

— Mais ensuite, j'ai eu mon accident, j'ai pensé que faire semblant d'être avec toi était la meilleure solution.

Il secoua la tête.

— Je connais Lynette. Elle se serait convaincue que j'avais besoin d'elle, et elle aurait fini par m'en convaincre aussi. Je ne voulais pas qu'elle reste avec moi par obligation ou par devoir envers un invalide.

— Phil !

Le cœur serré, Kia s'agenouilla devant lui et prit sa main entre les siennes.

— Ne dis pas ça ! Tout va s'arranger.

Après une réflexion, elle suggéra :

— Laissons passer les fêtes. Ensuite, nous annoncerons que ça ne marche pas entre nous.

Durant quelques secondes, Phillip parut approuver son idée. Puis son visage s'assombrit.

— Tout le monde va penser que tu m'as laissé tomber alors que je traversais une période difficile. Les journalistes traîneront ton nom dans la boue.

Il porta une main tremblante à son front.

— Je suis désolé, Kia. Je n'ai jamais voulu te faire de tort ou nuire à ta réputation.

Affichant un optimisme qu'elle était loin d'éprouver, elle se redressa et sourit.

— Nous n'avons plus que quatre jours à jouer la comédie. Samedi, tu pars pour le Queensland, et moi, je vais à Adélaïde. Je suis certaine qu'à notre retour, nous aurons trouvé une solution.

Phillip parut soulagé à la perspective d'avoir un

peu de répit avant d'affronter les conséquences de ses actes.

— Tu as raison.

Kia se surprit à penser qu'à la place de Phillip, Brant aurait pris la situation en main : il n'aurait jamais compté sur quelqu'un pour régler les problèmes qu'il avait créés.

Mais à bien y réfléchir, Brant ne se serait jamais retrouvé dans une telle situation. Il savait se débrouiller sans l'aide de personne.

Comme elle.

Au fait, depuis quand se trouvait-elle des points communs avec Brant ?

— Ne le laisse pas te troubler, Kia, conseilla Phillip qui avait remarqué le pli soucieux qui barrait son front.

Elle feignit l'ignorance.

— Qui ça ?

— Brant.

Pour échapper à son regard trop perspicace, elle se dirigea vers la porte.

— Brant m'est totalement indifférent.

La semaine fut difficile pour Kia. Non seulement elle était submergée de travail, car elle voulait régler tous les dossiers en suspens avant de partir en vacances, mais en plus, Brant épiait ses moindres faits et gestes, et faisait constamment irruption dans son bureau sous un prétexte ou un autre.

Il venait justement de pousser sa porte quand elle reçut un appel d'un employé de la compagnie aérienne, qui voulait savoir si Phillip aurait besoin d'assistance pour son voyage dans le Queensland.

Ne voulant pas révéler que Phillip partait seul en vacances, elle feignit de s'adresser à un client.

— Merci, mais nous devrions pouvoir contrôler la situation.

— Et à l'arrivée ? insista l'employé à l'autre bout du fil. Devons-nous prévoir une voiture pour M. Reid ?

— Quelqu'un l'attendra à Brisbane.

Du coin de l'œil, elle vit Brant hausser les sourcils.

— Merci quand même, dit-elle avant de raccrocher précipitamment.

Prenant ensuite une profonde inspiration, elle demanda d'un ton très professionnel :

— Que puis-je pour vous, monsieur Matthews ?

Brant leva les bras au ciel.

— Vous allez m'appeler comme ça pendant vingt ans ?

— Qui sait où nous serons alors ? repartit-elle d'un ton détaché.

— Nous savons déjà que vous serez Mme Phillip Reid.

Kia sentit qu'il prêchait le faux pour savoir le vrai.

— C'est certain.

— Avec qui étiez-vous au téléphone ? s'enquit-il négligemment.

Pour se donner une contenance, elle s'affaira à remettre de l'ordre sur son bureau.

— Personne d'important.

Deux mains hâlées et musclées se posèrent sur son sous-main, tandis qu'un souffle tiède caressait sa joue.

— C'était la compagnie aérienne, n'est-ce pas ?

Incapable de mentir, elle confirma d'un bref hochement de tête.

— Vous ne prenez pas le même avion que Phillip ?

— Non.

— Vous voyagez sur un autre vol ?

— Oui.

« Et pour une autre destination », ajouta-t-elle mentalement.

C'était mal connaître Brant que de penser qu'il serait découragé par son ton sec et ses réponses monosyllabiques, constata-t-elle moins d'une seconde plus tard quand il demanda :

— Pour le Queensland ?

A quoi bon essayer de tromper sa perspicacité ?

soupira intérieurement Kia. Elle en avait plus qu'assez de ce jeu de cache-cache.

— Je vais passer Noël dans ma famille, à Adélaïde.

Brant se pencha davantage vers elle.

— J'en déduis que vous ne verrez pas Phillip pendant les vacances.

Le cœur battant à tout rompre, elle recula sa chaise.

— Pas cette année.

— Pourquoi ?

Le regard intense, Brant se redressa lentement.

— Il est normal pour des fiancés de passer les fêtes ensemble.

— Phil et moi ne sommes pas un couple ordinaire.

Réalisant que sa remarque risquait de susciter des questions gênantes, Kia s'empressa d'ajouter :

— J'avais pris mon billet il y a des mois. Et je ne voulais pas décevoir ma mère en lui faisant faux-bond pour Noël.

Une lueur étrange brilla dans les yeux de Brant.

— C'est étrange. J'aurais pensé que vous ne voudriez pas quitter Phil des yeux.

— J'ai confiance en lui, répliqua-t-elle.

Phillip n'était pas du genre à sortir en boîte tous les soirs et à flirter avec le premier jupon qui passait.

Si elle avait été fiancée à lui, en revanche…

— Faites-vous également confiance à Lynette Kelly ? demanda ce dernier d'un ton doucereux.

Elle en resta muette de consternation. Avait-il compris, lui aussi, que Lynette et Phillip étaient toujours amoureux l'un de l'autre ?

— Lynette et Phillip ont rompu, rappela-t-elle froidement.

Pour clore la conversation, elle lui tendit une enveloppe.

— Il me semble que ceci est pour vous, monsieur Matthews.

Brant serra les poings.

— Kia, je vous jure que si vous m'appelez encore une fois comme ça…

Après avoir ouvert l'enveloppe, il haussa les sourcils.

— Qu'est-ce que c'est ?

— Le remboursement de mon système d'alarme.

Kia avait voulu payer elle-même le serrurier, mais lorsqu'elle l'avait appelé pour lui demander combien elle lui devait, il lui avait appris qu'il avait déjà été réglé.

Brant lui tendit l'enveloppe.

— Vous avez soldé votre dette en allant au vernissage avec moi.

— Je n'ai jamais accepté cette proposition.

— Elle n'était pas négociable.

Le visage impénétrable, Brant déchira l'enveloppe et le chèque en deux. Refusant de lui laisser le dernier mot, Kia alla prendre son sac dans l'armoire derrière lui.

— Je vais établir un autre chèque et cette fois, je le remettrai à Phillip.

— Laissez tomber ! ordonna Brant.

Le front buté, elle secoua la tête.

— Si vous croyez pouvoir faire ce qui vous chante…

Brant lui empoigna le coude.

— Si je faisais vraiment ce que je veux…

Il s'interrompit et laissa retomber sa main en voyant Phillip entrer dans le bureau.

— Tout va bien ? demanda ce dernier.

S'efforçant d'ignorer les courants d'émotion brûlants qui parcouraient son bras, la jeune femme se força à sourire.

— Je viens d'informer monsieur Matthews que tu t'envoles demain pour le Queensland.

Une veine se mit à battre sur la tempe de Brant.

— Je m'appelle Brant, lança-t-il avec hargne avant de sortir dans le couloir à grands pas rageurs.

Resté seul avec Kia, Phillip la considéra avec inquiétude.

— Tu es certaine de ne pas vouloir partir avec moi ? Ce serait plus sûr.

Le cœur battant encore la chamade, Kia secoua la tête. Fuir à l'autre bout du pays ou même changer de continent ne résoudrait rien. Après les fêtes, elle devrait de nouveau affronter Brant tous les jours.

Elle devait seulement s'endurcir contre l'attirance irrationnelle que Brant exerçait sur elle.

Si elle y parvenait, elle pourrait croire au père Noël.

- 5 -

Le samedi matin, après avoir déposé Phillip à l'aéroport de Darwin, Kia s'arrêta à son bureau pour finir de taper un projet urgent, avant de pouvoir aller faire ses derniers achats de Noël l'esprit en paix.

Elle trouva Brant dans le bureau de son associé.

— Vous êtes revenue…

Elle crut percevoir une pointe de soulagement dans sa voix. Soudain, elle s'avoua que, même si c'était totalement déraisonnable, elle était heureuse de le voir. Les remparts qu'elle pensait pouvoir consolider autour de son cœur s'avéraient être en carton. Elle avait envie qu'il la prenne dans ses bras.

Qu'il lui fasse l'amour.

Qu'il…

Un silence électrique s'installa entre eux. Elle lut le dilemme intérieur de Brant dans son regard. Il hésitait à faire ce qu'elle souhaitait et redoutait à la fois.

Finalement, il s'éclaircit la voix.

— Phil est bien parti ?

La mention de son prétendu fiancé la ramena à la raison. Elle avait failli se jeter dans les bras de Brant. Cela ne se reproduirait plus. Elle allait se reprendre et lutter de toutes ses forces contre son charisme.

— Puis-je vous aider ? demanda-t-elle avec un regard appuyé aux papiers que Brant tenait à la main.

Il mit plusieurs secondes à répondre, comme s'il avait du mal à se souvenir de ce qu'il avait été en train de faire avant qu'elle arrive.

— Je cherche le dossier Robertson. Phil était censé le préparer, il me semble.

— Il l'a fait, confirma-t-elle. Je dois encore taper la conclusion. Vous l'aurez dans une heure.

— C'est parfait.

Brant se dirigea vers la porte.

— Je serai dans mon bureau, si par hasard vous avez besoin de moi.

Lorsqu'elle recula précipitamment pour l'éviter, il lui sourit d'un air entendu.

Il pouvait se moquer d'elle, cela ne l'amènerait pas plus vite dans son lit, maugréa-t-elle intérieurement.

Et même pas du tout !

Exactement une heure plus tard, elle entrait

dans le bureau de la secrétaire de Brant, pensant lui remettre le dossier. A sa grande déception, elle constata qu'Evelynn n'était nulle part en vue.

Cependant, Brant l'avait entendue arriver.

— Kia ?

Après une longue hésitation, elle se résolut à pousser la porte de communication capitonnée de cuir. Le décor du bureau de Brant avait beau être luxueux et raffiné, avec des meubles en acier et de verre fumé, elle eut l'impression de pénétrer dans une cellule de prison.

— Apportez-moi le dossier, dit Brant en s'installant confortablement dans son fauteuil, comme si elle allait faire un *strip-tease* et qu'il ne voulait pas en manquer une seule seconde.

Les jambes soudain molles comme du coton, elle fit quelques pas sur la moquette. A la manière dont il parcourut sa jupe marine et son chemisier de lin blanc, elle devina qu'il la déshabillait mentalement.

Elle regretta d'avoir enlevé sa veste pour être plus à l'aise pour travailler quand elle sentit les pointes de ses seins se durcir.

Alors qu'elle posait la chemise cartonnée devant Brant, elle respira le parfum de santal grisant de son après-rasage. Elle se redressa vivement.

— Je m'en vais. J'ai encore beaucoup de courses à faire avant de partir.

— Quand prenez-vous l'avion pour Adélaïde ?

— Demain matin.

— Phil va vous manquer, n'est-ce pas ?

Il la regardait comme un chat guette une souris, attendant qu'elle fasse un faux pas et tombe dans son piège. Eh bien, il allait s'apercevoir qu'elle n'était pas candide à ce point…

— C'est certain, mais le temps passera vite. Je serai très occupée. Je devrai aider ma mère à décorer la maison, à faire la cuisine. Elle prépare toujours un festin pour le réveillon et pour le jour de Noël.

Son cœur se serra lorsqu'elle vit une tristesse poignante vaciller dans le regard de son interlocuteur. Oubliant qu'elle s'était juré de maintenir leurs rapports à un niveau strictement professionnel, elle demanda :

— Et vous, Brant ? Quels sont vos projets pour Noël ?

Brant haussa les sourcils.

— Tiens, tiens… Vous vous rappelez donc mon prénom, à présent ?

Il croisa les bras.

— Je dois passer le réveillon chez un ami, mais je ne suis pas certain de pouvoir y aller. J'ai trop de travail.

— Et votre frère ? demanda-t-elle avec curiosité. Vous ne le verrez pas ?

— Pour quoi faire ?

Décontenancée par son ton abrupt, elle balbutia :

— Je pensais juste…

— J'ai coupé les ponts avec Royce depuis des années.

Elle en resta sans voix. Durant quelques secondes, un silence lourd de tension s'installa entre eux. Puis Brant parut se radoucir.

— J'ai un petit cadeau pour vous.

Le cœur de Kia fit un bond dans sa poitrine.

— Un… un cadeau ?

Brant lui tendit une petite boîte enrubannée de rouge.

— J'ai offert le même à Evelynn. Je tiens à ce que les deux meilleures assistantes de la ville sachent que leur patron les apprécie.

Elle réfléchit rapidement. Phillip aussi avait offert un présent à Evelynn, il était normal que Brant fasse de même avec elle.

Cependant, lorsqu'elle croisa le regard de braise de ce dernier, elle sut qu'elle se trompait et que rien n'était normal entre eux. Il ne la remerciait pas pour sa collaboration, il lui disait de la seule manière possible qu'il la désirait.

Le cœur battant à tout rompre, elle défit le ruban argenté et souleva le couvercle de la boîte qui portait le logo du plus grand bijoutier d'Australie. Elle découvrit alors un médaillon de saint Christophe et sa chaîne en or nichés dans du velours noir.

— Ce n'est pas un collier de diamants, mais il devrait vous protéger pour votre voyage à Adélaïde, déclara Brant d'une voix un peu sourde.

Elle était trop touchée pour s'offusquer de son allusion à ce qu'il pensait être un cadeau de Phillip.

— Merci, Brant. C'est une très gentille attention. Je vais le mettre tout de suite…

— Laissez-moi faire.

Son souffle se bloqua dans sa gorge. Pouvait-elle se permettre d'accepter qu'il la touche, même brièvement ? Saurait-elle rester indifférente ?

Elle en avait tellement envie !

— Merci, chuchota-t-elle d'une voix tremblante, en lui tendant la chaîne.

— Tournez-vous.

Elle frissonna violemment en sentant son souffle tiède sur sa nuque. Son cœur manqua un battement quand ses doigts effleurèrent sa peau.

Si elle tournait légèrement la tête…

« Pour l'amour du ciel, Kia, reprends-toi ! » s'ordonna-t-elle.

Elle respira plus facilement en sentant la fraîcheur de la chaîne autour de son cou, le poids du médaillon à la naissance de ses seins. C'était fini. Maintenant, Brant allait regagner son fauteuil et…

Posant une main légère sur son épaule, Brant l'obligea doucement à se tourner vers lui.

— Joyeux Noël, Kia.

Le regard intense, il se pencha lentement sur elle, lui laissant tout le temps de se dérober si elle le souhaitait. Mais en cet instant précis, elle voulait qu'il l'embrasse. Plus que tout au monde. Elle en avait besoin. Tout son être aspirait à sentir ses lèvres sur les siennes.

Leur baiser fut des plus chastes : rien qu'un effleurement rapide. Et pourtant, il fit vibrer chaque parcelle de son corps et déclencha en elle un véritable séisme émotionnel.

Quand Brant se redressa, la passion qu'elle vit luire au fond de ses prunelles chocolat acheva de la bouleverser.

Au prix d'un effort considérable, elle se composa une expression sereine et détachée.

— Joyeux Noël à vous aussi, Brant.

Sans la quitter des yeux, Brant regagna son fauteuil.

— J'espère que le père Noël vous apportera tout ce que vous espérez, dit-il d'une voix veloutée.

Elle gémit en silence. S'il y avait un moment où ses souhaits ne devaient pas être exaucés, c'était bien maintenant, quand tout ce qu'elle voulait, c'était lui…

Impatiente de reprendre ses distances, elle se précipita vers la porte de communication.

— Amusez-vous bien… même sans votre fiancé, lança Brant dans son dos.

Il avait retrouvé son cynisme, constata-t-elle. Le charme de l'instant était rompu. Ils étaient revenus au point de départ.

C'était une très bonne chose. Alors pourquoi une émotion qui ressemblait fort à la déception alourdissait-elle son cœur ?

— J'en ai bien l'intention, parvint-elle à répondre.

En temps normal, Kia adorait passer Noël chez sa mère et son beau-père. Comme chaque année, sa sœur Mélanie et son beau-frère les avaient rejoints la veille au matin, avec leur fils âgé de six mois. Dans l'après-midi, leurs voisins et amis étaient passés les saluer, et tout le monde s'était installé au jardin pour jouer aux cartes ou faire une partie de croquet à l'ombre des palmiers.

Comme il faisait très chaud, fruits de mer, grillades au barbecue et salades de toutes sortes figuraient au menu de tous les déjeuners, avec, bien sûr, de délicieux gâteaux confectionnés par la mère de Kia.

Ces vacances de fin d'année étaient comme les

autres, reposantes, chaleureuses et gaies. Pourtant, Kia se sentait fébrile. Elle avait l'impression qu'il lui manquait quelque chose et qu'elle aurait dû être ailleurs.

Pourquoi ne parvenait-elle pas à apprécier pleinement ces quelques jours en famille ?

La réponse s'imposa à elle le lendemain de Noël, juste après le déjeuner, tandis qu'elle faisait sauter son neveu sur ses genoux.

C'était Brant qui lui manquait. Elle aurait aimé qu'il soit avec elle. A tel point qu'elle croyait le voir devant le portail.

— Qui est-ce ?

La voix perplexe de sa mère lui confirma qu'elle n'avait pas d'hallucinations.

Brant était bien là, en chair et en os.

— C'est un de mes patrons…, marmonna-t-elle en reposant son neveu dans sa poussette.

L'inquiétude la gagna alors qu'elle courait vers Brant. Celui-ci n'aurait pas fait le long voyage depuis Darwin s'il n'avait pas eu de mauvaises nouvelles à lui annoncer.

— C'est Phillip ? demanda-t-elle d'une voix blanche en s'arrêtant devant lui, hors d'haleine.

Elle crut voir une lueur d'irritation dans son regard.

— Détendez-vous. Phillip va très bien.

— Alors pourquoi êtes-vous ici ?

— Le projet Anderson doit être refait entièrement, répondit Brant, le visage sombre. Phillip devait avoir la tête ailleurs quand il l'a préparé. Il a prévu exactement le contraire de ce que les clients lui avaient demandé. Si nous ne leur soumettons pas une version corrigée d'ici jeudi, nous perdrons leur budget.

Kia se souvenait avoir relevé de nombreuses incohérences dans le document que Phillip lui avait fait dactylographier. Mais lorsqu'elle lui avait fait part de ses remarques, ce dernier avait refusé de l'écouter.

Elle revint au présent en entendant Brant ajouter :

— J'ai besoin de vous.

Les sourcils froncés, elle demanda :

— Evelynn n'est pas au bureau, cette semaine ?

Brant secoua la tête.

— Je l'ai appelée ce matin, bien sûr. La pauvre est clouée au lit par une méchante grippe. Elle ne pourra pas reprendre le travail avant une bonne semaine.

Comme il ne semblait pas du tout contrarié de ne pouvoir compter sur sa secrétaire, Kia le soupçonna d'être ravi à la perspective de lui gâcher ses vacances.

Elle n'allait pas se laisser faire.

— Pourquoi ne pas faire appel à une intérimaire ?

— Ce projet est trop important et trop complexe pour être confié à n'importe qui.

Elle lut dans le regard résolu de Brant qu'il avait prévu ses objections et qu'il allait abattre sa carte maîtresse.

— Bien sûr, nous survivrons si nous perdons le contrat Anderson, mais je redoute la réaction de Phillip. Il se sent déjà diminué… Il ne se remettra pas d'un tel échec professionnel.

Il tenait là un argument imparable, et il le savait parfaitement.

— J'ai besoin de vous. Je doublerai votre salaire du mois prochain.

Kia agita la main.

— L'argent n'a pas d'importance.

— Dans ce cas, considérez le service que vous me rendrez comme un remboursement de votre système d'alarme.

Elle se raidit et lui décocha un regard noir.

— Il me semblait que j'étais quitte depuis que je vous avais accompagné à l'exposition. Mais apparemment, ma dette comportait des intérêts.

Ils se rappelèrent qu'ils n'étaient pas seuls quand la mère de Kia appela :

— Chérie, présente-nous ton patron.

Le regard suppliant, Kia se pencha vers Brant.

— Surtout, ne parlez pas de Phillip.

— Pourquoi ?

— Personne n'est au courant.

Elle vit le choc et la surprise se succéder sur le visage de son compagnon avant qu'il ne la suive dans le jardin. Cependant, il se remit rapidement.

— Je vois de qui ma collaboratrice tient sa beauté, déclara-t-il avec un sourire éblouissant quand la mère de Kia vint à sa rencontre.

Kia leva les yeux au ciel. Certes, elle savait que ce compliment n'était pas uniquement dicté par la politesse ou par un réflexe de séducteur. Jamais son père n'aurait regardé sa mère si elle n'avait pas été belle, car il se souciait peu de la personnalité des gens. Pour lui, seules comptaient la beauté extérieure et les apparences. Cependant, sans savoir pourquoi, Kia supportait mal de voir Brant déployer tout son charme dès qu'il s'adressait à une femme.

Marlène rosit de plaisir.

— Merci, monsieur Matthews.

— Je vous en prie, appelez-moi Brant.

— Entendu.

Marlène glissa son bras sous le sien.

— Venez, Brant, je vais vous présenter le reste de ma tribu.

Le regard ironique de Brant indiqua à Kia qu'il se réjouissait que sa mère ne fasse pas autant de difficultés qu'elle à l'appeler par son prénom.

— Avez-vous déjeuné ? s'enquit Marlène en entraînant Brant vers la tablée installée à l'ombre d'un palmier.

— J'ai pris une collation dans l'avion.

— Mais vous allez bien boire un café avec nous.

Elle lui adressa un sourire chaleureux.

— Je suis ravie de faire votre connaissance. Je me fais tellement de souci, depuis que Kia s'est installée à Darwin… Je n'aime pas la savoir seule dans cette grande ville.

Brant lui tapota la main.

— Ne vous inquiétez pas. Je veille sur elle.

Enveloppant Kia d'un regard de braise, il ajouta :

— De très près.

C'était le moins qu'on pût dire, songea Kia avec acidité.

Soudain, son jean lui semblait trop ajusté, son haut trop décolleté.

— Vous m'en voyez soulagée, se réjouit Marlène.

Elle fit les présentations.

— Brant, voici mon mari, Gerald.

Les deux hommes se serrèrent la main.

— Et voici la sœur de Kia, Mélanie, son mari…

A la grande irritation de Kia, sa sœur succomba

immédiatement au charme de leur visiteur. Les hommes se montrèrent plus réservés, mais après quelques minutes, Brant parut vaincre leur méfiance. Lorsqu'il accepta une seconde tasse de café, tout le monde le traitait comme un vieil ami de la famille.

— Dites-moi, Bran, pourquoi avez-vous fait le long voyage depuis Darwin pour voir Kia ? interrogea Gerald.

Kia comprit alors que son beau-père restait sur ses gardes et voulait s'assurer des intentions de son patron. Elle lui sourit avec affection, songeant qu'elle avait beaucoup de chance qu'il s'inquiète pour elle comme si elle était sa propre fille.

— J'ai un gros problème avec un client. Kia est la seule qui puisse m'aider. Elle a travaillé sur le projet avec Ph…

Brant s'interrompit.

— Elle connaît le projet par cœur, reprit-il après avoir croisé le regard anxieux de la jeune femme. Je suis venu la supplier de rentrer à Darwin avec moi. Je suis conscient de gâcher ses vacances en famille, mais croyez-moi, je ne la dérangerais pas si ce n'était pas capital.

— Nous comprenons, assura Marlène.

Elle regarda sa fille.

— Au fait, chérie, tu suis toujours tes cours ?

Brant dressa l'oreille.

— Quels cours ?

Kia gémit intérieurement.

— J'apprends le chinois.

— Kia a un don pour les langues, précisa Marlène avec une fierté toute maternelle. Elle parle déjà couramment français et italien.

Brant enveloppa la jeune femme d'un regard songeur.

— Parfois, vous êtes une énigme, murmura-t-il, presque tendrement.

Quand donc cesserait-elle de l'étonner ? Lorsqu'il la voyait parmi les siens, éclatante de fraîcheur et de naturel avec un jean et un haut très sobre, ses cheveux attachés en une simple queue-de-cheval, il avait du mal à croire que c'était la même femme qu'il avait entendue affirmer qu'elle allait tout faire pour « alpaguer un homme riche ». Et maintenant, il apprenait que, loin d'être superficielle et obsédée par l'argent comme il l'avait cru, elle avait soif de connaissances.

— Le jet de la société nous attend, dit-il en s'efforçant de revenir à des considérations plus terre à terre. Nous ferions bien de partir.

Aussitôt, Kia se leva.

— Laissez-moi juste me changer et rassembler mes affaires.

Tout en montant à sa chambre, elle pensa que même si elle regrettait de ne pas rester plus longtemps avec sa famille, il était normal qu'elle prête main-forte à son Brant en période de crise. Mais soudain, elle réalisa qu'ils seraient seuls au bureau toute la semaine.

Loin de l'inquiéter, cette perspective l'emplit d'excitation. Se cœur se mit à cogner contre ses côtes alors qu'elle enfilait une tenue plus professionnelle, puis soulignait ses yeux d'un trait de crayon et appliquait une touche de brillant sur ses lèvres.

Après avoir noué ses cheveux en chignon sur sa nuque, elle s'estima prête pour la bataille.

Pour Brant.

— Expliquez-moi une chose, dit ce dernier quand ils furent confortablement installés face à face dans les fauteuils de cuir du jet.

Elle se raidit, sachant déjà ce qu'il voulait lui demander.

— Laquelle ? demanda-t-elle pour la forme.

— Pourquoi n'avez-vous pas parlé de Phillip à votre famille ?

A son grand désespoir, elle se sentit rougir jusqu'à la racine des cheveux.

— Ah, ça…

— Oui. Ça, comme vous dites.

— Eh bien… je veux juste être sûre.

Dardant sur elle un regard acéré, Brant se redressa sur son siège.

— Vous ne l'êtes pas ?

— Si, évidemment. C'est juste que… tout s'est passé très vite entre Phillip et moi. Je ne veux pas que ma mère s'inquiète.

Après un long silence, Brant reprit :

— Dites-moi une chose, Kia… Aimez-vous réellement votre fiancé ?

Elle s'interdit d'hésiter.

— Oui.

Ce n'était pas un mensonge. Ce fut du moins ce qu'elle se dit pour se justifier. Elle aimait beaucoup Phil.

Mais pas d'amour.

Un muscle palpita sur la joue de Brant.

— Quand comptez-vous annoncer vos fiançailles à votre mère ?

— J'attends le bon moment.

Prenant une inspiration tremblante, Kia ajouta :

— Merci d'avoir gardé mon secret aujourd'hui.

Elle détestait continuer à lui mentir, mais si elle lui avouait la vérité, il n'aurait plus aucun scrupule à tout mettre en œuvre pour la séduire. Or, elle savait déjà qu'elle n'aurait pas une chance de résister à son charme fatal.

Certes, ils passeraient un très bon moment ensemble. Mais elle attendait et espérait plus d'un homme qu'une aventure sans lendemain.

Et puis, elle devait penser à Phillip. Brant serait

furieux d'apprendre que son associé lui avait joué la comédie durant plusieurs semaines.

Non, vraiment, elle ne pouvait pas soulager sa conscience auprès de Brant sans laisser à Phillip le temps de se préparer à affronter les conséquences de leur mensonge. Elle devait attendre que ce dernier rentre de vacances, dans deux semaines.

Elle espérait seulement pouvoir survivre d'ici là.

La voix de Brant la ramena au présent.

— Votre famille ne pourra qu'approuver votre choix. Phillip est un excellent parti.

Ne se sentant pas le courage de se lancer dans un de leurs duels verbaux, elle préféra ignorer la causticité contenue dans sa voix.

— Sans doute.

Elle décela une étrange mélancolie dans son regard. Regrettait-il de ne pas avoir une famille, lui aussi ?

— Avez-vous passé un bon Noël, Brant ? demanda-t-elle gentiment.

Elle le vit crisper les doigts sur l'accoudoir de son siège.

— Disons que j'ai été… occupé.

Une vive irritation remplaça la compassion dans le cœur de Kia.

— Je vois.

Il avait préféré la compagnie d'une femme à celle de l'ami qui l'avait invité pour le réveillon.

Elle ne s'était pas trompée : Brant était un don Juan. Comme son propre père.

A 10 heures, ce soir-là, Brant décida qu'il en avait assez fait pour la journée. Tout en s'étirant longuement pour soulager son dos courbaturé par une longue station assise, il écouta le cliquetis incessant qui provenait du bureau voisin.

Depuis leur retour, Kia et lui avaient travaillé sans relâche, corrigeant ensemble des pages et des pages de bilans prévisionnels que la jeune femme se dépêchait ensuite de retaper. Durant tout ce temps, le désir qui le consumait ne lui avait laissé aucun répit. Même maintenant, alors qu'il était épuisé, il était torturé par le besoin de faire l'amour à Kia, de la posséder avec toute la passion qu'il contenait depuis des semaines.

Chez sa mère, elle avait été différente de l'assistante sarcastique et hautaine qu'il avait l'habitude de côtoyer au bureau. Avec son jean délavé qui moulait ses hanches et ses longues jambes comme une seconde peau, son bustier de coton tout simple qui dénudait ses épaules et ses bras satinés joliment dorés par le soleil, elle avait incarné l'insouciance, la gaieté et la fraîcheur juvénile, et il l'avait trouvée plus belle que jamais.

Et en la voyant avec son neveu dans les bras, il avait eu la curieuse impression de voir son avenir.

Un avenir avec Kia.

Pour la première fois depuis Julia, il avait pu concevoir de partager plus que des étreintes éphémères avec une femme. Mais Kia n'avait que faire d'une relation sérieuse… C'est du moins ce qu'il s'était obligé à se dire pour se raisonner. Elle n'aimait qu'une chose : l'argent.

Certes, un peu plus tôt, dans l'avion qui les ramenait à Darwin, elle avait affirmé aimer son fiancé, mais Brant avait remarqué qu'elle évitait son regard. Et maintenant, il se rappelait le sourire triomphal qu'elle avait arboré quand elle avait été photographiée au bras de Phillip. Mlle Kia Benton était fière et ravie d'avoir ferré un gros poisson.

Sachant à quoi s'en tenir sur les aspirations de Kia, comment pouvait-il voir autre chose en elle qu'une conquête potentielle ?

C'était à cause de ces fichues fêtes de fin d'année, décida-t-il en secouant la tête avec écœurement. Elles le rendaient bêtement sentimental et éveillaient en lui trop de souvenirs doux-amers.

Barbara et Jack Matthews avaient été les meilleurs parents du monde. Affectueux et généreux, ils accueillaient sous leur toit tous les enfants en mal d'affection et d'attention. Flynn se réfugiait chez eux chaque fois que son père alcoolique devenait brutal, et Damien avait fini par installer toutes ses affaires dans la chambre de Brant, vu que ses parents étaient constamment en voyage d'affaires. Ayant été élevés ensemble, les trois garçons étaient unis comme les doigts de la main.

Comme les frères que Brant et Royce n'étaient plus.

Brant serra les poings. Résolu à oublier la manière dont son cadet l'avait trahi en lui prenant sa fiancée, il se leva et s'approcha de la porte de communication.

Durant quelques secondes, il regarda Kia taper les documents destinés à remettre le projet Anderson sur les rails. Ils avaient frôlé la catastrophe. Dieu seul savait où Phillip avait eu la tête en soumettant à leur client un dossier truffé d'erreurs et d'invraisemblances !

— Vous saviez que la proposition de Phil ne passerait pas, n'est-ce pas ? demanda-t-il.

Absorbée par son travail, la jeune femme ne l'avait pas vu entrer.

Elle sursauta, puis hocha lentement la tête.

— J'ai eu quelques doutes… Mais quand j'en ai fait part à Phillip, il m'a assuré qu'il savait ce qu'il faisait. Je n'ai pas insisté.

Elle écarta les mains.

— C'est lui le patron.

— Moi aussi, rappela Brant. Vous auriez dû m'en parler.

Levant les yeux au ciel, elle s'écria :

— Et vous dire quoi ? Que mon patron perdait la tête parce qu'il avait appris qu'il allait boiter toute sa vie ?

Avec une ironie mordante, elle ajouta :

— Phillip se serait vraiment senti valorisé s'il avait eu l'impression qu'en plus d'avoir perdu l'usage de sa jambe, il perdait aussi l'esprit !

Elle avait raison, soupira intérieurement Brant.

— J'admire votre loyauté, Kia, déclara-t-il gentiment. Mais la prochaine fois, épargnez-nous du stress et venez me voir. Je trouverai un moyen d'arranger les choses sans froisser Phil.

— Je ne pense pas que cela se reproduise. Phil est juste fatigué et nerveux, mais cela va s'arranger.

Brant allait répliquer que son associé n'en était pas à sa première erreur lourde de conséquences, quand il se souvint à qui il parlait. Kia n'était pas seulement la secrétaire de Phil. Elle était sa fiancée.

— Nous avons fait du bon travail. Nous pouvons nous arrêter pour aujourd'hui, déclara-t-il pour ramener la conversation sur un terrain neutre. Voulez-vous manger quelque chose, avant de rentrer chez vous ?

Il s'aperçut qu'il espérait de tout son cœur qu'elle

allait répondre par l'affirmative. Soudain, il n'avait aucune envie de regagner son appartement, silencieux comme une tombe, pour manger un plat surgelé devant un téléfilm de Noël insipide.

Kia prit le temps de remettre de l'ordre sur son bureau avant de répondre.

— Non merci. La pizza était plus que copieuse.

— Nous l'avons mangée il y a une éternité, répliqua-t-il.

— En fait, ma mère m'a préparé tant de bons petits plats que je vais pouvoir jeûner pendant plusieurs semaines, je crois…

Le sourire attendri de Kia l'atteignit en plein cœur. Il songea alors que la chaleur et l'affection qu'elle manifestait pour sa famille ne cadraient pas avec son côté vénal et intéressé.

Où était donc la vraie Kia ?

Ici ? Dans sa famille ? Ailleurs ?

Après l'avoir étudiée à la dérobée tandis qu'elle éteignait son ordinateur puis récupérait son sac et sa veste, il se retira dans son bureau, se répétant que même les braqueurs de banque étaient capables de bons sentiments.

- 6 -

Kia avait été fermement résolue à se concentrer sur son travail mais, à sa grande irritation, elle ne parvenait pas à oublier que les autres employés étaient en congé et qu'elle se trouvait seule avec Brant au siège de la société. Le savoir dans le bureau voisin lui donnait l'impression de manquer d'air et lui mettait les nerfs à fleur de peau.

De guerre lasse, en début d'après-midi, elle décida de se réfugier dans son propre bureau, à l'autre bout du couloir. Loin de Brant. Loin de la tentation et du courant d'attirance presque tangible qui forcissait entre eux au fil des heures.

Lorsqu'elle lui fit part de son intention, il eut un sourire narquois qui indiquait qu'il voyait clair dans ses motivations. Comme elle le redoutait, il tenta de la faire changer d'avis, soulignant qu'ils gagneraient du temps si elle restait à portée de voix dans le bureau d'Evelynn. Cependant, elle campa sur ses positions et soutint qu'elle serait plus à l'aise et plus efficace si elle travaillait dans son environnement habituel, ce qui était la stricte vérité.

— Très bien. Apportez-moi les vingt prochaines pages dès que vous les aurez terminées, ordonna alors Brant.

Son ton autoritaire l'irrita au plus haut point.

— Bien, chef ! lança-t-elle en mimant un salut militaire.

Certes, c'était lui le patron, mais cela ne lui donnait pas pour autant le droit de se comporter en despote.

Elle allait lui montrer de quoi elle était capable ! Eperonnée par la colère, elle tapa les vingt pages requises en moitié moins de temps qu'il ne lui en aurait fallu d'ordinaire. Cependant, lorsqu'elle revint dans le bureau de Brant, se réjouissant d'avance de lui jeter le produit de son dur labeur sous le nez, il avait disparu.

A la fois déçue et frustrée, elle soupira longuement. Il aurait quand même pu faire preuve d'un minimum de considération et la prévenir qu'il s'absentait, afin qu'elle ne s'échine pas pour rien !

Entendant des pas dans le couloir, elle pensa qu'il était de retour. Son pouls s'accéléra. Mais à sa grande déception, elle vit l'ex-petite amie de Phillip s'arrêter devant la porte avec un sourire timide.

— Bonjour, Lynette, salua-t-elle gentiment. Quel bon vent vous amène ?

L'autre femme rougit.

— Bonjour, Kia. J'ai essayé de joindre Phil chez lui, mais il ne répond pas. Je pensais qu'il était venu travailler.

— Je suis désolée, il n'est pas au bureau.

Emue par la déception qui assombrissait le visage de son interlocutrice, Kia précisa :

— Il passe les fêtes dans le Queensland.

Lynette écarquilla les yeux.

— Il est parti sans vous ?

— J'ai dû rester travailler.

— Oh…

Les épaules affaissées, Lynette s'apprêta à repartir.

— Je ferais mieux de…

Se ravisant, elle fit volte-face.

— Kia, aimez-vous vraiment Phillip ? demanda-t-elle. Comme une femme devrait aimer l'homme qu'elle va épouser.

L'angoisse contenue dans sa voix raviva les remords de Kia.

— Je vous en supplie, dites-moi la vérité…, implora Lynette, les larmes aux yeux. J'ai besoin de savoir.

Kia fut incapable de la laisser souffrir une seconde de plus.

— Non, Lynette. Je n'aime pas Phillip de cette manière.

— Dieu soit loué !

Le soulagement et la perplexité se succédèrent sur le visage de Lynette.

— Mais alors… pourquoi ces fiançailles ?

En quelques mots, Kia lui raconta comment un mensonge en avait entraîné un autre, jusqu'à ce que la situation échappe à son contrôle.

— J'essayais juste d'aider Phillip, expliqua-t-elle. Jamais ne n'ai pensé vous blesser. Je suis sincèrement désolée, Lynette.

— Pensez-vous…

Lynette se mordit la lèvre et reprit :

— Pensez-vous que Phillip m'aime encore ?

— Je *sais* qu'il vous aime.

L'espoir illumina le regard de Lynette. Redressant les épaules, elle déclara d'un ton résolu :

— Je vais aller lui parler. Moi aussi je l'aime, et je sais qu'il a besoin de moi.

Kia la dévisagea avec admiration, réalisant que derrière son apparente fragilité et vulnérabilité, elle cachait une force de caractère exceptionnelle.

— S'il vous donne du fil à retordre, dites-lui de ma part qu'il est idiot.

Avec un rire joyeux, Lynette l'embrassa sur la joue.

— Merci, Kia. J'espère que bientôt, vous aussi, vous rencontrerez quelqu'un de bien.

— Ma vie me convient comme elle est, affirma Kia avec un sourire crispé.

Certes, elle était parfois tentée de se laisser entraîner par le courant qui la poussait vers Brant, mais heureusement, sa raison finissait toujours par l'emporter, lui rappelant qu'elle ne voulait pas d'un compagnon volage.

Comme Lynette repartait d'un pas si léger qu'elle ne semblait pas toucher terre, Kia sourit avec attendrissement et savoura son soulagement. Elle avait fait ce qu'elle pouvait : désormais, il ne tenait qu'à Lynette et à Phillip de régler leurs différends.

Au frisson qui la parcourut soudain, elle sut que Brant était revenu. Lorsqu'elle se retourna lentement, elle le vit sortir du bureau de son assistante, un dossier à la main.

— Je… j'ignorais que vous étiez là.

Avait-il entendu toute sa conversation avec Lynette ? s'interrogea-t-elle avec angoisse.

Un sourire nonchalant aux lèvres, il avança vers elle.

— La bonne conscience de la chercheuse d'or l'a emporté, finalement ?

Elle écarquilla les yeux.

— La chercheuse d'or ?

— Vous avez manqué votre coup, ma belle. Mais ne désespérez pas. Vous finirez bien par prendre un gros poisson dans vos filets.

Kia le dévisagea avec incrédulité et perplexité. Ce qu'il disait n'avait pas de sens. Etait-il devenu fou ?

— Ne prenez pas la peine de nier, lança Brant comme elle ouvrait la bouche pour demander une explication. Avant même de vous rencontrer, j'avais lu un article sur vous dans un magazine. Je savais que vous étiez ravie d'avoir mis le grappin sur l'un des plus riches célibataires du pays.

Elle comprit aussitôt à quel article il faisait allusion.

— Ce journaliste a voulu se venger de moi parce que j'avais refusé de sortir avec lui, expliqua-t-elle en s'efforçant au calme.

Brant croisa les bras et se campa devant elle.

— Même si ce journaliste a menti, moi, je vous ai entendue proclamer vos intentions au téléphone.

Elle plissa le front.

— Au téléphone ?

Brant eut un sourire entendu. Il avait su qu'elle feindrait l'innocence.

— Le jour où je suis rentré de Paris, je vous ai entendue promettre que vous alliez alpaguer un homme riche.

Il pinça les lèvres avec mépris.

— Comme par hasard, quelques semaines plus tard, vous étiez fiancée à Phillip.

Les sourcils froncés, Kia fit appel à ses souvenirs.

A qui avait-elle pu parler en ces termes ? Soudain, la réponse s'imposa à elle.

— Je plaisantais avec Gerald, mon beau-père.

Le visage horrifié, elle porta une main tremblante à son front.

— C'est pour cela que vous êtes odieux avec moi depuis le début ! Vous pensez que je m'intéresse à la fortune de Phillip…

Le rire moqueur de Brant lui confirma qu'elle avait vu juste.

— Vous n'avez pas refusé son collier en diamant, il me semble.

— Il m'avait demandé de le porter à la soirée de fin d'année. Mais je le lui ai rendu le lendemain. Demandez-le-lui, vous verrez.

Sentant le doute s'insinuer en lui, Brant fronça les sourcils.

— Et la Porsche ?

— C'est mon père qui me l'a offerte. Il vend des voitures, vous vous souvenez ?

Brant s'accrocha à ses certitudes. Il n'avait pas pu se méprendre à ce point sur son interlocutrice.

— Après ce que vous m'avez confié de vos relations avec votre père, je m'étonne que vous ayez accepté un cadeau de sa part.

Kia haussa les épaules.

— Quand il me l'a proposée, j'ai voulu refuser. Mais ensuite, j'ai pensé qu'une Porsche était une mince compensation pour tout ce qu'il m'avait infligé, et je me suis dit : « Pourquoi pas ? »

A son corps défendant, Brant fut tenté de la croire.

— Admettons… Il n'en reste pas moins que vous êtes très douée pour jouer la comédie. Vous m'avez menti, ajouta-t-il avec colère. Et ce pendant des semaines.

— Je l'ai fait parce que Phillip me le demandait.

— Allons donc ! Cela vous arrangeait. Vous vous êtes servie de lui.

Kia leva le menton. Quelle arrogance !

— Dans quel but aurais-je fait cela ?

— Pour nous séparer.

Le visage résolu, Brant ferma la porte de communication.

— Il n'y a pas de « nous », protesta Kia d'une voix tremblante.

— Vous mentez encore, Kia.

Lorsqu'il alla verrouiller la porte du couloir, le souffle de Kia se bloqua dans sa gorge.

— Que… que faites-vous ?

— A votre avis ?

La voix de Brant s'était faite sensuelle et caressante.

— Brant ! Vous êtes mon patron. Je… je…

— … vais vous laisser m'embrasser, acheva Brant pour elle.

Elle s'humecta les lèvres. Il ne la touchait pas. Il ne lui tendait pas les bras. Il se contentait de la dévorer des yeux. Sa raison lui commandait de s'enfuir, mais le désir qui luisait dans les prunelles brunes la paralysait sur place.

— Brant, je…

— Je vous en veux tellement de m'avoir tenu à distance que j'ai autant envie de vous tordre le cou que de vous embrasser.

Dans un dernier sursaut de volonté, elle recula d'un pas. Brant la retint par le coude, allumant des étincelles sur son bras.

— Je choisis la seconde solution. Je commencerai par votre bouche. Ensuite, je vous déshabillerai et je vous goûterai partout.

Affolée par l'excitation qui s'emparait d'elle, elle secoua la tête.

— Je… je ne crois pas que ce soit une bonne idée.

Sa voix manquait de conviction.

— Je n'ai que trop attendu.

Lorsque Brant l'attira contre lui, elle ne trouva pas la force de résister. Elle espérait et redoutait ce baiser depuis le premier jour. Déjà, son corps frémissait d'anticipation. Elle allait enfin découvrir la saveur de la bouche de Brant.

Elle s'était attendue à un assaut exigeant. Mais après avoir embrassé la commissure de ses lèvres avec une douceur infinie, Brant redessina leur contour de la langue, et les mordilla délicatement.

Lorsque enfin il effleura sa langue de la sienne, elle ne put contenir un gémissement de plaisir et noua les bras autour de son cou. C'était si bon d'être tout contre lui, de s'abandonner à la douce ivresse de ses sens.

Même si ce n'était que pour quelques secondes ou, au mieux, pour quelques heures…, se rappela-t-elle avec un serrement de cœur.

Brant perçut son léger recul.

— Que se passe-t-il, Kia ?

— Rien.

Redoutant qu'il ne lise ses regrets dans ses yeux, elle baissa la tête. D'une main douce mais ferme, il lui prit le menton et l'obligea à affronter son regard.

— Je t'interdis de me cacher quelque chose.

Elle prit une inspiration tremblante.

— Tu m'interdis ?

— Oui.

Lorsqu'il s'attaqua aux boutons qui fermaient le devant de sa robe, elle oublia son indignation face à sa tendance à l'autoritarisme. Elle voulait sentir ses mains sur sa peau, savoir si elles seraient aussi douces que ses lèvres ou, au contraire, si elles se montreraient hardies et impatientes.

Quelques secondes plus tard, sa robe tomba sur la moquette, révélant ses sous-vêtements de dentelle.

— Cette couleur pêche te va à merveille, murmura Brant en l'enveloppant d'un regard de braise.

Contenant un frisson de désir, elle l'invita d'une voix rauque :

— Embrasse-moi encore.

Il ne se fit pas prier. Soudant ses lèvres aux siennes, il la prit par les hanches et la fit reculer contre son bureau. Puis, d'un revers de bras, il envoya dossiers et stylos sur le sol.

— Tu ne peux pas savoir combien de fois j'ai rêvé de cet instant, lui confia-t-il.

Otant les épingles qui maintenaient son chignon, il ajouta :

— Je me voyais faire ça…

Après avoir enfoui les doigts dans l'épaisseur soyeuse de ses cheveux, il l'embrassa dans le cou.

— Et ça.

La tête renversée en arrière, Kia savoura la délicieuse brûlure de ses lèvres sur son menton, sur sa joue. Lorsqu'il revint butiner ses lèvres, elle soupira de plaisir.

— Tu es magnifique, souffla-t-il en dégrafant son soutien-gorge.

Fermant les yeux, elle s'abandonna à ses sensations, alors qu'il mettait les mains en coupe sous ses seins et en titillait la pointe sensible du pouce.

Cependant, lorsque, sans cesser d'enflammer son buste de ses doigts agiles, il traça un sillon de baisers sur son ventre, elle se raidit, devinant ses intentions.

— Brant ! Non !

Sourd à ses protestations, Brant abaissa le dernier rempart de sa nudité sur ses jambes.

— Je veux t'embrasser ici aussi.

Elle se tendit comme un arc alors qu'il posait les lèvres sur son sexe.

— Brant..., gémit-elle sans pouvoir s'empêcher de s'ouvrir à son exploration hardie.

C'était divin. C'était juste. C'était parfait.

Comme elle avait toujours su que ce le serait.

Encouragé par son abandon, Brant passa la langue sur le point le plus sensible de son être. Bientôt, une tension insoutenable grandit en elle.

D'instinct, elle se tendit vers un soulagement inconnu qu'elle sentait tout proche. Lorsqu'elle jouit dans un long spasme de volupté, ce fut comme un feu d'artifice, l'explosion de mille sensations plus éblouissantes les unes que les autres.

En rouvrant les yeux, elle surprit le sourire satisfait de Brant. Son orgueil lui commanda de le repousser, mais elle en fut incapable. Chaque parcelle de son corps résonnait encore du plaisir qu'il lui avait donné.

Elle écarquilla les yeux quand il s'écarta et lui tendit ses sous-vêtements.

— Mais… nous n'avons pas encore… Tu ne veux pas…

— Faire l'amour ?

Brant secoua la tête. Le cœur alourdi par la déception, elle se détourna pour se rhabiller, mais il la retint par l'épaule.

— Viens chez moi. A 7 heures.

Le regard étincelant de passion, il passa un doigt sur ses lèvres encore gonflées par la fougue de leurs baisers et la ramena contre lui.

— Ici, je ne peux pas te faire tout ce que j'aimerais te faire.

Elle déglutit péniblement. Quand elle était dans les bras de Brant, elle ne se reconnaissait plus. Il lui faisait faire de ces choses…

Des choses qu'elle avait trop envie de faire avec lui.

— Brant, je ne peux pas. Je…

— Tu me désires, Kia. Tu ne peux pas le nier.

Prenant une inspiration tremblante, elle s'arracha à son étreinte et recula de quelques pas.

— Ce qui vient de se passer était juste… un interlude.

— Un prélude, corrigea Brant en enchaînant

son regard au sien. Il y a une minute, tu voulais faire l'amour avec moi, tu me désirais de toutes tes forces.

Elle avait perdu la tête, elle ne pouvait le nier. Cependant, elle commençait à recouvrer la raison.

— C'était tout à l'heure. Mais maintenant…

— Nous aurions pu être amants il y a des semaines, déclara Brant, les traits durcis par la rancœur.

Là encore, il avait raison. Mais elle n'était pas prête à l'admettre devant lui.

— Même si je t'avais avoué qu'il n'y avait rien entre Phillip et moi, je ne t'aurais pas laissé…

— Nous aurions fait l'amour, coupa Brant. Allons, Kia, cesse de nier l'évidence. Je t'attire depuis le premier jour.

Pour prouver ses dires, il l'enlaça par la taille. Dans un long frémissement, elle s'abandonna à son étreinte. De lui-même, son corps se fondit contre ses angles virils.

Irritée par sa faiblesse, elle s'écarta d'un bond. Brant ne tenta pas de la retenir, mais son sourire entendu indiqua qu'il savait qu'elle avait été sur le point de perdre une nouvelle fois la raison.

Désireuse de recouvrer sa dignité, elle acheva de boutonner sa robe.

— Kia ?

Son pouls s'accéléra quand elle vit le défi contenu dans le regard de Brant.

— Pense à ce que nous pourrions partager.

De retour dans son bureau, elle se laissa tomber sur sa chaise avec un profond soupir. Elle avait encore du mal à réaliser ce qui venait de se passer. Avait-elle vraiment laissé Brant la caresser et l'embrasser… partout ?

Elle avait lu que beaucoup de couples appréciaient ce genre de chose. Maintenant, elle savait pourquoi.

Ce qu'elle n'avait pas soupçonné, c'était qu'elle perdrait la raison dès que Brant la toucherait. Qu'était-il advenu du contrôle de soi dont elle était si fière ? Où étaient passés son orgueil et son respect d'elle-même ?

Elle avait toujours été consciente de représenter un défi pour Brant, une conquête qu'il voulait ajouter à un tableau de chasse déjà impressionnant, aux dires de la presse.

Pourtant, elle s'était offerte à lui sur un plateau.

Ou plutôt, sur un bureau…

A présent, elle ne pourrait plus jamais le regarder en face ni feindre le détachement et l'indifférence.

S'il changeait d'avis et décidait de ne pas attendre

le soir pour reprendre les choses où ils les avaient laissées…

Horrifiée par le frisson d'excitation qui la parcourait, elle récupéra son sac et courut vers l'ascenseur.

« Pense à ce que nous pourrions partager. » Les derniers mots de Brant revinrent la hanter alors qu'elle montait dans sa voiture.

Pourquoi pas ? demanda une petite voix dans sa tête tandis qu'elle rentrait chez elle. Ils étaient tous deux adultes et libres de tout engagement.

Connaissant la piètre opinion que Brant avait d'elle, elle n'aurait même pas dû envisager de faire l'amour avec lui…

Mais alors pourquoi l'idée de le revoir dans quelques heures faisait-elle palpiter son cœur d'impatience ?

Au comble de l'exaspération, Brant jeta son stylo sur son bureau. Il s'était promis d'étudier la nouvelle mouture du projet Anderson, mais ses pensées ne cessaient de revenir à Kia.

S'était-il trompé à son sujet, ou était-elle aussi intéressée qu'il l'avait cru ? Certes, elle avait réfuté ses accusations avec des arguments tout à fait logiques. Mais le propre d'un escroc n'était-il pas d'endormir la méfiance de ses victimes en les amenant à croire ce qu'il voulait ?

Il ne devait pas oublier que Kia lui avait menti pendant des semaines. Pourquoi avait-elle tant tenu à ce qu'il ignore qu'il n'y avait rien entre Phillip et elle, alors qu'elle avait avoué la vérité à Lynette sans se faire prier ?

Parce qu'elle avait su que, dès l'instant où il connaîtrait le fin mot de l'histoire, plus rien ne les empêcherait de devenir amants !

Kia avait voulu se protéger de leur attirance mutuelle. Parce qu'elle se sentait faible face au désir qui crépitait entre eux depuis le premier jour.

Il l'avait cru très expérimentée, rompue aux jeux de l'amour. Pourtant, tout à l'heure, elle s'était révélée différente de ses maîtresses habituelles, des femmes sans complexes ni inhibitions, qui savaient ce qu'elles donnaient et ce qu'elles pouvaient attendre en retour.

Kia avait paru étonnée et effrayée par le plaisir qu'elle ressentait dans ses bras. Sous sa réponse passionnée, il avait perçu une profonde innocence. Plus il y réfléchissait, plus il était prêt à mettre sa main à couper qu'elle n'avait pas eu d'amant depuis longtemps.

Pourtant, si elle était aussi calculatrice et cupide qu'il le pensait, elle devait être habituée à user de ses charmes pour subjuguer des hommes riches.

Bon sang ! Il ne savait plus quoi penser d'elle…

Une chose était cependant certaine : avec Kia, il ne voulait ni ne pouvait se contenter d'une étreinte à la sauvette. Lorsqu'elle s'était abandonnée dans ses bras, quelques instants plus tôt, même s'il avait été torturé par l'envie de la posséder entièrement, il avait préféré attendre un moment et un endroit plus propices.

Ce soir, il pourrait compenser des semaines de frustration. Ce soir, il la marquerait de son sceau, elle serait toute à lui.

Enfin.

En ouvrant sa porte, il resta muet d'admiration et de désir. Sur une autre femme, la robe bleue toute simple de Kia aurait pu paraître austère, avec son décolleté très sage et sa jupe sous le genou. Pourtant, sur elle, elle était carrément spectaculaire.

Reprenant ses esprits, il invita sa visiteuse à entrer.

— Détends-toi, je ne vais pas te violer, plaisanta-t-il en remarquant ses traits crispés et la raideur de sa démarche.

Même si, il devait bien se l'avouer, l'idée était des plus tentantes.

Levant le menton, Kia passa devant lui dans un nuage de parfum frais et fleuri.

— Tu m'en vois soulagée.

A son corps défendant, il dut admirer son flegme. Même quand elle était mal à l'aise et nerveuse, elle gardait son sens de la repartie et son humour corrosif.

— Assieds-toi. J'étais en train de nous préparer un verre.

Passant derrière le bar, il demanda :

— Un gin-tonic ? Ça te va ?

— Double, merci.

— Certainement pas. Je tiens à ce que tu te souviennes de chaque seconde de cette soirée.

Evitant son regard, Kia s'humecta les lèvres et marmonna :

— Je n'aurais pas dû venir. C'était une erreur.

— Cela s'appelle être adultes et affronter une situation, corrigea-t-il suavement.

Comme il s'y attendait, elle refusa de lui laisser le dernier mot.

— Pour moi, céder à la tentation de prendre ce que l'on veut est puéril.

— Donc, tu admets que tu me veux.

Kia soupira longuement. Il avait réponse à tout.

— Nous devrions revenir à des rapports strictement professionnels. Pour ne pas compliquer la situation.

Un grand sourire aux lèvres, il lui tendit un verre.

— J'adore ce genre de complication.

— Qui te dit que je ne joue pas la comédie en faisant semblant d'être attirée par toi ? demanda-t-elle d'un ton de défi. N'oublie pas que quand j'ai prétendu être fiancée à Phillip, tu n'y as vu que du feu.

— Détrompe-toi. J'ai toujours senti que quelque chose n'allait pas entre vous.

Le front buté, elle précisa :

— Je voulais aider Phillip.

— Et surtout me garder à distance, souligna-t-il.

— Cela a marché, il me semble.

— Plus maintenant.

Exaspérée par son arrogance, Kia lança :

— Pourquoi vouloir me séduire alors que tu es persuadé que je ne pense qu'à l'argent ? Si tu avais besoin de compagnie ce soir, n'importe quelle autre femme aurait pu faire l'affaire…

— Non.

Brant comprenait soudain qu'il ne voulait qu'elle. Voilà pourquoi, ces derniers temps, il ne répondait à aucun appel féminin et passait ses journées et ses soirées à son bureau. Voilà aussi pourquoi il était si irritable et désagréable avec tout le monde. Il ne supportait pas de penser qu'il n'aurait jamais la femme qui lui plaisait bien plus qu'aucune autre.

Tant qu'il avait été persuadé que Kia sortait avec

son associé, il l'avait considérée comme intouchable, hors de portée.

Mais tel n'était plus le cas.

Pour endiguer l'excitation qui montait en lui, il indiqua la terrasse.

— Cela te dit de manger dehors ?

— Je n'ai pas faim.

— Dans ce cas, nous allons sauter le dîner et passer directement aux choses sérieuses.

Voyant Kia pincer les lèvres et se diriger vers la baie vitrée, il sut ce qu'elle pensait de sa suggestion.

— Je savais que tu recouvrerais l'appétit, murmura-t-il avec un sourire en coin.

S'accoudant à la rambarde d'aluminium avec elle, il contempla la vue sur Mindil Beach et Darwin Harbor, encore plus spectaculaire en cette période où la ville était parée des somptueuses illuminations de Noël.

Ce soir, cependant, il voulait surtout voir briller les yeux de Kia. Se tournant vers elle, il admira la délicatesse des traits de la jeune femme, ses yeux bleus qui reflétaient la lumière orangée du soleil couchant. Il avait l'impression qu'il ne pourrait jamais se lasser de la contempler.

— Ne me regarde pas comme ça ! ordonna Kia.

Secouant la tête, elle ajouta dans un soupir :

— Tu ne me facilites pas les choses.

— On n'a jamais rien sans mal.

L'irritation rosissant ses joues, elle se tourna soudain vers Brant.

— Tu me vois comme un défi, n'est-ce pas ?

— C'est vrai.

Il fixa sa bouche sensuelle si tentante.

— Mais je n'ai pas choisi de te désirer avec autant de force. Pour être franc, tu m'obsèdes depuis le premier jour.

— Comme c'est flatteur ! lança-t-elle d'un ton railleur.

Il sourit intérieurement. Elle pouvait toujours essayer de lui tenir la dragée haute, cela ne changeait rien. D'ici la fin de la soirée, elle se retrouverait dans ses bras.

Et dans son lit.

— Veux-tu passer à table ?

Le léger frisson qui parcourut Kia lorsqu'il l'aida à s'installer à la table de tek octogonale l'emplit de joie et d'impatience. Cependant, il n'en laissa rien paraître. Il pouvait attendre, se répéta-t-il, se permettre de savourer chaque seconde de cette délicieuse excitation, car il avait maintenant la certitude que ses semaines de frustration touchaient à leur fin.

Suivant ses recommandations, sa gouvernante avait préparé un festin : un cocktail d'avocats et de fruits de mer en entrée, suivi d'un carré d'agneau grillé, un flan de courgettes et de tomates, et des pommes de terres rissolées.

Il constata avec amusement que Kia mangeait le plus lentement possible, sans doute pour retarder l'inéluctable.

— Tout est délicieux, déclara-t-elle après une minuscule bouchée de viande. C'est toi le cordon-bleu ?

Il haussa un sourcil.

— J'ai l'air d'un cuisinier ?

— Il n'y a rien de mal à préparer un repas. Beaucoup d'hommes prennent plaisir à se mettre aux fourneaux.

— Il y en a bien plus qui aiment faire l'amour.

Si Kia rougit sous son regard de braise, elle faillit s'étrangler lorsqu'il demanda :

— Combien d'hommes as-tu connus, Kia ?

Elle se refusa à évoquer sa vie amoureuse, plutôt désertique.

— Et toi ?

— Je préfère les femmes, répliqua-t-il, pince-sans-rire.

Hochant la tête, Kia murmura :

— J'imagine que pour un homme d'expérience comme toi, faire l'amour est plus un art qu'une technique.

Il crut deviner la raison de l'inquiétude qui vacillait au fond de son regard de saphir.

— Ne te fais pas de souci. Je prends toujours mes précautions.

— Merci, mon Dieu ! lança-t-elle avec ironie.

— Ne plaisante pas, Kia. C'est important, de nos jours.

— Je sais.

Posant son verre de vin, il revint à la charge.

— Tu ne m'as toujours pas répondu. Y a-t-il eu beaucoup d'hommes dans ta vie ?

Après ce qui lui parut une éternité, Kia le regarda droit dans les yeux.

— Un seul. Il y a très longtemps.

Voyant sa stupéfaction, elle lança d'un ton de défi :

— Si tu n'aimes pas ma réponse, je peux partir.

Il fronça les sourcils.

— Je vois clair dans ton jeu. Tu espères que je vais renoncer à toi si tu me fais croire que tu manques d'expérience.

— Je me fiche de ce que tu penses. Je t'ai dit la vérité.

Il n'en doutait pas. Et maintenant, il s'expliquait mieux l'innocence qu'il avait perçue en elle lors de leur « prélude » sensuel dans son bureau.

— Quand était-ce ? interrogea-t-il. Avec qui ?

Kia haussa les épaules.

— Quelle importance ?

— Je ne veux aucun secret entre nous. En tout cas, pas au lit.

Après une longue hésitation, elle se résolut à raconter :

— C'était lors d'une fête chez une amie. J'avais quinze ans, j'avais bu, pour tenter d'oublier que mon père n'avait pas voulu de son laideron de fille à son deuxième mariage.

Secouant la tête, elle poursuivit :

— Je sais que c'était idiot, mais j'avais terriblement besoin de me sentir aimée, alors je me suis jetée à la tête du premier venu…

Sa voix se mit à trembler d'amertume alors qu'elle confiait :

— Il ne m'a même pas demandé mon nom. Le lendemain, je ne me souvenais pratiquement de rien.

Choqué par ce récit, Brant serra les poings.

— Je te propose un marché, dit-il après une profonde inspiration pour recouvrer son calme. Quoi que nous fassions ce soir, si tu souhaites arrêter, il te suffira de me le dire.

L'émotion noua la gorge de Kia.

— C'est vrai ?

— Forcer ma partenaire n'est pas mon genre. J'aime partager le plaisir, pas le prendre.

Brant se leva et lui tendit la main.

— J'ai envie de toi. J'ai *besoin* de toi, Kia Benton.

Il insista sur son nom, pour lui montrer que, contrairement à l'individu maladroit et insensible qui avait ravi son innocence, il savait très bien qui elle était, et que s'il brûlait de désir, c'était pour elle et pour elle seule.

— Je te promets de te faire oublier ta première expérience.

- 7 -

En entrant dans la grande chambre baignée par le clair de lune, Kia marqua une hésitation. L'énormité du risque qu'elle prenait s'imposa à elle. Voulait-elle laisser Brant franchir les murs qu'elle avait péniblement érigés autour de son cœur ? Cet après-midi déjà, elle avait baissé sa garde. Parviendrait-elle à lui offrir son corps sans perdre le contrôle de ses émotions ?

Comme s'il devinait son appréhension, Brant la prit dans ses bras. Le désir et la tendresse contenus dans son sourire la firent frissonner d'excitation.

— Moi aussi, j'ai envie de toi..., chuchota-t-elle.

Elle ne pouvait se priver d'un tel moment. Peu importait ce qui se passerait par la suite et l'opinion que Brant avait d'elle : elle voulait s'accorder une nuit dans ses bras.

Son aveu parut électriser le regard de Brant.

— Je suis déjà tout à toi, assura-t-il avec ferveur.

Lorsqu'il resserra son étreinte, Kia s'abandonna contre son torse musclé avec un soupir de plaisir, s'imprégnant de sa chaleur rassurante.

— Tu es la plus belle femme que j'aie jamais connue, chuchota-t-il contre ses cheveux, d'une voix tendre.

Elle lui adressa un sourire lumineux.

— Dans tes bras, je me *sens* belle.

De chrysalide, elle était devenue papillon grâce à lui. Ses incertitudes et ses peurs avaient disparu : il n'y avait plus que Brant, son corps solide et excitant, la chaleur communicative de son regard.

Le cœur débordant d'émotions, elle lui tendit les lèvres. Il les baisa avec une fougue qui disait mieux que des mots combien il avait envie d'elle.

Sans cesser d'explorer sa bouche en un tourbillon enivrant, il abaissa la fermeture Eclair de sa robe et parcourut son dos en lentes arabesques tentatrices.

Pour ne pas être en reste, elle tira sa chemise hors de son pantalon et passa les mains sur son torse, éprouvant avec ivresse la dureté de ses muscles noueux.

— Tu joues avec le feu, l'avertit-il d'une voix rauque quand elle glissa vers son ventre.

Pour étayer ses dires, il la prit par les hanches et

la pressa contre son sexe bandé par le désir, puis il reprit ses lèvres avec fièvre.

Kia savait qu'il la désirait depuis qu'elle avait dansé avec lui au dîner de fin d'année. Si, ce soir-là, elle avait été effrayée par la chaleur qui émanait de sa virilité, maintenant, elle était flattée de découvrir l'effet qu'elle avait sur lui.

Lorsqu'il s'écarta, elle sentit sa robe et son soutien-gorge tomber à ses pieds. Cependant, elle n'eut pas le temps d'être gênée et de croiser les bras sur sa poitrine. Brant la souleva dans ses bras et la porta sur son lit.

L'intensité avec laquelle il la contempla alors fit bouillir son sang dans ses veines.

— Tu m'appartiens, Kia, déclara-t-il d'une voix profonde.

Elle fut incapable de s'offusquer de son ton possessif. En cet instant précis, elle *voulait* lui appartenir.

— Oui, chuchota-t-elle. Pour ce soir, je suis à toi.

Elle l'admira à la dérobée alors qu'il se déshabillait. Il était superbe, avec un corps qui respirait la virilité et la force : des épaules athlétiques qui contrastaient avec ses hanches étroites, de longues jambes musclées…

Tremblante d'excitation, elle se lova contre lui dès qu'il s'allongea sur le lit. Après un long baiser qui porta son désir à son paroxysme, il dévala de la langue la vallée soyeuse entre ses seins, mordillant leurs pointes au passage.

Elle se tordit de volupté quand, sans cesser sa savante torture, il insinua une main entre ses jambes. Bientôt, elle ne fut plus que sensations grisantes. Les doigts qui couraient sur son sexe trempé de passion et la bouche qui allumait des étincelles de plaisir sur sa poitrine devinrent sa seule réalité.

Sentant la jouissance toute proche, elle se souleva à sa rencontre, mais Brant retira sa main.

— N'arrête pas ! gémit-elle, au comble de la frustration et de la déception.

Secouant la tête, il ouvrit le tiroir de la table de nuit.

— Cette fois, nous faisons tout ensemble.

Après s'être rapidement protégé, il l'enveloppa de son grand corps musclé. L'étonnement qui écarquilla son regard alors qu'il se glissait dans sa chaleur secrète, avec une lenteur et une douceur infinies, lui confirma ce qu'elle lui avait confié un peu plus tôt : il était le premier à lui faire vraiment l'amour. Chaviré de tendresse et de fierté, il couvrit son visage de baisers.

Kia n'aurait jamais cru éprouver un tel sentiment de plénitude. C'était comme si elle avait enfin trouvé sa place après de longues années d'errance.

Maintenant qu'elle ne faisait plus qu'un avec Brant, elle se sentait enfin femme et complète.

Durant une éternité, ils restèrent perdus dans le regard l'un de l'autre, soudés par le corps et l'esprit. Puis Brant commença à se mouvoir en elle. Fermant les yeux pour mieux savourer les sensations inconnues qui la submergeaient, elle épousa d'instinct son tempo langoureux.

— Kia, regarde-moi…, lui dit-il d'une voix cassée par l'effort qu'il faisait pour se contrôler.

Elle eut toutes les peines du monde à soulever ses paupières alourdies par la volupté. Voir dans les prunelles sombres de Brant le reflet de sa propre passion tandis qu'il la marquait de son sceau viril décupla son excitation et son plaisir. Avec une plainte rauque, elle accéléra d'elle-même leur danse sensuelle.

Lorsqu'il la sentit se tendre sous lui comme un arc, Brant sut qu'elle atteignait la jouissance. Dans un ultime coup de rein libérateur, il s'envola avec elle vers les sommets de la perfection.

Kia sourit aux baisers qui pleuvaient sur son front et ses joues. Avec un soupir de bien-être, elle se pelotonna plus étroitement contre son amant. Jamais elle n'avait été aussi heureuse. Elle aimait écouter les battements réguliers de son cœur, elle aimait sentir ses bras l'encercler comme une forteresse invincible.

En fait, elle l'aimait tout court.

Cette réalité s'imposa à elle avec la clarté d'un flash dans la nuit. Elle eut chaud et froid en même temps.

Elle était tombée amoureuse de Brant Matthews.

Elle aimait son patron, un homme qui la prenait pour une femme sans cœur ni scrupules.

Seigneur, cela ne pouvait pas lui arriver !

Pourtant, c'était bien un amour infini qui habitait désormais son cœur.

Comment ne l'avait-elle pas compris plus tôt ? Et surtout, qu'allait-elle faire ?

— Kia ? chuchota Brant.

Elle sentit qu'il s'écartait et se penchait sur elle. Elle n'avait pas le choix. Elle devait affronter son regard et prier pour qu'il ne voie pas sur son visage ce qui lui apparaissait maintenant comme une évidence.

Retenant son souffle, elle ouvrit lentement les yeux. Dieu merci, Brant lui souriait… Il ne semblait pas soupçonner ses sentiments pour lui. Elle pouvait se permettre de savourer encore quelques heures de douce intimité avec lui.

Quelques heures… C'était tout ce qu'elle s'accorderait. Tout ce qu'elle espérerait. Car maintenant qu'il avait eu ce qu'il voulait, Brant n'allait pas tarder à chercher de plus verts pâturages.

Elle contint un gémissement, sentant que déjà, son cœur se serrait à la perspective de ne plus voir Brant que de loin en loin et seulement au bureau.

— T'ai-je fait mal ? demanda-t-il.

— Absolument pas.

Du moins pas pour le moment, ajouta-t-elle en silence. Mais cela viendrait. Quand elle devrait admettre qu'elle n'avait été qu'une passade pour lui.

Brant lui caressa la joue.

— Tu es merveilleuse… Je n'ai jamais éprouvé autant de plaisir.

Le sexe, le plaisir, c'était tout ce qui comptait pour lui, pensa-t-elle avec tristesse.

— Moi non plus, dit-elle en feignant le détachement.

Brant l'enveloppa d'un regard intense.

— Je suis honoré d'avoir été le premier dans ta vie de femme.

Après un baiser langoureux, il posa la question qu'elle redoutait :

— Pourquoi moi, Kia ?

Elle se força à rire avec désinvolture.

— Quelle femme n'aurait pas envie de toi ?

Lorsqu'il se rembrunit, elle sut qu'il était contrarié.

Sans doute s'était-il attendu à des compliments et à une déclaration d'amour.

Eh bien, dans ce cas, il n'allait pas tarder à comprendre qu'elle n'était pas taillée dans la même étoffe que ses partenaires habituelles, et qu'il ne devait pas espérer son adoration inconditionnelle.

Penser aux femmes qui l'avaient précédée et lui succéderaient lui fit l'effet d'un coup de couteau en plein cœur. Elle ne pouvait ni ne voulait attendre que Brant la rejette comme un Kleenex usagé.

Tremblant de tous ses membres, elle s'assit d'un bond et s'enroula dans le drap, fermement résolue à reprendre ses distances.

— Qu'y a-t-il ? s'inquiéta Brant en posant une main tendre sur son épaule.

— Je rentre chez moi.

Elle voulut le repousser, mais elle aurait tout aussi bien pu tenter de déplacer un mur de briques.

La surprise et la colère se succédèrent dans le regard de Brant.

— Je ne te laisserai pas partir.

— Tu ne me…

Elle faillit s'étrangler d'indignation. Pensait-il que faire l'amour avec lui l'avait privée de son bon sens ?

— J'ai déjà laissé une femme qui comptait pour moi me quitter. Je ne tiens pas à refaire cette erreur.

Elle écarquilla les yeux. Une femme avait compté

pour Brant Matthews, le grand séducteur ? Et elle l'avait quitté ?

Elle comptait aussi ?

Mais qu'entendait-il par « compter » ?

— Tu veux dire que je… que nous…

Renonçant à chercher les mots justes, elle demanda sans ambages :

— Tu envisages plus qu'une aventure sans lendemain avec moi ?

— Evidemment ! Nous allons approfondir cette alchimie entre nous. Jusqu'à la fin.

La fin…

Elle n'aurait pas dû être peinée qu'il parte du principe qu'ils se quitteraient tôt ou tard. Pourtant elle l'était.

Le destin lui avait joué un tour bien cruel en la faisant tomber amoureuse d'un homme qui excluait toute éventualité de relation durable.

Pour se prouver qu'il lui restait une once de bon sens et de dignité, elle lança vertement :

— Ne me dis pas ce que je dois faire !

Brant eut un lent sourire sensuel.

— Si je te disais tout ce que je veux que tu fasses, tu prendrais tes jambes à ton cou.

Au comble de l'irritation, elle se leva et entreprit de ramasser ses vêtements.

— De toute façon, j'allais partir.

— Ça m'étonnerait !

Cette menace voilée renforça sa détermination à se reprendre.

— Tu ne pourras pas m'en empêcher.

Une lueur de défi brilla dans le regard de Brant.

— Puisque ta décision est prise, tu ne risques rien à m'embrasser comme tu en as envie. Après, je t'ouvrirai moi-même la porte, c'est promis.

Le menton levé, elle répliqua :

— Et si je n'en ai pas envie ?

— Alors, c'est moi qui t'embrasserai. Nous verrons bien où cela nous mènera.

— Tu parles d'un choix ! maugréa-t-elle.

Elle savait déjà combien elle était faible dès qu'elle était près de lui. Un baiser risquait d'anéantir ses résolutions de sagesse.

D'un autre côté, elle pouvait lui montrer et se prouver à elle-même qu'elle avait encore de la volonté.

Prenant une profonde inspiration, elle se mit sur la pointe des pieds pour déposer un rapide baiser sur la bouche de Brant. Vif comme l'éclair, il l'enlaça par la taille et la maintint contre lui.

— J'ai dit : « comme tu en as envie ».

Elle gémit intérieurement. Elle aurait dû savoir qu'il ne la laisserait pas s'en tirer aussi facilement !

— J'en avais envie comme ça.

Le sourire entendu de Brant lui signifia qu'il

n'était pas dupe. Elle frémit d'agacement. Elle allait lui river son clou !

Ensuite, elle rentrerait chez elle, et quand ils se reverraient au bureau, elle veillerait à maintenir leurs rapports à un niveau strictement professionnel.

Comme elle reposait ses lèvres sur celles de Brant, elle réalisa qu'elle n'avait jamais pris l'initiative de leurs baisers. C'était toujours lui qui avait suscité sa passion.

Il allait regretter de l'avoir provoquée, se promit-elle en emprisonnant sa bouche sous la sienne.

Résolue à lui montrer de quoi elle était capable, elle l'enlaça par le cou et se fondit contre lui, sensuelle et tentatrice. La chaleur de son corps mâle agit sur ses sens comme une bourrasque de vent sur des braises. Eperdue de désir, elle frotta les pointes douloureuses de ses seins contre son torse.

Avec un grondement de fauve déchaîné, Brant la souleva dans ses bras et se dirigea vers la salle de bains.

— La porte est de l'autre côté, rappela-t-elle dans un sursaut d'orgueil.

Mais en son for intérieur, elle s'avoua qu'elle ne savait même plus pourquoi elle avait voulu partir pour ne jamais revenir.

— Je sais exactement où je t'emmène, affirma Brant avant la réduire au silence avec un baiser vorace.

*
* *

Elle remarqua à peine les plantes luxuriantes et les orchidées qui donnaient à la salle de bains des allures de forêt tropicale.

Sur l'insistance de Brant, elle s'installa à califourchon sur lui dans le jacuzzi. L'expérience fut incroyable. Et difficile. Etant face à lui, entièrement offerte à son regard attentif tandis qu'elle chevauchait vers la jouissance, elle dut se mordre les lèvres jusqu'au sang pour s'empêcher de lui avouer qu'elle l'aimait.

Une fois séchés, ils regagnèrent la chambre main dans la main. Le seul fait de s'étendre ensemble sur le grand lit raviva leur passion. Ils firent l'amour encore une fois, prenant tout leur temps pour découvrir les secrets sensuels qui avaient échappé à leurs précédentes explorations. Puis ils s'endormirent épuisés et comblés dans les bras l'un de l'autre.

Il faisait encore nuit noire quand Kia fut réveillée par la sonnerie du téléphone. Elle se blottit plus étroitement contre son compagnon en espérant qu'il allait ignorer cet appel importun. Elle n'aspirait qu'à une chose : se rendormir en savourant sa douce euphorie et la satiété de ses sens.

A sa grande déception, elle entendit Brant tâtonner sur la table de nuit à la recherche du combiné puis décrocher.

— Julia ? Que se passe-t-il ?

Kia ouvrit péniblement les yeux lorsqu'il la repoussa et s'assit d'un bond pour allumer la lampe de chevet.

— Oui, j'ai de la compagnie, marmonna-t-il dans le combiné.

Après un regard embarrassé dans sa direction, il demanda :

— Cela ne peut pas attendre ?

Le visage sombre, il soupira longuement.

— D'accord. Attends-moi. Je te rejoins d'ici à une heure.

Après avoir raccroché, il se tourna vers Kia.

— Je dois sortir.

Le cœur lourd, elle hocha la tête.

— Ne t'inquiète pas, je comprends…

— Tu n'es pas obligée de partir, dit Brant en la voyant se lever.

Pensait-il qu'elle allait se rendormir tranquillement dans son lit pendant qu'il allait rejoindre une autre femme ?

— Je ne tiens pas à rester ici.

Tandis qu'elle ramassait ses vêtements, Kia surprit son regard affamé. Il la désirait encore, cela ne faisait aucun doute. Mais jusqu'à quel point ? Avait-elle une chance de le retenir ?

Constatant le tour que prenaient ses pensées, elle se sermonna vertement. Elle n'allait pas entrer en compétition avec une autre femme. Elle avait vu trop souvent sa mère souffrir et se battre en vain pour essayer de garder l'amour d'un mari volage.

Après avoir enfilé son pantalon, Brant déclara d'un ton sans réplique :

— Je te raccompagne à ta voiture. Il est tard.

Bien trop tard, pensa-t-elle avec tristesse tandis qu'ils achevaient de se rhabiller dans un silence assourdissant. Elle n'aurait jamais dû faire l'amour avec lui.

Cela avait été une erreur. Une magnifique et délicieuse erreur, mais une erreur tout de même.

Renonçant à discuter, elle se laissa accompagner jusqu'au parking public situé près de son immeuble.

— Surtout, appelle-moi pour me dire que tu es bien rentrée chez toi, recommanda-t-il tandis qu'elle ouvrait sa portière.

Elle s'interdit d'être touchée par son inquiétude.

— Tout ira bien.

— Appelle-moi, répéta-t-il, le regard impérieux.

Quelques secondes plus tard, elle quittait le parking en trombe, se disant qu'elle devrait sortir de la vie de Brant de la même manière : sans un mot, et sans un regard en arrière.

Elle était presque arrivée chez elle quand une

question lui traversa l'esprit. Julia était-elle la femme qui avait compté pour Brant ?

Oui, bien sûr, lui répondit son instinct. Et Julia comptait toujours autant, sans quoi Brant ne serait pas parti la rejoindre au beau milieu de la nuit.

Elle mit un point d'honneur à ne pas l'appeler. Et elle versa des larmes de sang tandis que les heures s'égrenaient sans qu'il lui téléphone.

De toute évidence, il l'avait déjà oubliée dans les bras de Julia.

Quand son réveil sonna, elle n'avait pas fermé l'œil et elle se sentait épuisée, physiquement et moralement. Comme un automate, elle se leva et prit une longue douche fraîche, puis elle se prépara une salade de fruits à base de mangues, de pamplemousse et d'oranges.

Si seulement Brant avait pu être différent ! soupira-t-elle intérieurement, en se forçant à boire une troisième tasse de café pour s'éclaircir les idées. La vie aurait été plus belle et plus facile s'il avait été le genre d'homme qui pouvait lui rendre ses sentiments.

Mais il ne l'était pas. Et il ne le serait jamais. Un léopard ne perdait pas plus ses taches qu'un séducteur ne devenait un compagnon dévoué et fidèle.

D'ailleurs, songea-t-elle avec amertume, Brant ne devait même pas connaître le sens de ces mots.

Le téléphone sonna alors qu'elle s'apprêtait à partir travailler.

— Comment as-tu pu inciter une femme à me séduire ? plaisanta Phillip. Je ne suis pas un homme facile.

Oubliant sa tristesse, elle sourit à sa plaisanterie.

— Lynette a-t-elle réussi ?

— Au-delà de toute espérance.

Après une courte pause, Phillip reprit d'une voix chargée d'émotion :

— Comment pourrais-je jamais te remercier ?

— Sois heureux. C'est tout ce que je te demande.

— Cela ne sera pas difficile. Nous avons décidé de nous marier dans deux mois, dès la fin de ma rééducation. Evidemment, nous comptons sur ta présence ce jour-là.

Kia savait déjà qu'elle trouverait une excuse pour ne pas assister à la cérémonie. A n'en pas douter, Brant serait invité, lui aussi. Jamais elle ne supporterait de le revoir en dehors du bureau. Surtout s'il était accompagné de Julia.

— Je vais le noter sur mon agenda, mentit-elle.

— En parlant d'agenda, n'étais-tu pas censée passer

les fêtes chez ta mère ? s'étonna Phillip. Lynette m'a dit qu'elle t'avait trouvée au bureau.

— Je suis rentrée à Darwin le lendemain de Noël.

Kia se força à rire.

— Trop de monde, trop de bruit. Tu sais comment sont les réunions de famille.

— Tu n'étais pas obligée de reprendre le travail. Tu aurais pu rester te reposer chez toi.

Après un bref silence, Phillip demanda avec une pointe d'inquiétude :

— Y a-t-il un problème au bureau ?

— Bien sûr que non.

Kia réfléchit à une explication plausible.

— En fait, j'étais passée à mon bureau récupérer un gilet que j'avais oublié. Brant avait besoin d'aide, alors je suis restée.

— Rappelle-moi de te donner une prime.

Avec un petit rire, Phillip ajouta :

— Je sais bien que la plupart des femmes se battraient pour avoir le plaisir de trimer sous les ordres de Brant, mais…

— Je ne suis pas comme elles, coupa Kia d'un ton abrupt.

— Tu sais, je vais devoir lui dire que Lynette et moi sommes de nouveau ensemble.

Phillip marqua une pause.

— Cela m'ennuie, car ensuite, tu seras une proie facile pour lui.

Elle feignit la désinvolture.

— Il sait déjà tout. Il a surpris ma conversation avec Lynette.

— Et ?

La voix de Phillip trahissait son inquiétude.

— Et rien.

Redoutant des questions embarrassantes, Kia tenta d'abréger la conversation.

— Je dois te laisser. J'ai un rendez-vous et je suis déjà en retard.

— Attends ! s'écria Phillip. Je viens de penser à quelque chose. La nouvelle de notre rupture va se répandre comme une traînée de poudre. Les gens vont dire que tu m'as quitté parce que je suis handicapé.

Kia s'interdit de penser à ce que les journalistes pourraient écrire sur son compte.

— Nous ferons face le moment venu.

D'un ton pressant, elle ajouta :

— Phillip, je dois vraiment te laisser.

— Kia ?

Elle se raidit.

— Oui…

— Tu n'as pas l'air dans ton assiette. Tu es sûre que tu vas bien ?

— Je me porte comme un charme, assura-t-elle

avec un rire désinvolte. Mais merci de t'inquiéter pour moi. On se rappelle bientôt. Au revoir, Phil.

Redoutant la perspicacité de son interlocuteur, elle se hâta de raccrocher. Son amour pour Brant était un sentiment intime qu'elle ne pouvait ni ne voulait partager.

- 8 -

En sortant de l'ascenseur, Kia fut tentée de marcher sur la pointe des pieds pour que Brant ne l'entende pas arriver. Elle finit par se raviser, songeant qu'il serait aussi lâche qu'inutile de retarder leur inévitable confrontation.

Comme elle passait devant son bureau, elle ne put s'empêcher de jeter un bref regard à l'intérieur. Son cœur se serra quand elle vit le fauteuil vide.

Avait-elle réellement espéré le trouver au travail de bon matin, alors qu'il avait passé le reste de la nuit dans les bras de Julia ?

Une fois de plus, elle se demanda comment il avait pu lui faire l'amour avec tant de passion et partir retrouver une autre femme.

Elle n'aurait pas dû être surprise, en réalité. Elle avait su dès le départ que Brant n'avait ni cœur ni scrupules et qu'il ne vivait que pour son bon plaisir.

Comme son propre père.

Ravalant ses larmes, elle poursuivit son chemin et gagna son bureau. Elle commençait à comprendre le calvaire que sa mère avait enduré, et elle s'en voulait d'avoir souvent critiqué l'obstination de cette dernière à rester avec un homme qui ne l'aimait pas et ne lui témoignait aucune considération. Maintenant, elle savait que ce qu'elle avait pris pour de la faiblesse, c'était une loyauté à toute épreuve et un amour infini.

Après avoir laborieusement tapé quelques lettres, elle décida de s'accorder une pause et s'étira devant la fenêtre. Un soleil radieux inondait les rues, presque désertes, comme toujours entre les fêtes. Au loin, des voiliers poussés par une légère brise évoluaient paresseusement sur l'océan turquoise. Le monde continuait à tourner, même si elle se sentait mourir à petit feu.

Il était 9 h 30. Brant n'était toujours pas arrivé. Il faisait la grasse matinée dans les bras de…

— Kia ?

Elle fit volte-face. Son cœur, qu'elle avait cru mort, bondit dans sa poitrine lorsqu'elle vit l'objet de ses pensées entrer dans son bureau, rasé de près, plus élégant et séduisant que jamais.

Croisant son regard possessif, elle se sentit rougir. Un long frisson de désir la parcourut, et ses jambes se mirent à trembler alors que l'attirance familière crépitait entre eux.

Comme elle faisait un pas vers lui, la dure réalité lui revint. Son estomac se noua. Une bonne entente physique ne suffisait pas. Elle aimait trop Brant pour se contenter du peu qu'il daignerait lui donner.

— Tu es bien matinal, commenta-t-elle pour cacher son émoi.

Brant parut étonné.

— Pourquoi ne le serais-je pas ?

— Je pensais que tu serais fatigué. Ou... occupé.

— Par quoi ?

Haussant les sourcils, il ajouta d'une voix veloutée :

— Ou devrais-je dire par qui ?

Elle refusa de jouer au chat et à la souris.

— Par Julia, bien sûr.

— Tu pensais que j'allais paresser avec elle au lit ?

Avait-il besoin de remuer le couteau dans la plaie ? Prenait-il plaisir à lui rappeler qu'il avait préféré finir la nuit avec une autre ?

Incapable de taire sa colère et sa rancœur, elle lança :

— Si tu veux avoir plusieurs maîtresses en même temps, c'est ton droit. Mais ne t'attends pas à ce que je l'accepte. Je ne partage pas.

Le regard de Brant prit la dureté de l'acier.

— Si je comprends bien, tu me demandes de choisir entre Julia et toi ?

Kia ne cilla pas.

— Je te demande de choisir entre moi et n'importe quelle autre femme, y compris Julia.

— Je n'ai de comptes à rendre à personne.

La toisant avec arrogance, Brant ajouta :

— Cependant, je vais faire une exception pour toi, Kia chérie. La seule femme avec qui j'aie dormi cette nuit, c'est toi.

Avec un sourire moqueur, il ajouta :

— Mais si je me souviens bien, nous n'avons guère fermé l'œil.

Elle aurait voulu le croire. De toutes ses forces. Mais elle avait encore à la mémoire les larmes de sa mère et les mensonges éhontés que son père avait coutume d'inventer pour justifier ses retards.

— Bien essayé, Brant, rétorqua-t-elle avec une ironie mordante. Mais je ne suis pas née de la dernière pluie. Tu dis que tu n'as pas *dormi* avec Julia, mais tu ne nies pas avoir eu une relation sexuelle avec elle.

Brant serra les poings.

— Cela n'a pas été le cas.

— J'ai déjà entendu ça quelque part.

Lorsqu'elle lui tourna le dos, il abattit une main de fer sur son épaule et l'obligea à affronter son regard noir.

— Je ne suis pas ton père.

Elle resta sans voix devant sa perspicacité. Comment avait-il pu deviner qu'il lui rappelait son père ?

— Il n'y a pas si longtemps, tu m'as dit que tu ne t'excuserais pas pour ce qu'il est, rappela Brant. Eh bien, je n'ai pas l'intention de le faire non plus.

Plongeant son regard pénétrant dans le sien, il demanda :

— Tu penses que je suis aussi superficiel et malhonnête que lui ?

L'esprit en tumulte, elle s'avoua qu'elle n'avait jamais envisagé qu'il puisse *ne pas* ressembler à son père.

Un muscle se mit à palpiter sur la joue de Brant.

— Il n'y a rien entre Julia et moi, déclara-t-il. Soit tu me crois, soit tu ne me crois pas. C'est toi qui décides.

Elle le dévisagea en silence, notant les rides de tension au coin de sa bouche et la détermination qui brillait dans ses yeux. Si elle refusait de le croire, tout serait fini entre eux, comprit-elle. Il la bannirait de sa vie pour toujours, sans l'ombre d'un regret.

Son inflexibilité montrait que, contrairement à son père, il était foncièrement honnête et franc. Elle s'en aperçut dans un éclair de lucidité.

— Je te crois, affirma-t-elle d'une voix enrouée mais ferme.

Le soulagement qui détendit les traits virils de Brant l'étonna au plus haut point. Il semblait réellement se soucier de l'opinion qu'elle avait de lui !

— Merci, dit-il avec une dignité qui contrastait avec son arrogance et sa désinvolture coutumières.

Elle réfléchit rapidement. S'il exigeait d'avoir sa confiance, elle pouvait faire de même. Le menton levé, elle lança :

— Je ne cherche pas à me faire passer la bague au doigt par un homme riche. Ton argent et ton statut social ne m'intéressent pas.

Le regardant droit dans les yeux, elle répéta l'ultimatum qu'il lui avait posé quelques secondes plus tôt :

— Soit tu me crois, soit tu ne me crois pas. C'est toi qui choisis.

Elle lut l'étonnement puis l'admiration sur son visage.

— Je te crois, murmura-t-il en l'attirant dans ses bras.

Savoir qu'il renonçait à ses préjugés pour la voir enfin comme la personne digne de respect qu'elle était inonda son cœur d'une joie sauvage.

Elle s'abandonna alors sans réserve à son baiser, d'une intensité déchirante.

Lorsqu'il se redressa, Brant lui sourit et la dévisagea avec tendresse.

— Au cas où tu aurais peur d'être comme ta mère qui croyait tout ce que lui disait ton père, je tiens à t'assurer que tu ne l'es pas. Tu n'as pas à te sentir coupable.

Elle ouvrit de grands yeux.

— Coupable ? De quoi ?

— De me désirer même quand tu es en colère contre moi.

Elle tenta de contenir son sourire.

— Qui t'a dit que j'avais envie de toi ?

— Toi, hier soir. Il me semble me rappeler certaines prières…

Les joues cramoisies au souvenir de son impudeur, elle secoua la tête.

— Je te suppliais de me laisser dormir.

— Si c'est le cas, j'ai adoré ta manière de faire.

Lui emprisonnant les mains derrière le dos, Brant se pencha vers ses lèvres.

— Nous devrions recommencer ce soir.

Elle tenta d'ignorer les délicieux frissons que son souffle tiède éveillait sur sa joue.

— Je ne sais pas si ce sera possible. J'ai beaucoup à faire.

Brant se rembrunit. Son regard se fit orageux.

— Il vaudrait mieux pour toi que tu n'aies pas de rendez-vous avec un autre homme.

Ne voulant pas le faire souffrir, elle s'empressa de le rassurer.

— Je veux juste me laver les cheveux.

— Je t'aiderai.

— Tu es disposé à faire mon repassage, aussi ?

Riant doucement, Brant la ramena contre lui.

— Je te propose un compromis : tu te laves les cheveux et ensuite, tu mets des vêtements infroissables. Ou, mieux, tu ne portes rien du tout. La soirée n'en sera que plus intéressante.

Un délicieux frisson d'excitation la parcourut.

— Chez moi ou chez toi ? demanda-t-elle d'une voix rauque.

— Chez moi.

Après un dernier baiser qui mit leurs sens à feu et à sang, Brant la libéra.

— J'ai un rendez-vous dans une heure au siège d'Anderson, et cela risque de durer toute la journée. Je passerai te prendre chez toi à 7 heures.

L'orgueil de Kia lui commanda de garder un minimum d'indépendance.

— Je préfère prendre ma voiture.

— Comme tu veux. Mais ne compte pas rentrer de bonne heure.

Brant l'enveloppa d'un regard vibrant de promesses sensuelles.

— Je préfère te prévenir : je doute de te laisser repartir.

*
* *

Kia avait du mal à croire que vingt-quatre heures plus tôt, elle avait été certaine de pouvoir limiter sa relation avec Brant à une nuit sans lendemain. Seule une femme stupide faisait deux fois la même erreur. Ou une femme aveuglée par l'amour. Pourtant, elle était de nouveau là, devant la porte de Brant, le cœur palpitant d'impatience et de joie.

Quand son amant lui ouvrit, leurs regards s'enchaînèrent durant une éternité, vibrant d'émotions et de promesses.

Puis Brant l'attira à l'intérieur et la plaqua contre lui avec fièvre.

Le cœur en déroute, elle lui livra ses lèvres et son âme. Bientôt, elle fut submergée par le besoin de le toucher, de retrouver le bonheur ineffable de sentir sa peau contre la sienne.

D'une main tremblante, elle s'attaqua aux boutons de sa chemise.

— C'est trop…, gémit-elle.

Il y avait trop de vêtements entre eux. Elle éprouvait trop d'amour pour lui. Trop de désir incontrôlable.

Après avoir caressé et embrassé ses épaules et son torse, elle tira sur la fermeture Eclair de son pantalon et s'appropria son sexe, dur comme du marbre.

Brant tressaillit alors qu'elle lui faisait subir la plus subtile des tortures et le portait au paroxysme de l'excitation.

— Pas encore…, protesta-t-il en repoussant sa main.

Après lui avoir arraché ses vêtements, il la porta jusqu'à son lit. Elle jouit dans un déferlement de volupté à l'instant où elle sentit son membre durci par le désir contre son sexe. Sans longs préliminaires, sans tension douloureuse, sans course frénétique vers le soulagement.

Lorsqu'elle le regarda avec stupéfaction, tout en reprenant son souffle, Brant eut un sourire entendu. Loin de s'irriter de son arrogance, elle se sentit encore plus femme et plus sensuelle.

D'une souple ondulation des hanches, elle le prit entièrement en elle. Elle s'était crue comblée et avait seulement pensé le satisfaire à son tour, mais à son grand étonnement, elle constata que sa chaleur mâle rayonnait dans tout son corps et ravivait son désir. Transportée de passion, elle se souda plus étroitement à lui et s'abandonna à la tourmente de ses sens.

Les muscles tendus sous l'effort qu'il faisait pour se contrôler, Brant la chaloupa de plus en plus vite, de plus en plus fort, jusqu'à ce qu'elle soit traversée d'un spasme d'une violence inouïe. Savoir qu'il venait de lui donner un autre orgasme anéantit sa maîtrise. Avec un cri de bonheur, il se laissa submerger à son tour par les vagues du plaisir et se répandit en elle.

Kia flottait sur un nuage de bonheur. Elle voulait ne plus jamais bouger. Elle allait garder Brant tout à elle et en elle pour toujours.

— Kia ?

Le petit rire de son amant lui parvint de très loin.

— Il faudra que tu me laisses partir, un jour, tu sais.

Elle rouvrit les yeux à contrecœur. Il avait raison. Elle se couvrait de ridicule en le serrant contre elle à l'étouffer.

Lorsqu'elle laissa retomber ses bras et soupira longuement, Brant la dévisagea avec gravité.

— Que se passe-t-il ?

Elle força un sourire sur ses lèvres.

— J'ai faim. Je n'ai pas beaucoup mangé, aujourd'hui.

En fait, elle avait été trop excitée à l'idée de le revoir pour avaler quoi que ce soit.

— Tu dois manger, femme, plaisanta-t-il d'une voix caverneuse.

Après un baiser tendre, il gagna la salle de bains et revint avec un peignoir d'éponge blanc à la main.

— Voilà pour toi, dit-il en le lui tendant.

Tandis qu'il disparaissait dans la pièce voisine, elle enfila le peignoir et inspira avec délice le parfum masculin qui s'en dégageait.

Elle écarquilla les yeux en le voyant revenir. Brant Matthews portait des jeans ? C'était une première. Déjà, en costume et cravate, il était la séduction personnifiée. En jean et torse nu, il était tout simplement irrésistible, le rêve incarné de toute femme.

Surprenant son regard admiratif, Brant lui sourit.

— Si tu me veux en plat principal, il te suffit de le dire.

Un délicieux frisson la parcourut.

— En fait, j'aimerais te garder pour le dessert.

— Cela doit pouvoir se faire.

Durant tout le dîner, qu'ils décidèrent de prendre dans la salle à manger, Kia s'efforça à la nonchalance, mais intérieurement, elle était bouleversée par le regard de braise de son compagnon, et elle n'avait qu'une envie : retourner dans sa chambre pour continuer d'explorer l'univers de sensualité et de plaisir qu'il lui avait révélé. Elle pouvait aussi ôter son peignoir et le supplier de la prendre là, sur la table ou sur le tapis…

Pour interrompre les scénarios érotiques que lui

suggérait son imagination, elle dit la première chose qui lui vint à l'esprit.

— Parle-moi de Julia.

Voyant les traits de Brant se durcir, elle se mordit la lèvre. Quelle mouche l'avait piquée ?

En fait, Julia l'obsédait, s'avoua-t-elle. Bien sûr, elle croyait Brant quand il affirmait qu'il ne s'était rien passé entre Julia et lui la nuit précédente. Cependant, son instinct lui disait que l'autre femme n'était pas une simple connaissance.

— Julia est ma belle-sœur, informa Brant d'un ton sec.

— Ta…

Kia écarquilla les yeux.

— Pourquoi ne me l'as-tu pas dit ? Pourquoi m'as-tu laissé croire…

— Qu'elle était une de mes nombreuses maîtresses ? acheva Brant avec une ironie mordante.

Le visage sombre, il précisa :

— Elle l'a été. Jusqu'à ce qu'elle me quitte pour mon frère.

Son amertume serra le cœur de Kia.

— Brant ! Je suis désolée…

— Ne le sois pas. C'est mieux comme ça.

Elle doutait qu'il en soit convaincu. Aucun homme ne pouvait estimer qu'il valait mieux qu'une femme importante à ses yeux le quitte pour la seule personne au monde en qui il aurait dû avoir toute confiance.

Après une longue hésitation, elle osa poser la question qui lui brûlait les lèvres.

— Pourquoi t'a-t-elle appelé ?

Julia avait-elle des regrets ? Voulait-elle reconquérir Brant ? Etait-ce cela, le problème urgent qu'il avait dû régler cette nuit ?

Brant haussa les épaules.

— Elle voulait me convaincre de raisonner Royce. Il n'accepte pas l'idée que Julia et moi soyons sortis ensemble et il s'est mis à boire.

Une vague de soulagement déferla dans le cœur de Kia.

— As-tu parlé à ton frère ?

— Non.

La voix de Brant avait claqué comme un coup de fouet.

— Et je n'ai pas l'intention de le faire.

Kia le dévisagea avec stupeur.

— C'est ton frère, Brant.

— Et alors ?

Un frisson glacé parcourut son épine dorsale.

— Cela ne veut rien dire, pour toi ?

— Ce n'est qu'un mot.

Elle songea soudain qu'elle avait un aperçu de ce qui se passerait quand il se lasserait d'elle. Car cela arriverait, c'était inévitable.

Seigneur, elle s'était menti à elle-même ! Ce n'était pas parce qu'elle avait admis que Brant était plus droit et plus franc que son père qu'il était devenu un homme parfait. Quand il déciderait qu'elle devait sortir de sa vie, rien ni personne ne le ferait changer d'avis. Il lui tournerait le dos, comme il l'avait fait avec son frère. Partir sans se retourner semblait être sa devise. Il ne faisait pas d'exception.

Sauf, peut-être, pour Julia. De toute évidence, il n'avait pas coupé les ponts avec elle.

— Tu n'as pas de cœur, lâcha-t-elle, au comble de la souffrance.

Brant parut se retrancher derrière un mur de glace.

— Pense ce que tu veux.

— C'est bien ce que j'ai l'intention de faire.

Elle soutint son regard sans ciller. Un silence lourd de tension s'installa entre eux, jusqu'à ce que Brant finisse par demander :

— Penses-tu que si tu disais à ton père ce que tu éprouves pour lui, cela changerait ce qu'il pense ?

Ne voyant pas où il voulait en venir, elle fronça les sourcils.

— Que vient faire mon père dans tout ça ?

— Tu voudrais que je parle à mon frère pour l'amener à changer sa manière de penser. La situation est identique. Tu sais que cela ne peut pas marcher.

— Comment peux-tu le savoir, tant que tu n'as pas essayé ?

Le regard inquisiteur, Brant se pencha vers elle.

— As-tu essayé de parler à ton père ?

— Bien sûr.

— Et ?

Elle rougit et admit :

— Il a refusé de m'écouter.

— Tu vois bien !

Le regard de Brant s'adoucit.

— Ecoute, Kia… Mon oncle était alcoolique. Il a fait souffrir toute sa famille jusqu'à ce qu'il se tue avec ma tante dans un accident de voiture parce qu'il avait trop bu. Pourtant, pendant des années, nous avions tous tenté de le convaincre de se faire soigner.

Il soupira longuement.

— Je peux parler à Royce à en perdre la voix, cela ne servira à rien. Il doit admettre qu'il a un problème avec l'alcool et *vouloir* le résoudre. Pas pour Julia, pas pour moi. Pour lui-même.

En percevant la frustration qui vibrait dans sa voix, Kia sut qu'il n'était pas aussi insensible qu'il voulait le paraître.

— Tu as raison.

Il se leva et la prit dans ses bras.

— Je ne veux pas me disputer avec toi. Je veux te faire l'amour. Oublions le reste du monde pour ce soir.

— Mais…

— Assez parlé, coupa-t-il en tirant sur la ceinture de son peignoir.

Ensorcelée par le désir qui étincelait dans son regard, elle s'abandonna contre lui.

— Il vous faut des leçons en amour, mademoiselle Benton, chuchota-t-il en lui mordillant l'oreille.

Elle soupira de volupté alors qu'il mettait les mains en coupe sous ses seins et faisait rouler leurs pointes roses entre ses doigts.

— Leçon numéro un terminée, l'informa-t-il.

Au prix d'un gros effort, elle rouvrit les yeux.

— Numéro un ?

— Toujours répondre quand je te touche.

Brant fit glisser son peignoir sur ses bras puis dévora son corps des yeux.

Le cœur palpitant d'impatience, elle assura :

— J'apprends vite.

— C'est ce que je vois… La leçon suivante est plus difficile. Il s'agit de se laisser dévorer sans bouger.

Kia frémit d'excitation.

— Ai-je le droit de rendre la pareille ?

Elle avait terriblement envie de savoir si sa peau avait le même goût partout.

Les mains de Brant se figèrent sur ses hanches. Son regard s'assombrit.

— Seulement si tu le veux.

— Quand commençons-nous, maître ?

— Pourquoi pas maintenant ?

La voracité de leur baiser la stupéfia. On aurait dit qu'ils n'avaient pas fait l'amour depuis des semaines, et non depuis quelques heures.

Après avoir fait le tour de ses seins avec sa langue, Brant en titilla les pointes hérissées. Puis il se laissa tomber à genoux devant elle et nicha la tête entre ses cuisses offertes.

Kia gémit son nom, enfouit les doigts dans ses cheveux pour l'attirer plus près alors qu'il léchait goulûment sa chair trempée de passion, éveillant en elle une myriade de sensations fulgurantes.

Cependant, trop vite à son goût, elle se sentit sur le point de partir.

— Viens, supplia-t-elle en tentant de le faire relever. S'il te plaît, Brant. Je te veux en moi.

— Bientôt, promit-il sans cesser ses coups de langue diaboliques.

Lorsque enfin il la prit dans ses bras et la porta dans sa chambre, elle tremblait encore sous la violence du plaisir qu'il venait de lui donner.

— Je veux t'aimer comme tu m'as aimée, dit-elle lorsqu'il s'allongea avec elle sur le grand lit.

Elle vit alors la passion flamboyer dans son regard brun.

— Tu es sûre ?

— Absolument.

Pour le lui prouver, elle déposa un baiser sur la pointe de son sexe érigé. Encouragée par son long frémissement de plaisir, elle se fit taquine, mordilla ses reliefs brûlants…

— Kia…, gronda-t-il lorsqu'elle laissa libre cours à son instinct et le prit tout entier dans l'écrin de sa bouche. Arrête !

Ses lèvres étaient trop douces, sa langue trop agile. Déjà, il se sentait au bord de l'explosion.

Kia fit la sourde oreille. Elle voulait l'avoir tout à elle, se livrer à de douces représailles et le rendre fou de passion et de plaisir.

Devinant ses intentions, il s'écarta vivement.

— Non !

Lorsque, après s'être rapidement protégé, il s'abrita dans sa chaleur divine, le même râle de plaisir et de soulagement leur échappa. Peau contre peau, cœur contre cœur, les mains enlacées et les lèvres soudées, ils s'élancèrent vers de nouvelles cimes de jouissance.

*
* *

— Pourquoi m'as-tu arrêtée ? demanda Kia d'un ton de reproche alors qu'ils reprenaient leur souffle. Je voulais aller jusqu'au bout.

Il déposa un baiser tendre sur ses cheveux ébouriffés.

— Je sais. Mais tu n'étais pas prête. Même si je dois admettre que tu es très douée.

— Mais…

— Laisse-moi être juge, chérie, murmura-t-il d'une voix ensommeillée, avant de fermer les yeux.

Durant quelques minutes, Kia contempla son visage anguleux, s'attardant sur sa mâchoire volontaire et sa bouche ferme et sensuelle. Puis elle se lova contre lui avec un léger soupir, se demandant si celui qui n'était pas prêt était l'homme qui connaissait la chanson par cœur, ou la femme censée ne pas la connaître.

Quand la respiration de sa compagne se fit régulière, Brant rouvrit les yeux et contempla son corps de rêve avec émotion.

Elle était si belle… Diablement belle !

Pourquoi n'avait-il pu se résoudre à se laisser aller dans sa bouche ?

Il en aurait retiré du plaisir, il n'en doutait pas une seconde. Cependant, il aurait eu l'impression de se servir d'elle, et il ne le voulait à aucun prix.

Kia était différente des autres femmes. Elle le fascinait et l'émouvait de mille manières. Avec elle, il ne s'agissait pas que de sexe : il en était conscient depuis qu'elle l'avait amené à admettre qu'elle n'était pas l'ambitieuse cupide et sans scrupules qu'il avait cru voir en elle.

Mais bien sûr, ce qu'il éprouvait pour elle n'était pas de l'amour. Il avait déjà été amoureux et il l'avait amèrement regretté.

Jamais plus il ne donnerait son cœur.

- 9 -

Kia ouvrait sa porte d'entrée quand elle entendit le téléphone sonner. Pensant que Brant voulait se moquer d'elle parce qu'elle était en retard au travail, elle rit sous cape et courut décrocher.

— Comment va ma ravissante fille ? s'enquit une voix masculine tonitruante.

Elle leva les yeux au ciel. Pourquoi son père l'appelait-il justement aujourd'hui ? Elle n'avait pas envie qu'il ternisse son bonheur tout neuf.

— Bonjour, papa.

— Tu sembles déçue, fit remarquer Lloyd Benton. Tu espérais un appel d'un de tes nombreux soupirants ?

— Je n'ai jamais été du genre à collectionner les conquêtes, rappela-t-elle en se contraignant au calme.

Contrairement à lui, elle n'avait pas besoin d'être adorée et adulée par le sexe opposé pour vivre.

— Ton ami, alors. C'est sérieux entre vous ?

Elle ne prit pas la peine de répondre. Ses sentiments pour Brant ne regardaient qu'elle.

— Comment vas-tu, papa ?

A l'autre bout du fil, son père éclata de rire.

— Je vois que ce garçon ne mérite même pas que tu me parles de lui. Bravo, chérie ! Profite de la vie. A fond, si tu vois ce que je veux dire.

— Je vois très bien.

Kia leva les yeux au ciel. Son père ne changerait jamais.

— Pourquoi m'appelles-tu, papa ?

— Je suis de passage à Darwin pour mon travail. Je pensais t'inviter au restaurant à midi, pour m'assurer que tu étais toujours aussi jolie.

— Et si je ne le suis pas ?

Elle parlait d'un ton léger, mais un nœud s'était formé dans sa gorge.

— Je t'échangerai, bien sûr.

N'imaginant pas une seconde que sa plaisanterie ravivait de vieilles souffrances, son père éclata de rire.

— Qu'en dis-tu, beauté ? Tu acceptes de déjeuner avec ton cher papa ?

Kia cligna des yeux pour refouler ses larmes d'amertume. Elle ouvrait la bouche pour envoyer son père au diable, quand elle songea que passer un moment ensemble lui confirmerait que Brant ne lui ressemblait en rien.

— Amber t'accompagne ? demanda-t-elle avec appréhension, sachant que le déjeuner serait loin d'être agréable si la troisième épouse de son père y participait.

— Elle est restée à Sydney, elle avait des choses à faire, répondit Lloyd d'un ton évasif.

Kia secoua la tête avec apitoiement. Elle avait toujours su que le troisième mariage de son père ne durerait pas. Quand renoncerait-il à vouloir épater la galerie, et à se prouver qu'il était toujours jeune et séduisant, en épousant des écervelées qui avaient la moitié de son âge ?

— Où veux-tu que nous nous retrouvions ?

Lloyd Benton aimait se montrer. Comme elle s'y attendait, il lui donna rendez-vous dans un restaurant sélect du centre-ville.

Sitôt raccroché, elle composa le numéro de Brant, pour l'avertir qu'elle serait au bureau en début d'après-midi. Entendre sa voix la rassurerait et lui ferait du bien, pensa-t-elle avec un sourire.

Mais soudain, elle se souvint que la nuit précédente, Brant avait refusé de s'abandonner au plaisir qu'elle voulait lui donner. Elle raccrocha avant la première sonnerie, songeant qu'elle ferait bien de l'imiter et de reprendre un peu de distance.

*
* *

Brant bondit hors de son fauteuil en entendant le tintement qui précédait l'ouverture des portes de l'ascenseur.

Ce devait être Kia. Dieu merci, elle était saine et sauve !

Il avait commencé à s'inquiéter quand, à 11 heures, il ne l'avait pas vue arriver au bureau. Après l'avoir appelée en vain toutes les dix minutes sur sa ligne fixe et sur son portable, l'angoisse s'était emparée de lui, et il s'était précipité chez elle. En découvrant qu'elle était partie en voiture, sans aucun doute pour le rejoindre au travail, il avait imaginé le pire.

Elle allait lui donner des explications, se promit-il en fonçant vers la porte de son bureau. Même s'il ne voyait pas quelle raison elle pourrait invoquer pour justifier son silence et son absence prolongée.

Il s'arrêta net alors qu'un doute l'assaillait. Se pouvait-il que Kia voie un autre homme ?

Un juron lui échappa quand il vit Flynn Donovan et non Kia entrer dans son bureau.

— En voilà une manière d'accueillir un vieil ami, lança Flynn d'un ton railleur.

Brant fit la grimace.

— Excuse-moi, je n'en avais pas après toi…

Le regard brillant de curiosité, Flynn haussa les sourcils et demanda :

— Après qui, alors ?

— Peu importe.

Brant grimaça un sourire.

— Je suis honoré d'avoir ta visite.

— On ne dirait pas…, reprit Flynn sur le même ton.

Clouant Brant sous le regard d'aigle qui ne manquait jamais d'impressionner ses concurrents en affaires, il fit remarquer :

— On dirait que tu broies du noir. Tu es contrarié ?

Brant préféra tenter une diversion.

— Que veux-tu, Flynn ?

— Je suis venu te demander pourquoi tu ne réponds plus à mes messages depuis des semaines. Il me semble que nous étions tous censés nous retrouver pendant les fêtes.

Brant eut un rire sans joie.

— Tu étais au Japon et Damien aux Etats-Unis.

— Je suis rentré, maintenant. Et Damien arrive demain.

Flynn agita la main.

— Peu importe. Nous avons tous les deux remarqué que tu nous évitais.

— J'ai été occupé.

— Comme nous tous.

Jurant en silence, Brant se laissa tomber dans son fauteuil. Il aurait dû savoir que son ami ne se contenterait pas de vagues explications. Mieux valait lui donner un os à ronger.

— Tu te souviens que Phil a eu un accident ?

Flynn confirma d'un signe de tête.

— Depuis, il n'est plus lui-même. A cause de sa distraction, nous avons failli perdre un gros client. J'ai dû travailler d'arrache-pied pour réparer les dégâts.

En voyant une lueur de sympathie briller dans le regard de son ami, Brant soupira de soulagement. Flynn était lui aussi un homme d'affaires ambitieux, qui n'hésitait pas à faire passer le travail avant les loisirs et les soirées entre amis, quand le besoin s'en faisait sentir. Il allait accepter son explication sans chercher à en savoir plus.

Comme Brant s'y attendait, son ami proposa :

— Puis-je t'aider en quoi que ce soit ?

— Non merci, je contrôle la situation.

Croyant entendre le tintement de l'ascenseur, Brant dressa l'oreille et guetta un bruit de pas dans le couloir.

— Tu attends quelqu'un ? demanda aussitôt Flynn.

Brant comprit que mentir ne servirait à rien.

— La secrétaire de Phillip est en retard et j'ai besoin d'elle pour finir un dossier.

— Kia Benton ?

Brant ne put cacher son étonnement.

— Tu connais Kia ?

— Je l'ai vue avec Phil à plusieurs réceptions.

Flynn leva le pouce.

— C'est un canon. Pas étonnant que Phil…

— La ferme !

Brant regretta son éclat de voix dès qu'il vit le sourire entendu de son ami.

— Qu'y a-t-il entre Kia Benton et toi, Brant ?

— Rien.

Flynn refusa de se laisser décourager.

— A d'autres. Je sais que tu mens.

Au comble de l'exaspération, Brant lança entre ses dents :

— Nous sommes amants, rien de plus !

— Je vois. Phil est au courant ?

— Même s'il l'était, cela lui serait bien égal.

Si Brant expliqua rapidement que les fiançailles de son associé avaient été une comédie, il s'abstint de préciser qu'il avait longtemps résisté à son attirance pour Kia, parce qu'il avait été convaincu qu'elle ne s'intéressait qu'à l'argent.

Après tout, il devait encore avoir la preuve qu'elle ne se moquait pas de lui. Si c'était le cas, elle s'en mordrait les doigts, se promit-il en silence, tout en ravalant un nœud d'angoisse.

— Si je comprends bien, tu désirais cette femme superbe parce que tu pensais qu'elle était hors de portée, mais maintenant que tu sais que ce n'est pas le cas, tu ne sais plus où tu en es, résuma Flynn.

Brant n'était pas prêt à admettre qu'en l'espace de quelques jours, Kia était devenue bien plus qu'un défi à relever.

— Exactement.

Son ami eut un rire railleur.

— Ne me prends pas pour un idiot, Brant ! Je sens qu'il y a davantage, entre Kia Benton et toi, que tu ne veux bien me le dire. J'ai raison ou j'ai raison ?

Brant le foudroya du regard.

— Tu n'es qu'un casse-pieds indiscret !

Flynn sourit.

— Merci.

Nullement intimidé, il enchaîna :

— Et Kia ? Qu'éprouve-t-elle pour toi ?

Brant haussa les épaules.

— Que veux-tu que j'en sache ?

— Si tu continues à jouer les indifférents, tu risques de la perdre…

Brant serra les poings.

— C'est une menace ?

— Tout ce que je dis, c'est que Kia est ravissante et charmante. D'autres hommes lui feront des avances.

— En pure perte.

— Tu crois ?

Un sourire perfide aux lèvres, Flynn demanda :

— A ton avis, combien de temps Kia résisterait-elle aux avances d'un homme, s'il la couvrait de bijoux et lui proposait une vie de luxe et d'opulence ?

D'un ton très paternel, il poursuivit :

— Reviens sur terre, vieux. Toutes les femmes sont intéressées.

Brant lui décocha une œillade meurtrière.

— Depuis quand es-tu si cynique ?

— Depuis que j'ai gagné mon premier million de dollars.

En quittant le restaurant, Kia s'étonna d'avoir pu comparer Brant à son père. Brant refusait peut-être de nouer une relation stable et durable pour le moment, mais le jour où il surmonterait ses réticences, il s'engagerait pour de bon ; sa compagne n'aurait jamais à douter de sa loyauté et de ses sentiments. Et les enfants qu'il aurait sauraient qu'il les aimait.

Brant n'avait vraiment aucun point commun avec Lloyd Benton.

Aucun.

Après avoir passé deux heures avec son père, elle était plus reconnaissante que jamais au destin d'avoir placé Brant sur sa route. Même si elle savait qu'il lui briserait le cœur un jour, elle estimait qu'elle avait de la chance de l'aimer.

A sa grande surprise, elle vit une Mercedes grise familière garée dans sa rue, quand elle repassa chez elle pour se changer avant d'aller travailler. Le cœur bondissant de joie, elle s'arrêta juste derrière.

Aussitôt, Brant descendit de voiture. Elle courut vers lui. Elle allait se jeter dans ses bras quand elle s'aperçut que quelque chose n'allait pas.

— Brant ? Qu'y a-t-il ? demanda-t-elle avec inquiétude.

Il avait le visage blême, des éclairs glacés jaillissaient de ses yeux.

— Où diable étais-tu passée ?

Déconcertée par la colère qui vibrait dans sa voix, elle recula de quelques pas.

— Je t'ai appelée toute la matinée et je suis passé ici il y a deux heures, mais tu étais déjà sortie ! ragea-t-il. Où étais-tu ?

— J'avais à faire.

— Quoi ? Avec qui ?

Kia sentit la moutarde lui monter au nez. De quel droit la soumettait-il à un véritable interrogatoire ?

— J'ignorais qu'il me fallait ton autorisation pour sortir de chez moi, lança-t-elle avec hauteur.

— Si je te suis fidèle, tu peux l'être aussi.

Au comble de la stupéfaction, elle écarquilla les yeux.

— Qui parle d'infidélité ?

— Si tu n'as rien à cacher, pourquoi refuses-tu de me dire où tu étais ? riposta Brant, les poings sur les hanches.

Elle s'efforça au calme.

— C'est une question de principe. Je ne suis pas une marionnette qui t'obéit au doigt et à l'œil. Tu n'aimerais pas ça, de toute façon.

Avec un sourire ironique, elle rappela :

— Je t'ai attiré parce que je représentais un défi, pas parce que j'étais une gourde sans volonté.

Brant continua de darder sur elle un regard inquisiteur.

— Tu ne m'as toujours pas répondu. Où étais-tu ?

— Cela ne te regarde…

Saisie de vertiges, Kia s'interrompit et s'agrippa à son bras.

— Kia ?

La voix de Brant lui parvenait de très loin.

— Que se passe-t-il ?

— Je ne me sens pas bien, répondit-elle à grand-peine.

La voyant vaciller, Brant la souleva dans ses bras.

— Rentrons.

Elle se laissa porter au premier étage et insista pour rester seule dans la salle de bains. Lorsqu'elle en ressortit après s'être aspergé le visage d'eau fraîche, Brant faisait les cent pas dans le couloir.

Aussitôt, il se précipita vers elle et la toisa avec inquiétude.

— Tu te sens mieux ?

— Un peu.

— Je vais t'aider à te coucher.

L'enlaçant par la taille, il la soutint jusqu'à sa chambre et la fit étendre.

— Tu n'as pas besoin de rester…, marmonna-t-elle alors qu'il remontait le drap sur ses épaules. Je peux me débrouiller seule.

Le haussement de sourcils de Brant lui indiqua qu'il pensait exactement le contraire.

— Repose-toi. Je reviens tout de suite.

Trop faible pour protester ou pour lui demander où il allait, elle ferma les yeux. Elle eut l'impression que quelques secondes s'étaient écoulées quand elle sentit sa main sur son épaule.

— Kia, le médecin est ici.

Elle découvrit alors un homme d'une cinquantaine d'années au pied de son lit.

— Comment vous sentez-vous, madame Benton ?

Elle voulut s'asseoir mais retomba contre son oreiller.

— J'ai des vertiges et la nausée.

— Je vais vous examiner.

Le médecin se tourna vers Brant.

— Pouvez-vous attendre dans le couloir ?

Brant croisa les bras.

— Non.

Indécis, le médecin demanda à Kia :

— Voyez-vous un inconvénient à ce que ce monsieur reste pendant que je vous examine ?

Sachant que Brant ne bougerait pas d'un pouce, elle murmura :

— Aucun.

— Bien.

Le médecin s'assit à son chevet.

— Voyons ce qui ne va pas.

Après avoir procédé à un examen approfondi, il rangea son stéthoscope et son tensiomètre dans sa mallette.

— Il y a pas mal de gastro-entérites virales en ce moment. Cependant, vos symptômes sont également ceux d'une intoxication alimentaire. Avez-vous mangé quelque chose de spécial aujourd'hui ?

— Nous avons pris la même chose au petit déjeuner et je vais bien, lui dit Brant.

— Et ce midi ? voulut savoir le médecin. Etiez-vous ensemble aussi ?

— Non, répondit Brant, le visage sombre.

Kia informa du bout des lèvres.

— J'ai mangé en ville.

Contrairement à ce qu'elle avait espéré, le médecin ne se contenta pas de sa réponse pour établir un diagnostic.

— Seule ?

Evitant le regard scrutateur de Brant, elle secoua la tête.

— Il me faut le nom et les coordonnées de la personne avec qui vous avez déjeuné. Je dois m'assurer qu'elle va bien. Si ce n'est pas le cas, je devrai alerter les autorités sanitaires, expliqua le médecin. C'est la loi.

Consciente de la tension avec laquelle Brant attendait sa réponse, Kia informa :

— J'étais avec mon père. Son numéro de portable est écrit sur le bloc-notes près du téléphone du salon.

— Je me charge de le contacter, proposa aussitôt Brant.

Elle eut le temps de voir le soulagement qui brillait dans son regard avant qu'il ne sorte dans le couloir. Son cœur bondit de joie.

Il avait vraiment eu peur qu'elle ne voie un autre homme. Elle ne lui était donc pas indifférente.

— Ton père va bien, affirma-t-il en revenant dans la chambre quelques secondes plus tard.

— Tant mieux, se réjouit le médecin. C'est donc une simple gastro-entérite. Je vais vous laisser des médicaments pour combattre la nausée. Vous devriez être remise demain.

— Merci, docteur.

Après avoir raccompagné le médecin à sa voiture, Brant remonta auprès de Kia avec un verre d'eau. Tout en l'aidant à s'asseoir pour prendre ses comprimés, il repoussa les cheveux qui tombaient sur son front.

Se rappelant la répulsion qu'elle avait lue sur le visage de son père quand elle avait la varicelle, elle rougit d'embarras.

— Je dois être affreuse..., dit-elle d'un ton d'excuse en tentant de se recoiffer du bout des doigts.

Brant lui sourit avec tendresse.

— Pour moi, tu es toujours belle.

Le cœur battant à tout rompre, Kia retomba sur son oreiller. Elle avait toujours entendu dire que l'amour rendait aveugle. S'il pensait ce qu'il disait...

Elle secoua mentalement la tête. Inutile de nourrir de faux espoirs.

Après un long silence, Brant lui caressa la joue et demanda d'une voix chargée de reproche :

— Pourquoi ne m'as-tu pas dit tout de suite que tu avais déjeuné avec ton père ?

Elle s'aperçut que, même malade, elle était bouleversée par la chaleur de ses doigts sur sa peau.

— Tu ne renonces jamais ? soupira-t-elle pour cacher son émoi.

— Pas quand je veux quelque chose.

— Et que veux-tu, Brant ?

Retenant son souffle, elle scruta son regard. S'il la voulait, elle…

— Que tu me répondes sans détour quand je te pose des questions.

— Je ne suis pas ta propriété, et tu n'as aucun droit sur moi. Est-ce assez direct à ton goût ?

Le visage fermé, Brant laissa retomber sa main.

— Repose-toi. Je serai dans le salon si tu as besoin de moi.

— Je vais bien. Tu peux partir, maintenant.

— Je reste.

Kia n'essaya même pas de discuter. Elle savait déjà que rien ne le ferait changer d'avis.

Lorsqu'elle se réveilla, en début de soirée, les médicaments avaient fait leur effet et ses nausées avaient disparu.

— Comment te sens-tu ? s'enquit Brant depuis la porte.

Elle sentit son cœur s'emballer alors qu'il venait vers elle.

— Tu es resté ici tout l'après-midi ?

— Je tenais à m'assurer que tu n'avais pas un autre malaise.

— Je n'ai pas eu de malaise.

— Allons donc ! Tu te serais évanouie dans la rue, si je n'avais pas été là.

Elle leva le menton.

— Si tu ne m'avais pas retenue dehors avec tes questions, j'aurais pu rentrer avant d'être malade.

Brant s'assit au bord du lit.

— N'essaie plus de me cacher quelque chose, Kia. A long terme, tu t'apercevras que cela n'en vaut pas la peine.

Sachant l'importance de ce qu'elle lui dissimulait, elle baissa la tête. Elle ne pouvait pas lui dire qu'elle l'aimait. D'ailleurs, il ne voudrait pas le savoir. A en juger par la distance qu'il avait voulu maintenir entre eux la nuit précédente, il n'était pas prêt pour une relation sérieuse.

Prenant son silence pour un acquiescement, Brant sourit avec satisfaction et se leva.

— Que dirais-tu de partir quelques jours ? demanda-t-il en regardant le ciel étoilé derrière la fenêtre. La météo prévoit un temps superbe.

Elle écarquilla les yeux.

— Partir ? Avec toi ?

Il fit volte-face.

— Il vaudrait mieux pour toi que ce ne soit pas avec quelqu'un d'autre.

Kia remarqua que s'il souriait, son regard était des plus sérieux.

— Où voudrais-tu aller ? demanda-t-elle.

— J'ai une petite maison à une heure d'ici. Elle est simple, mais assez luxueuse et confortable pour plaire à une femme.

Kia se rembrunit. Combien de conquêtes avait-il invitées à la campagne ?

— Je n'en doute pas…

Devinant ses sombres pensées, Brant revint vers elle et enlaça ses doigts aux siens.

— Je n'y ai jamais emmené personne, je te le jure. Quand je vais là-bas, c'est pour être seul et me détendre.

Elle sourit avec soulagement.

— Quand pourrions-nous partir ?

— Demain après-midi.

Brant agita l'index.

— A condition que tu te reposes d'ici là. Si tu es entièrement rétablie, je passerai te prendre vers 2 heures.

Le matin venu, Kia avait recouvré sa forme. Piaffant d'impatience à l'idée d'avoir Brant tout à elle pendant quelques jours, elle s'habilla et se maquilla avec le plus grand soin, puis elle prépara son sac de voyage et le posa près de la porte d'entrée.

Après avoir tourné en rond pendant quelques minutes, elle décida de se rendre au bureau pour laisser un mot à la secrétaire de Brant. Evelynn étant le sérieux et la conscience professionnelle incarnés, elle voudrait savoir ce qui avait été fait pendant son absence.

Et surtout, s'avoua Kia en sortant de l'ascenseur, elle ne se sentait pas le courage d'attendre encore plusieurs heures avant de revoir celui qu'elle aimait.

Le cœur léger, elle avança dans le couloir avec l'impression de flotter sur un nuage. Elle s'arrêta net en entendant Brant crier :

— Bon sang, Royce ! Tu te fais des idées…

Royce ? Elle fronça les sourcils. Brant parlait à son frère ?

— Tu nies avoir revu Julia très souvent, ces derniers temps ? demanda Royce avec une agressivité à peine contenue.

— Ce n'était pas pour ce que tu crois.

— Tu me prends pour un imbécile ?

Royce eut un rire amer.

— Je l'ai entendue te dire qu'elle avait besoin de toi, au téléphone.

— Elle voulait me parler, c'est tout.

— C'est pour cela que vous vous êtes donné rendez-vous dans un hôtel ?

Priant pour qu'il s'agisse d'un quiproquo, Kia retint son souffle en attendant l'explication de Brant.

— Nous avions nos raisons, dit finalement ce dernier d'une voix embarrassée.

« Lesquelles, Brant ? cria Kia en silence. Je t'en prie, dis-les-nous ! »

— Je sais ce que tu prépares, lança Royce d'un ton accusateur. Comme je t'ai pris ta fiancée, tu veux te venger.

— Ne sois pas stupide. Je ne…

— Reste loin de ma femme ou tu le regretteras. Peu importe que tu sois mon frère.

Kia eut l'impression que la terre s'ouvrait sous ses pieds. Brant avait été fiancé à Julia ? Il avait envisagé de se marier et il n'avait pas pris la peine de le lui dire ?

Cela montrait le peu de cas qu'il faisait d'elle. Quelle idiote elle avait été de s'imaginer qu'il pouvait tenir à elle !

Finalement, Brant était bien comme son père. Pour lui, les femmes n'étaient que des conquêtes à collectionner, et leurs sentiments importaient peu. Elles ne méritaient ni respect ni considération.

Elle l'avait cru différent parce qu'elle *voulait* qu'il le soit.

La voix de Brant résonna de nouveau dans le couloir, plus proche.

— Tu tires des conclusions…

Kia se figea. Il allait la surprendre en train d'écouter aux portes.

— Kia ! Que fais-tu ici ?

Consternée, elle regarda Brant, puis son frère. Royce Matthews était très élégant et respirait l'aisance financière. Cependant, une souffrance sans nom émanait de lui.

Elle savait ce qu'il éprouvait. Il se sentait trahi et impuissant.

Comme elle.

— Rappelle-toi bien ce que je t'ai dit, Brant ! lança Royce par-dessus son épaule, tandis qu'il se dirigeait vers l'ascenseur à grands pas rageurs.

Kia reporta son attention sur Brant. Elle savait que tout était fini pour eux. Définitivement. La souffrance qui lui broyait le cœur était mille fois pire que tout ce qu'elle avait pu imaginer. Cependant, forte de son expérience avec son père, elle saurait faire preuve de dignité et de calme.

— Je venais laisser un mémo à Evelynn, lui dit-elle. Il faut qu'elle sache ce que j'ai fait pendant son absence.

Brant parut décontenancé par son ton glacial.

— Ce n'était pas la peine de te déplacer. Tu aurais pu me demander de le faire.

— C'est mieux comme ça.

Redressant les épaules, elle voulut passer devant lui. Il abattit une main de fer sur son épaule.

— Que se passe-t-il, Kia ?

Elle fixa ses doigts musclés pour qu'il ne puisse pas lire sa peine dans ses yeux.

— Rien.

— Tes bagages sont prêts ?

— Non.

Brant laissa retomber sa main.

— Pourquoi ?

Prenant une inspiration tremblante, Kia se résolut à affronter son regard.

— Je n'irai nulle part avec toi. Je refuse d'être la doublure de Julia.

Il serra les poings.

— Tu as entendu ma conversation avec Royce ?

C'était plus une affirmation qu'une question.

— C'est exact, confirma-t-elle pour la forme.

— Toi aussi, tu t'es mis dans la tête que Julia et moi avions une liaison ?

— Je sais ce que j'ai entendu.

Elle voulut s'éloigner, mais il la retint par le coude.

— Et si je te disais que tu comptes plus pour moi que Julia n'a jamais compté ?

Refusant de se laisser émouvoir par de belles paroles, elle répliqua :

— Si tel est le cas, pourquoi ne m'as-tu pas dit que vous aviez été fiancés ?

Un muscle palpita sur la joue de Brant.

— J'ai estimé que ce n'était pas important.

— Pour moi, ça l'est.

— Ce que Julia et moi avons vécu…

— … ne me regarde pas, acheva-t-elle avec amertume. Oui, je sais. Et je crois que ton frère l'a compris aussi.

Brant secoua la tête.

— Royce n'a pas les idées claires en ce moment.

— Je me demande pourquoi ! répliqua-t-elle sur un ton railleur. C'est sans doute à cause de son problème avec… l'alcool.

— Tu penses que je t'ai menti ?

— C'était le seul moyen de garder ta liaison secrète, non ?

Le regard intense, Brant parla lentement :

— Je te le répète pour la dernière fois : Julia m'a demandé de parler à Royce parce qu'il a un problème avec l'alcool.

Kia aurait tant voulu le croire ! Mais les faits n'étaient-ils pas là ?

— Pourquoi ne l'as-tu pas dit à Royce ? Il aurait été soulagé d'avoir une explication rationnelle.

Brant soupira longuement.

— Il y a plus que ça.

— Plus ?

Il écarta les bras.

— C'est tout ce que je peux te dire.

Lorsqu'il détourna les yeux, Kia eut l'impression

qu'une lame chauffée à blanc traversait son cœur. Il n'avait peut-être pas renoué avec Julia, mais il se sentait coupable. Coupable d'aimer la femme de son frère.

— Peu importe, soupira-t-elle. Cela ne pourra jamais marcher entre nous, Brant. Je refuse d'être une roue de secours.

Elle poussa un cri de surprise quand il la plaqua contre lui et abattit sa bouche sur la sienne, avec une telle violence qu'elle eut l'impression effrayante de ne plus le connaître.

Reprenant ses esprits, elle tenta de le repousser. Mais il se radoucit et se fit si tendre et tentateur qu'elle se sentit chavirer d'émotion. Emportée par un flot de sensations déchirantes, elle l'enlaça par le cou et se mit sur la pointe des pieds pour mieux se fondre contre lui.

Dès qu'il perçut son abandon, il interrompit son étreinte et se redressa.

— Ce baiser te donne l'impression d'être une roue de secours ? demanda-t-il d'un ton de défi, en gardant une main sur sa taille pour l'empêcher de fuir.

L'esprit en déroute, elle répliqua d'une voix tremblante :

— Tu as seulement prouvé que tu m'attirais physiquement.

Brant jura dans sa barbe.

— Ne sois pas…

— Laisse tomber, Brant, coupa-t-elle. Nous n'avons plus rien à nous dire.

Tout était fini entre eux. Beaucoup plus tôt qu'elle ne l'avait prévu.

— Kia, ce n'est pas ce que tu…

Brant s'interrompit en entendant les portes de l'ascenseur se rouvrir. Une expression proche du désespoir se peignit sur ses traits.

— Brant ! cria une voix féminine affolée. Royce est venu ici, n'est-ce pas ?

Royce… La femme ne pouvait être que Julia, comprit Kia en se retournant.

Son cœur vola en éclats lorsqu'elle vit une ravissante blonde se jeter au cou de Brant.

— Calme-toi, Julia, murmura ce dernier.

Levant vers lui un regard noyé de larmes, Julia demanda :

— Qu'allons-nous faire ?

Kia sut qu'elle ne pourrait pas supporter de regarder le couple enlacé une seconde de plus.

— Kia…, appela Brant d'une voix étranglée, alors qu'elle tournait les talons.

Au prix d'un effort surhumain, elle parvint à lui adresser un sourire très professionnel.

— Je vois que vous êtes occupé, monsieur Matthews. Je ne vous dérange pas plus. Je m'en vais.

Juste avant que les portes de l'ascenseur ne se

referment, elle vit Brant se retirer dans son bureau avec la femme qu'il aimait.

Le cœur en miettes, elle s'effondra sur le sol de la cabine et laissa libre cours à ses larmes.

- 10 -

Après avoir récupéré son sac de voyage, elle roula au hasard des rues puis se dirigea vers la sortie de la ville.

Elle devait fuir, loin de Brant.

Peu importait où elle allait. Brant lui avait préféré la seule femme avec qui elle ne pourrait jamais rivaliser.

Celle qui avait « compté ».

Elle s'était bercée d'illusions. Brant s'était distrait avec elle en attendant le retour de son grand amour. Il n'avait voulu que son corps et, idiote qu'elle était, elle lui avait donné son cœur.

Julia serait bientôt libre. Certes, Royce se battrait pour la garder, mais Brant finirait par l'emporter, c'était évident. Ensuite, Julia et lui pourraient savourer leur amour en toute quiétude. Peut-être iraient-ils fêter leurs retrouvailles dans la maison de campagne de Brant.

Kia ravala un sanglot. Elle espérait juste que Julia

ne découvrirait jamais quel genre d'homme Brant était réellement. Un homme incapable d'aimer et de respecter une femme au point de lui être fidèle quand elle n'était pas disponible.

Elle longeait l'océan Indien depuis plusieurs heures quand un orage tropical éclata, avec des bourrasques de vent et des pluies si denses qu'elle ne voyait pas à dix mètres. Son bon sens reprenant le dessus, elle se mit en quête d'un endroit où passer la nuit. A son grand soulagement, elle aperçut bientôt un panneau qui signalait des chambres libres dans un motel tout proche.

Finalement, elle y resta quatre jours pour panser ses plaies. Le matin, elle faisait de longues promenades sur la plage et, quand le soleil devenait trop chaud, elle s'installait à l'ombre d'un parasol sur la petite terrasse de sa chambre, feuilletant les magazines qu'elle avait achetés à la réception, sans comprendre une ligne de ce qu'elle lisait. Le soir venu, elle se forçait à dîner au restaurant, et à parler et sourire aux autres clients. Si le décor de la salle à manger était vieillot et si la nourriture qu'on lui servait avait le goût du carton, elle ne le remarqua même pas. Sans Brant, rien n'avait plus d'importance.

Le mercredi soir, elle se sentit enfin la force

de reprendre sa vie en main. Le lendemain, elle rentrerait chez elle, résolut-elle. Elle pouvait le faire. Elle *devait* y parvenir.

Pour commencer, elle allait téléphoner à sa mère, faire comme si tout allait pour le mieux dans le meilleur des mondes, et s'excuser de ne pas l'avoir appelée comme tous les lundis soirs en prétextant une surcharge de travail.

— Kia chérie, enfin ! s'écria Marlène dès qu'elle l'eut au bout du fil. Dis-moi que tu vas bien.

Devant son inquiétude, Kia s'en voulut encore plus d'avoir oublié de la prévenir qu'elle quittait Darwin.

— Bien sûr, maman. Pourquoi ?

— Je me faisais un sang d'encre. Brant te cherche partout et…

Au comble de la surprise, Kia se laissa tomber sur le lit.

— Brant ?

— Ton patron, chérie. Tu te souviens ?

Comment pourrait-elle oublier que c'était tout ce que Brant était pour elle, désormais ? Son employeur…

Et très bientôt, ex-employeur.

— Il m'a appelée dimanche dernier parce qu'il ne savait pas où te joindre, reprit sa mère.

Après une courte pause, elle ajouta :

— Tu aurais dû me dire que tu partais.

— C'était une impulsion.

Incapable de contenir sa curiosité, Kia demanda :

— Que voulait Brant ?

— Il ne me l'a pas dit. J'ai pensé qu'il avait un problème au bureau et qu'il avait encore besoin de ton aide. Ce devait être grave, car il m'a paru bouleversé.

Brant Matthews devait surtout être euphorique, maintenant qu'il avait retrouvé la femme qu'il aimait, songea Kia avec amertume.

— Il m'a recommandé de le prévenir dès que j'aurais de tes nouvelles, ajouta sa mère. Où es-tu ? Donne-moi ton numéro et je lui dirai de t'appeler.

— C'est inutile. Je suis en vacances, je ne veux pas être dérangée pour des questions de travail.

Kia savait que même si elle faisait jurer le secret à sa mère, celle-ci ne résisterait pas longtemps à un interrogatoire de Brant, au cas où ce dernier se mettrait en tête de lui soutirer des informations.

— Ce n'est pas ton genre de partir sans prévenir, commenta Marlène.

D'une voix tendre, elle ajouta :

— J'espère que tu sais que je serai toujours là pour toi, si tu as envie de me parler ou si tu es malheureuse.

Kia ferma les yeux pour contenir ses larmes.

— Merci maman, mais je vais bien. J'avais juste besoin d'être seule.

Après un long silence, sa mère reprit d'un ton hésitant :

— Brant n'appelait pas que pour le travail, n'est-ce pas ?

— Non.

Kia prit une inspiration tremblante.

— S'il te plaît, ne lui dis rien. De toute façon, j'allais rentrer. Je l'appellerai moi-même demain.

Eprouvant soudain le besoin de se réfugier au sein de sa famille, elle ajouta :

— Je viendrai te voir la semaine prochaine.

Sa mère comprendrait mieux que quiconque sa souffrance d'avoir été trahie par l'homme qu'elle aimait.

— Je t'attends déjà avec impatience, chérie, déclara Marlène avec chaleur. Surtout, appelle-moi demain soir pour me dire que tu es bien rentrée.

— C'est promis, maman.

Après avoir raccroché, Kia se mit à faire les cent pas dans sa chambre. En dépit de ses efforts, elle ne parvint pas à chasser les paroles de sa mère de son esprit…

Brant l'avait cherchée. Et il était bouleversé.

Elle haussa les épaules. Sans doute redoutait-il qu'elle ne fasse une folie parce qu'il lui préférait une autre femme. Elle n'était pas si bête… Même si elle avait le cœur brisé, elle avait encore toute sa tête.

Cependant, elle avait vraiment envie de savoir si sa mère s'était méprise sur l'état d'esprit de Brant. Revenant vers le téléphone, elle composa son numéro direct au bureau.

Il décrocha à la première sonnerie. Entendre sa voix grave et sensuelle faillit faire fondre Kia en larmes. Comment avait-elle pu s'imaginer qu'elle l'oublierait un jour ?

— Kia ? demanda-t-il, alors qu'elle luttait pour reprendre le contrôle de soi.

Elle ravala le nœud dans sa gorge.

— C'est moi.

— Dieu soit loué !

Après une courte pause, Brant s'écria :

— Où es-tu ?

— A la mer. J'avais besoin de vacances.

Il jura dans sa barbe.

— Ta mère était folle d'inquiétude !

— Uniquement parce que tu l'as appelée, objecta sèchement Kia.

— Il fallait bien que je sache si elle avait de tes nouvelles…

Elle soupira longuement.

— Pourquoi, Brant ? Tout est fini entre nous.

— Loin de là !

Le ton autoritaire qu'il venait d'adopter l'agaça au plus haut point.

— Si tu crois que je vais renouer avec toi dans le dos de…

— Je veux te parler. Dis-moi où tu es, je viendrai te retrouver.

— C'est hors de question !

Kia savait déjà qu'il tenterait de l'amadouer avec plus que des mots.

— Kia, ne me pousse pas à bout.

A la tension dans sa voix, elle sut qu'il luttait pour recouvrer son calme.

— S'il te plaît, insista-t-il d'une voix radoucie. C'est important. Je dois te voir, te prendre dans mes bras, te…

— Tu as déjà Julia, coupa-t-elle précipitamment, troublée par la seule idée de retrouver son étreinte. Cela ne te suffit pas ?

Brant jura dans sa barbe.

— Je te l'ai déjà dit et répété. Il n'y a rien entre Julia et moi.

— Je te verrai au bureau demain. Au revoir, Brant.

— Kia, ne raccroche pas. Je veux…

Elle reposa doucement le combiné sur son socle. Quoi que Brant veuille dire ou faire, il devrait attendre. Et elle allait profiter de ses dernières heures de solitude pour s'endurcir contre son charme fatal.

A midi, le lendemain, elle entra dans le bureau de Brant d'un pas résolu. Elle était venue directement du motel, sans prendre la peine de passer chez elle se changer. Jamais auparavant elle ne se serait permis de venir travailler en jean, bustier sans bretelles et basket.

Cela lui donnait l'impression d'être libre.

Comme la lettre de démission qu'elle tenait à la main.

Certes, elle ne se sentait pas encore libérée de son amour pour Brant, mais cela viendrait. Avec le temps.

Du moins l'espérait-elle de toutes ses forces.

Elle croyait s'être préparée au choc de revoir son amant et pourtant, l'émotion et l'admiration lui nouèrent la gorge dès qu'elle le vit penché sur un dossier.

Il était tellement beau. Tellement… Brant !

Sentant son courage faiblir, elle s'ordonna de faire ce pour quoi elle était venue et de repartir le plus rapidement possible.

Quand Brant leva les yeux, leurs regards s'enchaînèrent l'un à l'autre. Durant quelques secondes, les regrets et le chagrin la submergèrent. Elle avait été si près de trouver le bonheur et la sérénité… Le fait d'avoir perdu Brant avait brisé son cœur, mais aussi son âme. Elle ne serait plus jamais la même.

Désormais, elle ne serait plus que l'ombre de celle qu'elle avait été.

— Kia…, chuchota Brant d'une voix rauque.

Même si son regard brun s'était illuminé à sa vue, elle remarqua les rides de souffrance qui creusaient son front, ainsi que les cernes sous ses yeux. Il ressemblait à un homme qui a vécu l'enfer. C'était impossible. Brant Matthews ne pouvait pas l'avoir regrettée. Elle ne représentait rien pour lui.

Rassemblant toute sa volonté, elle avança vers lui.

— Je ne reste pas, déclara-t-elle d'une voix qui se voulait ferme.

Brant pâlit. La déception affaissa ses épaules.

— Pourquoi ?

— Je suis juste venue te donner quelque chose.

Surprenant l'expression affamée avec laquelle il la toisait, elle leva le menton et précisa :

— Pas ce que tu crois.

Elle vit un muscle palpiter sur sa joue alors qu'il contournait son bureau pour venir près d'elle.

— Et à quoi est-ce que je pense, selon toi ?

— Au sexe, bien sûr. C'est tout ce qu'il y a jamais eu entre nous, Brant.

— C'est tout ce que tu as *voulu* voir.

Elle n'en crut pas ses oreilles.

— Tout est ma faute, maintenant ? s'écria-t-elle.

— Qui parle de faute ?

Les mains sur les hanches, elle le fixa avec incrédulité.

— Pour toi, nous avons eu une relation normale ?

Doucement mais fermement, il lui emprisonna le menton.

— Ce n'est pas parce que deux personnes tombent amoureuses que tout se passe sans heurt entre elles. Cependant, elles ne doivent pas renoncer à la première difficulté.

L'indignation dissipa l'émotion qui s'était emparée d'elle alors qu'elle retrouvait la chaleur de ses doigts musclés sur sa peau. D'un geste abrupt, elle repoussa sa main. Il considérait comme une simple « difficulté » la souffrance qu'il lui avait infligée en la trompant ?

— En d'autres termes, j'aurais dû faire semblant de rien et accepter ta liaison avec Julia, résuma-t-elle d'une voix tremblante de rancœur et de colère. Tu as un sacré toupet !

Brant se raidit.

— Tu n'as pas écouté un mot de ce que j'ai dit !

— Je n'ai pas envie. Je suis juste venue te remettre ceci.

Il la fixa durant une éternité avant de reporter son attention sur l'enveloppe qu'elle lui tendait.

— C'est ma démission, précisa-t-elle.

— Je la refuse.

Comme il l'avait fait avec le chèque de remboursement du système d'alarme qu'il avait fait installer chez elle, Brant déchira l'enveloppe sans même l'ouvrir.

Affichant un calme olympien, Kia en prit une autre dans son sac.

— Je m'attendais à cette réaction. Cela ne fait rien, j'ai écrit ma lettre en trois exemplaires.

Levant la main pour prévenir toute objection, elle ajouta :

— Si ça te fait plaisir, tu peux déchirer celui-ci aussi. Phillip recevra le même par courrier.

Le front buté, Brant lança entre ses dents :

— Tu ne démissionneras pas.

Elle eut un rire moqueur.

— A moins que tu ne m'enchaînes à ton bureau, je ne vois pas comment tu pourrais m'en empêcher.

— L'idée est séduisante.

Brant la prit par les épaules.

— Kia, écoute-moi. Vraiment, insista-t-il, le regard suppliant. Je t'aime. Je ne veux pas te laisser partir. Je ne le peux pas.

Elle sentit son cœur bondir dans sa poitrine.

— Ne me fais pas ça, Brant…, supplia-t-elle. Je ne peux pas être ta maîtresse.

Il crispa les doigts sur son épaule.

— Je veux que tu sois ma femme.

Sa femme ?

Kia le considéra dans un silence stupéfait. Se pouvait-il qu'il l'aime au point de vouloir s'engager avec elle pour la vie ?

La lueur d'espoir qui s'insinuait dans son cœur vacilla puis s'éteignit alors qu'elle se rappelait une cruelle réalité. Même s'il l'aimait, Brant était également amoureux d'une autre femme.

Lui proposait-il le mariage parce que Julia ne pouvait pas se libérer ?

Cette éventualité l'atterra. Le regret et la souffrance brûlèrent son cœur comme un acide.

— Je suis désolée, chuchota-t-elle. Je ne peux pas.

Brant tressaillit comme si elle l'avait giflé.

— Pourquoi ?

Elle ravala ses larmes.

— Ce que tu me proposes ne me suffit pas. Cela ne me suffira jamais. Je ne veux pas être un pis-aller, un ersatz de Julia. Je ne pourrai pas le supporter.

Ivre de chagrin et de souffrance, elle se détourna et marcha vers la porte. Elle devait partir avant de fondre en larmes, de céder à l'envie de se jeter au cou de Brant et d'accepter le peu qu'il avait à lui donner.

— Kia ! Reste, je t'en prie.

Le désespoir contenu dans la voix de Brant la fit se retourner. Le temps s'arrêta alors qu'elle lisait tout l'amour et l'angoisse du monde dans son regard brun.

Elle secoua la tête, se répétant qu'elle ne devait pas se fier à son jugement. Les sentiments qu'elle croyait voir dans les yeux de Brant n'étaient sans doute que le produit de son imagination.

Comme elle rassemblait les lambeaux de sa volonté pour partir, une pensée l'assaillit. Brant n'était pas homme à montrer sa vulnérabilité. Pourtant, il mettait son âme à nu devant elle : il la suppliait de rester.

L'espoir renaquit dans son cœur et la fit hésiter. Pouvait-elle avoir foi en Brant ? En elle-même ? En son instinct ?

Son bon sens lui commanda de poser une question capitale.

— Et Julia ?

Brant soutint son regard sans ciller.

— C'est la femme de Royce.

— Mais tu l'aimes. Tu as dit toi-même que les choses ne sont pas toujours faciles quand on est amoureux.

Secouant la tête, il s'approcha d'elle et l'enlaça par la taille.

— Je parlais de nous. Je t'aime. Toi, Kia Benton, et pas une autre.

Un reste de prudence empêcha Kia de le croire. Peut-être Brant pensait-il sincèrement l'aimer ? Mais pour combien de temps ? Pleurerait-il Julia en secret chaque fois qu'il la tiendrait dans ses bras ?

Songeant qu'elle était trop bouleversée pour prendre une décision, elle leva la main.

— J'ai besoin de temps pour réfléchir, Brant. Je ne peux pas…

Sa voix mourut alors qu'elle voyait la souffrance assombrir le visage viril qu'elle aimait tant.

— Tu dois me croire, Kia, insista Brant d'une voix rauque. Faire confiance à tout l'amour que j'ai pour toi.

Lui prenant la main, il la porta à son torse.

— Ecoute mon cœur, il ne sait pas mentir.

Elle écarquilla les yeux en sentant des cognements frénétiques sous ses doigts.

— Tu m'aimes vraiment, Brant ? murmura-t-elle avec émerveillement.

— Toi et toi seule, confirma-t-il sans la moindre hésitation. J'ai commencé à m'en douter quand tu étais malade et que tu t'inquiétais de ton apparence. Ce jour-là, j'ai réalisé que je ne me lasserais jamais de te regarder et que, quoi qu'il arrive, je te trouverais toujours belle à l'intérieur et à l'extérieur.

Le soulagement pétilla dans les veines de Kia, plus enivrant que du champagne.

Maintenant, elle le croyait. Elle était convaincue de son amour, elle n'avait plus à combattre ses propres sentiments.

— J'ai cru t'avoir perdu pour toujours. Oh… Brant, je…

Elle se mordit la lèvre. Et si elle ne faisait qu'un beau rêve ? Si le fait de déclarer son amour à voix haute la réveillait et la ramenait dans une réalité sinistre sans Brant ?

— J'attends, encouragea Brant d'une voix caressante.

Alors qu'elle se perdait dans son regard limpide et vibrant d'émotion, elle se demanda comment elle pouvait encore douter de sa sincérité et de sa loyauté.

— Je t'aime aussi, Brant.

Il hocha la tête.

— Je le savais.

— Comment pouvais-tu en être certain, alors que j'ai moi-même mis du temps à l'admettre ?

— Quand j'ai enfin cessé de te voir comme une femme ambitieuse et cupide…

Avec un petit sourire d'excuse, il poursuivit :

— J'ai compris que tu n'étais pas du genre à donner ton corps sans ton cœur.

Eperdue de joie, Kia se blottit contre lui.

— Embrasse-moi, mon amour.

Il ne se fit pas prier. Resserrant ses bras autour d'elle, il lui donna un baiser qui exprimait mieux qu'une longue phrase tout l'amour qu'il éprouvait pour elle, et qui les transporta de volupté.

Lorsqu'ils reprirent leur souffle, Kia confia :

— Au début, j'étais convaincue de n'éprouver qu'une attirance physique pour toi, et je l'ai combattue de toutes mes forces. J'ai compris que je me trompais et que j'étais éperdument amoureuse de toi quand nous avons fait l'amour pour la première fois.

Brant secoua la tête.

— Tu aurais dû me le dire. Nous aurions gagné du temps.

— Bien sûr, ironisa-t-elle. Tu aurais pris tes jambes à ton cou dans la minute qui suivait.

Il la dévisagea avec une tendresse infinie.

— T'aimer n'est pas si difficile.

— Puis-je te rappeler ces paroles dans cinquante ans ? demanda-t-elle d'un ton taquin en lui caressant la joue.

— Entendu.

Après un autre baiser vibrant de passion et d'amour, Brant se frappa le front.

— J'allais oublier ! Phil m'a appelé hier. Il a

décidé de s'installer dans le Queensland avec Lynette pour élever des moutons. Je vais racheter ses parts dans la société.

Kia sourit. La solution lui semblait excellente pour toutes les parties concernées.

— C'est mieux comme ça. J'ai beau adorer Phil, je dois reconnaître qu'il n'a pas le sens des affaires.

— C'est le moins qu'on puisse dire.

L'air grave, Brant reprit.

— En ce qui concerne Julia…

Kia leva la main.

— Tu n'as rien à me dire. Je te fais confiance.

— Merci, chérie. Mais maintenant, je peux te dire la vérité. En fait, je protégeais son secret, pas le mien.

Il lui caressa tendrement la joue.

— Julia a eu un enfant à seize ans. Ses parents l'ont contrainte à l'abandonner.

Le cœur de Kia se serra de compassion. Elle n'osait pas imaginer ce que Julia pouvait éprouver à ne jamais voir son enfant, à regretter chaque jour son absence…

— La pauvre !

— Ni Royce ni moi n'en savions rien. La nuit où Julia m'a appelé, c'était pour me demander conseil. Elle venait d'apprendre la mort des parents adoptifs de son enfant. D'un côté, elle était folle de joie à l'idée d'avoir enfin son fils avec elle, de l'autre, elle redoutait la réaction de mon frère quand il apprendrait qu'elle lui avait caché un tel secret durant tant d'années.

— Elle le lui a dit ? interrogea Kia avec espoir.

— J'ai tellement insisté qu'elle a fini par tout lui raconter.

Avec un sourire ému, Brant raconta :

— Royce est impatient d'accueillir l'enfant de Julia. Il a juré d'arrêter de boire. Maintenant, je sais qu'il réussira, parce qu'il a fait le plus dur : admettre sa dépendance à l'alcool. Mon oncle n'y était jamais parvenu.

— Ton frère est-il toujours jaloux de toi ? s'inquiéta Kia.

— Je l'ai convaincu que j'avais d'autres… intérêts.

Elle frissonna d'excitation alors que Brant abaissait son bustier sur sa gorge.

— Auriez-vous l'intention de me séduire, monsieur Matthews ?

Avec un sourire coquin, Brant titilla ses seins à travers leur prison de satin.

— Vous laisserez-vous faire, mademoiselle Benton ?

Elle contint un gémissement de plaisir.

— Je ne pense pas.

Vive comme l'éclair, elle se dégagea et courut

verrouiller la porte. Empochant la clé, elle revint vers lui avec un sourire fripon.

— Aujourd'hui, c'est moi le patron.

L'excitation qui illumina le regard de Brant acheva d'embraser ses sens. D'une main autoritaire, elle le fit reculer contre son bureau puis elle s'agenouilla devant lui.

— Veuillez prendre note, monsieur Matthews.

ANN MAJOR

La fiancée d'Amalfi

éditions Harlequin

Titre original : THE AMALFI BRIDE

Traduction française de ELISABETH BENARBANE

83/85 boulevard Vincent-Auriol 75646 PARIS CEDEX 13.
Service Lectrices — Tél. : 01 45 82 47 47

- 1 -

Amalfi, Italie

Regina avala une gorgée de vin et soupira langoureusement. Encore quelques jours, et elle aurait quitté ce petit paradis.

Incroyable comme le temps filait ! Il lui restait dix mille choses à voir, et pourtant elle ne trouvait rien de mieux à faire que de traînasser à cette terrasse de café, en oubliant presque les monastères du XIVe siècle et les villas somptueuses qu'il lui restait à visiter ! Quant à cet homme qui la dévorait des yeux, là-bas au bar, un sourire énigmatique aux lèvres… elle ne savait franchement pas qu'en penser, sinon qu'il éveillait en elle des sensations plutôt déstabilisantes !

Que se passait-il donc ? Vraiment, elle ne se reconnaissait plus. Elle n'avait pourtant rien de ces midinettes qui craquent pour le premier don juan venu ! Sans compter que, si ça se trouvait, ce type était dangereux…

Mais à vrai dire, ce soir, tout invitait à l'amour. L'air doux de la fin juillet embaumait la glycine, un soleil mordoré auréolait les visages des clients attablés en terrasse, et les cigales semblaient s'être donné le mot pour charmer les vacanciers de leur concert entêtant.

Afin de se donner une contenance, elle but une nouvelle gorgée de lacrima-christi et, consciente que l'individu ne la quittait pas des yeux, fit mine de s'absorber dans son carnet de voyage, relisant les notes qu'elle avait prises dans l'après-midi depuis le belvédère de la villa Cimbrone, qui offrait un point de vue imprenable sur la côte amalfitaine.

Mais ni les architectures classiques du temple de Bacchus ni le jardin luxuriant de la villa, dont les fontaines l'avaient pourtant émerveillée tout à l'heure, ne parvenaient à présent à capter son attention. C'est à peine si les lignes enthousiastes qu'elle avait couchées sur le papier prenaient sens à ses yeux. Impossible de se concentrer sur quoi que ce soit, sinon sur cette impression brûlante d'être la proie d'un prédateur redoutable, qui la faisait mourir de trouille et l'attirait tout à la fois.

Qui avait dit : « Je peux résister à tout, sauf à la tentation » ? Une évidence, sans aucun doute !

Le cœur battant, elle releva les yeux de ses feuillets et croisa de nouveau le regard du beau ténébreux.

Celui-ci, nonchalamment accoudé au bar, interrompit le semblant de conversation qu'il entretenait avec son interlocuteur, un petit blond rondouillard, pour lever son verre dans sa direction.

Mon Dieu, c'était la deuxième fois que cet homme lui faisait signe ! Que cherchait-il, à la fin ? Et surtout, pourquoi la mettait-il dans un état pareil ?

S'efforçant de garder son sang-froid, elle baissa les paupières et porta la main à la petite croix dorée qui pendait à son cou.

Elle avait acheté ce bijou l'après-midi même, dans une boutique curieusement nommée Illusion, qu'elle avait dénichée dans une ruelle de Ravello, à deux pas de son hôtel. Un maximum de visites et quelques courses, voilà le programme qu'elle s'était fixé. Autant dire que la drague dans les bars et les aventures d'un soir n'en faisaient pas partie ! « Fuis pendant qu'il est encore temps », lui intima une voix intérieure, alors même qu'elle se sentait chavirer.

En relevant la tête, elle réalisa que l'adonis contemplait maintenant la fleur de gardénia qu'elle avait glissée dans ses cheveux. Machinalement, elle y porta la main.

« N'y touchez pas, *signorina*, ou les pétales perdront de leur blancheur. »

Les recommandations de la vieille femme résonnèrent dans son esprit, ajoutant encore à son trouble. Pourquoi fallait-il que ça lui arrive *à elle* ? N'aspirait-elle pas seulement à la tranquillité ?

De plus en plus nerveuse, incapable d'aligner deux pensées rationnelles à la suite, elle sortit son appareil photo de son sac et le posa sur la table, puis but une nouvelle gorgée de vin.

Elle ne rêvait pourtant pas : l'homme qui la fixait en ce moment avec intensité était le plus bel éphèbe qu'elle avait jamais rencontré. Et ces yeux saphir, malheur ! Elle croyait y voir le bleu des eaux du golfe de Salerne, qui s'étendait en contrebas de la terrasse. Comment le bleu pouvait-il devenir une couleur aussi chaude ? Il y avait dans les prunelles de ce type des éclairs si ardents… Impossible qu'un tel regard soit pour elle. Jamais elle n'avait captivé un homme à ce point. Elle sentit qu'elle rougissait et, d'instinct, jeta un coup d'œil vers son étrange admirateur.

Bingo ! Il souriait, maintenant, visiblement amusé de son embarras. Que voulait-il à la fin ? Se moquer d'elle ?

Dépitée, elle s'empara de son appareil photo et entreprit de l'examiner sous toutes les coutures, comme si elle cherchait à le démonter.

A ce moment le blondinet, qui commençait manifestement à s'ennuyer, reposa son verre, gratifia son acolyte d'un salut et sortit du café. Lorsqu'il passa devant elle, elle baissa les yeux, de peur qu'il ne cherche à engager la conversation. Mais il n'en fit rien, elle l'entendit seulement émettre un petit rire avant de s'éloigner.

De là à penser que le brun aux yeux bleus s'était arrangé pour rester seul avec elle, il n'y avait qu'un pas !

Règle numéro un : une femme qui voyage seule en pays étranger et qui est un tant soit peu sensée ne se laisse pas draguer par un inconnu, aussi séduisant soit-il. Même si ledit inconnu lui lance des sourires on ne peut plus engageants. Règle numéro deux : la règle numéro un s'applique en toutes circonstances, et d'autant plus dans un bar.

Qu'il s'agisse d'un établissement chic entouré de bougainvilliers et installé sur une des plus belles côtes d'Europe ne changeait rien à l'affaire. La veille, elle avait pris la poudre d'escampette, et elle serait bien inspirée d'en faire autant ce soir. Après tout, ce type était peut-être un gigolo, ou pire encore, un tueur en série !

Gigolo collait mieux au personnage, songea-t-elle en avalant une nouvelle gorgée de vin. Quant au blondinet qui venait de partir, il pouvait tout aussi bien être son proxénète… L'hameçon était ferré, il quittait la scène pour laisser le champ libre à son protégé. Classique ! Les gigolos avaient-ils seulement un proxénète ? Elle n'en avait pas la moindre idée. En fait, c'était le genre de question qu'elle ne s'était jamais posée, et pour cause. Seulement, plus elle y réfléchissait, et plus les pièces du puzzle s'assemblaient.

La veille, en effet, elle avait d'abord aperçu de loin un couple insolite, composé d'un jeune éphèbe — celui-là même qui ne la quittait plus des yeux maintenant — et d'une femme d'un âge certain, maquillée à outrance, les cheveux platine, qui conduisait une Maserati décapotable. En s'approchant, elle avait reconnu la propriétaire de la boutique Illusion qu'elle venait de dévaliser quelques heures plus tôt — en plus du pendentif, elle lui avait acheté un petit tableau représentant un enfant brun jouant dans le sable, des sous-vêtements de satin noir, et la robe légère qu'elle portait en ce moment, sans parler des sandales qu'elle avait aux pieds. En fait, elle était tombée amoureuse du magasin. Si elle avait pu, elle aurait tout acheté ! Bref, son attention avait logiquement été attirée quand elle avait reconnu la propriétaire du magasin, au bras de ce beau brun dont elle avait deux fois l'âge. D'autant que, en le déposant devant un immense yacht blanc, le *Simonetta*, cette femme avait embrassé son compagnon plus que chaleureusement, visiblement chagrinée de devoir se passer de sa compagnie. A ce moment, elle avait remarqué Regina et, la reconnaissant, l'avait immédiatement saluée tout en gardant son compagnon enlacé. Ce dernier avait paru embarrassé… Oui, elle s'en souvenait parfaitement maintenant : il s'était dégagé d'un mouvement brusque et l'avait gratifiée d'un regard froid.

Et aujourd'hui, que dire de cette autre dame d'âge mûr, dans une Ferrari celle-là, un diamant énorme au doigt, qui avait déposé le même joli cœur au même endroit ? Se trompait-elle, ou celle-ci l'avait-elle embrassé avec autant d'ardeur que la précédente ? Oui, tout prenait sens, à présent. C'était même criant d'évidence : cet homme qui la dévorait en ce moment du regard n'était autre qu'un gigolo, un professionnel de la séduction.

C'était bien sa chance.

Quelle idée, aussi, de porter une robe pareille ! se maudit-elle. Surtout que ce genre de vêtement ne lui ressemblait pas du tout. Chez elle, à Austin, jamais elle n'aurait investi dans une tenue aussi légère et décolletée, et pourtant la chaleur du Texas était plus redoutable que celle de l'Italie. Mais son métier d'avocate lui imposait un certain classicisme, une certaine retenue. Au tribunal, le tailleur était de mise pour l'ensemble de la gent féminine. Et lorsqu'elle était en vacances, elle se contentait d'un jean et d'un débardeur, une tenue plus décontractée que provocante. Dire que c'était sans doute une des maîtresses — ou plutôt fallait-il dire *cliente* — de cet apollon qui lui avait vendu cette panoplie de femme fatale ! Quelle ironie ! Et pour couronner le tout, c'était cette même personne qui lui avait conseillé de dénouer ses cheveux, prétendant qu'elle était plus jolie ainsi.

— Si vous voulez trouver l'amour, il ne vous manque qu'une chose, *signorina*, avait ajouté la vendeuse dans son anglais approximatif. Suivez-moi, je vais vous dévoiler un secret.

Comment cette femme s'y était-elle prise pour deviner qu'elle était célibataire ? Mystère. A croire que c'était écrit sur son front. En tout cas, elle l'avait conduite le long de la ruelle jusqu'à une petite cour, au milieu de laquelle trônait une statue de Cupidon. A son pied poussait un somptueux gardénia.

— Cette plante est magique, *signorina* ! Elle fleurit toute l'année. Venez en cueillir une fleur chaque jour, et votre vie s'épanouira.

L'espace d'un instant, Regina avait eu l'impression d'avoir basculé dans l'univers merveilleux des contes : une bonne marraine se penchait sur son berceau et lui faisait un don bénéfique, un miracle allait se produire. Elle n'était pourtant pas du genre crédule, en général elle regardait avec scepticisme les prétendus porte-bonheur et autres gris-gris censés révolutionner la vie des pauvres gens. Mais là, peut-être parce qu'elle était à l'étranger, elle avait eu envie d'y croire, de se prendre au jeu. Elle avait cueilli une première fleur, et puis elle était passée en prendre une autre ce matin.

A première vue, rien, ce soir, ne démentait cette sensation qu'elle avait de vivre un conte de fées. N'était-ce pas l'incarnation du prince charmant qui se tenait là-bas, à quelques pas d'elle ? Et cette mer d'huile où mouraient lentement les derniers rayons du soleil, pouvait-on rêver décor plus enchanteur ? Bientôt, avec le crépuscule, viendrait l'heure qu'elle préférait entre toutes, lorsque la côte se teintait des reflets bleutés de la lune. Il y avait des années qu'elle rêvait de découvrir Amalfi, Ravello, Positano, tous ces villages du Sud de l'Italie perchés entre ciel et mer sur des rochers escarpés, qui avaient jadis séduit Boccace, Gide, Garbo…

Elle se replongea dans son carnet de voyage et parcourut la liste des sites qu'elle avait visités. Que de noms évocateurs ! Elle était heureuse d'avoir pris la peine de noter ses impressions. Ainsi, de retour aux Etats-Unis, elle pourrait prolonger son plaisir en faisant revivre ces images somptueuses. Car c'était bien pour admirer ces incroyables paysages qu'elle était venue jusqu'ici, et non pour tomber en extase devant un professionnel du sexe déguisé en prince charmant !

La gorge sèche, elle termina son verre tout en s'efforçant de se raisonner.

Un conte de fées ? Tu parles ! Elle n'avait sans

doute même pas les moyens de se payer les services de ce courtisan. Il fallait qu'il soit bien naïf lui aussi. Car, à en croire la ténacité de son regard, il se méprenait manifestement sur son rang. C'était un gigolo, voilà tout. L'homme qui la déshabillait du regard depuis près d'une demi-heure n'était autre qu'un pauvre type contraint à vivre aux crochets de vieilles dames seules et en manque d'amour. Pas très brillant… Et surtout, conclut-elle, pas du tout dans ses projets. Jamais elle ne se permettrait une folie pareille, même pour un soir. Non, pas elle.

Et pourtant… Quelque chose bouillonnait en elle, comme un élan, l'envie d'être autre, de laisser s'exprimer ses désirs. A Austin, elle passait pour quelqu'un d'un peu guindé, toujours impeccable, et plutôt autoritaire. Au fond, elle avait conscience de ne jamais montrer son vrai visage, comme si elle ne s'autorisait pas à vivre ses émotions. Comme si elle voulait toujours tout maîtriser, de peur que ses sentiments ne l'emportent trop loin, au risque de la faire souffrir. Même sa famille et ses proches ignoraient tout de la lutte qui se livrait en elle.

— Tu ne te lâches jamais, tu es complètement frigide ! lui avait lancé Bobby quand elle avait rejeté sa demande en mariage.

Une amertume profonde l'envahit alors que la scène lui revenait à la mémoire. Etait-ce sa faute si elle était incapable de s'engager ? Qu'y pouvait-elle si l'avenir l'angoissait, au point de lui faire préférer le célibat à la vie à deux ? Et puis, Bobby avait brûlé les étapes. Si au moins il lui avait laissé le temps de se retourner, de réfléchir à la situation…

— Rends-moi ma bague ! s'était-il écrié en reprenant violemment l'anneau qu'il venait de lui offrir. Tu m'as couru après pendant un an, tout ça pour m'envoyer balader maintenant ?

— Je ne t'ai pas couru après ! Je t'ai simplement donné ma carte de visite parce que j'avais envie de travailler dans la boîte de ton père.

— C'est bien ma veine qu'il t'ait embauchée, tiens ! Il est possible que tu sois une excellente avocate, mais au lit, c'est zéro. Quant à l'amour, n'en parlons pas, tu ne sais même pas ce que ça veut dire !

Sur ces douces paroles, il l'avait tout simplement plantée là, dans leur restaurant fétiche, devant un plateau de sushis pour deux… Et avec l'addition à payer.

Frigide ? Non… D'accord, elle avait peut-être simulé une fois ou deux, par égard pour lui. Mais son ex était dans le vrai, elle n'était pas très douée au lit. Autant dire qu'elle avait sans aucun doute des choses à apprendre ! Quant à l'amour, Bobby avait hélas touché juste.

Après tout, se dit-elle en relevant les yeux vers le bar, y avait-il meilleur professeur qu'un homme dont c'était le métier ? Cet apollon, là-bas, avait sûrement quelques astuces pour la transformer en Circé.

Seigneur ! Elle perdait la tête ou quoi ? Elle avait besoin de conseils, O.K., mais pas à n'importe quel prix ! Elle se souvenait parfaitement, par exemple, de ce que Susana lui avait dit après sa rupture avec Bobby. D'autant plus que, sur le coup, elle avait eu du mal à encaisser que sa sœur cadette, celle-là même qui lui avait piqué Joe, le seul homme qu'elle ait jamais aimé, se permette de lui faire la morale. Enfin, elle avait passé l'éponge depuis…

— Ce type n'était pas pour toi, de toute façon, avait décrété Susana. N'importe quelle femme deviendrait un frigo, avec un type qui ne se préoccupe que de faire entrer de l'argent dans le tiroir-caisse. Mais il a raison sur un point : tu gagnerais à être un peu plus spontanée. Et moins autoritaire, moins sûre de toi. Les hommes détestent ça.

Regina ravala sa salive. Ces mots sonnaient encore douloureusement pour elle. En tant qu'aînée, elle avait longtemps été la préférée. Et puis Susana, en plus de lui voler celui qu'elle aimait, l'avait aussi supplantée aux yeux de ses parents en leur donnant trois merveilleux petits-enfants. Elle était entrée en odeur de sainteté dans la famille.

Elle s'efforça de faire taire son ressentiment, prit une profonde inspiration et jeta un coup d'œil rapide vers le bel Italien.

Décidément, cet homme avait le don de la mettre dans tous ses états.

« Plus de spontanéité. » Après tout, le conseil avait peut-être du sens… Alors quoi ? Tenterait-elle l'aventure ? C'était ça, la spontanéité dont parlait sa sœur ? Se jeter dans les bras du premier inconnu, se payer une partie de plaisir et puis rentrer au bercail ?

Non, vraiment, elle ne voyait pas ce que ça pourrait lui apporter. Plusieurs de ses amies lui avaient raconté ce genre de frasques sans lui épargner les détails croustillants, mais ça ne l'avait jamais émoustillée. Elle n'était pas faite pour les frivolités mais pour une vie stable, auprès d'un homme respectable. Jusqu'ici, elle n'était sortie qu'avec des types qui répondaient peu ou prou à ce critère, et il n'y avait aucune raison pour que ça change. Sans compter que la liste de ses exigences était plutôt longue !

Et pourtant, c'était indéniable, ce gigolo l'attirait. Il était aux antipodes de ce qu'elle attendait de l'existence, mais il suffisait qu'elle pose les yeux sur lui pour perdre le sens commun. La Regina d'Austin, l'avocate sévère et intransigeante, s'était évanouie. Sa vie lui semblait loin, tout juste un vague souvenir à l'autre bout du monde. Une autre Regina prenait forme, la vraie peut-être ? Une femme plus libre, plus sensuelle, qui laissait tomber sa rigidité pour s'en remettre à ses instincts les plus fougueux.

Cet homme n'avait-il pas une plastique parfaite ? Sa stature, les lignes bien dessinées de sa silhouette avaient tout des statues antiques qu'elle admirait depuis des jours. Quant à sa peau hâlée que laissait entrevoir le col ouvert de sa chemise, elle promettait des voluptés inouïes…

Voilà que ça recommençait ! Elle réprima un tremblement, effrayée par les pensées qui l'assaillaient. Comment pouvait-elle craquer pour ce type ? Elle était prête à parier qu'il n'avait jamais ouvert un livre ! Tout dans l'apparence, rien dans le cerveau, c'était certain.

Elle considéra avec dépit son verre vide, cherchant désespérément quelque chose qui la tire de ce mauvais pas. Mais rien n'y faisait, des forces diaboliques semblaient s'être liguées contre elle pour la perdre : elle se surprenait à imaginer les enfants à la chevelure brune, aux yeux d'azur, que lui ferait cet homme. Elle les voyait formant une famille, jouant dans le sable devant la mer, comme l'enfant du tableau…

Il fallait qu'elle retombe sur terre, et vite !

L'avenir, en matière d'enfants, était tout tracé. Grâce aux conseils avisés de son amie Lucy, la réponse tenait en quelques chiffres : Z-321. Le donneur de sperme nommé Z-321 avait un profil parfait, tellement parfait qu'elle avait acheté les huit prélèvements disponibles. D'accord, elle ne s'était pas présentée le jour prévu pour l'insémination, mais c'était seulement parce qu'elle avait besoin d'un peu de temps pour s'y faire. Une chose était sûre, en tout cas : sa mésaventure avec Bobby l'avait incitée à repenser les choses. D'abord avoir un bébé, ensuite trouver l'homme de sa vie si l'éventualité se présentait. De toute façon, elle n'avait pas le temps de faire les choses dans l'ordre. Dégoter l'homme idéal, le fréquenter un certain temps, l'épouser, tomber enceinte… Non, c'était trop laborieux, trop aléatoire aussi. Et elle ne pouvait plus se permettre d'attendre. Son horloge biologique ne lui ferait pas de cadeau. C'était une question de priorités et d'organisation, tout simplement.

Lucy était déjà enceinte du fameux Z-321. C'est pour cela, d'ailleurs, qu'elle l'avait incitée à choisir le même donneur. Ainsi leurs deux enfants seraient comme frères. Une famille, en somme !

— Mais tu *as* une famille ! s'était indigné son père en apprenant la nouvelle. Tout ça, c'est ta faute, Sabrina, avait-il ajouté en se tournant vers sa femme. Tu l'as laissée lire depuis toute petite Dieu sait quels bouquins féministes qui lui ont mis ces idées farfelues dans la tête. Sans parler de ses fréquentations : Lucy a déteint sur elle, c'est sûr ! Dire que je paie encore le prêt que j'ai fait pour lui assurer une éducation et des études correctes, et voilà le résultat !

Sa colère passée, son père avait sombré dans un mutisme total. Et dans l'hostilité.

Sa mère avait appelé Regina la veille de son rendez-vous à l'hôpital pour l'insémination.

— Ton père est malheureux comme les pierres, avait-elle gémi, complètement désemparée. Quand il rentre du travail, il s'affale devant la télévision sans desserrer les mâchoires. En trente ans, c'est la première fois que je le vois comme ça. Pardonne-moi, *cara*, mais as-tu bien réfléchi ? Peut-être devrais-tu prendre des vacances, te reposer un peu, repenser à tout ça ? Quelques jours en Italie te feraient le plus grand bien.

Sa mère l'appelait toujours *cara* quand elle voulait la prendre par les sentiments. C'était même son deuxième prénom : Carina.

— Je sais que tu es une femme de tête et que tu veux contrôler ta vie, avait-elle ajouté. Tu as mené tes études et ta carrière brillamment. Mais la vie, les enfants, c'est autre chose. En Italie, les gens se laissent vivre. « *Che sera sera* », comme ils disent. Ta sœur est tombée amoureuse, ça t'arrivera aussi, et peut-être au moment où tu t'y attendras le moins.

Regina ferma les yeux et prit une profonde inspiration. Sa mère avait raison, elle le savait. Et pourtant, l'idée de s'en remettre au hasard l'angoissait complètement.

En rouvrant les paupières, elle avisa deux jeunes

femmes assises à une table près du bar, devant le mystérieux apollon. Non seulement elles étaient jolies, mais elles faisaient tout pour qu'il les remarque, pouffant, lui envoyant des œillades suggestives. Cependant, elle était bien forcée de le constater, l'homme n'avait d'yeux que pour elle, les simagrées de ces deux filles le laissaient totalement indifférent. Pas de doute, aussi insensé que cela paraisse, c'était sur elle qu'il avait jeté son dévolu ce soir.

Alors, sans réfléchir davantage, aiguillonnée sans doute par cette concurrence, elle soutint pour la première fois le regard de l'éphèbe… et bascula.

C'était comme si le temps s'était arrêté, comme si le monde s'était vidé de sa substance. Elle allait se lever, aller vers lui, se couler au creux de son corps félin, trouver un endroit suffisamment intime et…

Mon Dieu, elle ne connaissait même pas son nom ! De l'autre côté de l'Atlantique, elle se serait immédiatement renseignée sur cet homme avant de lui adresser la parole : ses études, ses projets, sa famille. Et voilà qu'elle envisageait de faire l'amour avec lui alors même qu'elle en ignorait tout ! Depuis qu'elle l'avait croisé, elle ne pensait plus. Elle *ressentait*, elle *désirait*, elle *vibrait* à la perspective du moindre contact. Si elle ne s'était pas trompée, si c'était bien un gigolo, il pourrait lui appartenir une nuit entière ! Etait-ce juste une question d'argent, ou était-il sélectif ?

Elle sentit le rouge lui monter aux joues à l'idée que, peut-être…

Mais à cela non plus, elle n'était pas prête. Elle se sentait beaucoup trop réservée pour répondre aux caresses d'un homme au sang visiblement chaud. Sans compter qu'avoir des relations non protégées aujourd'hui, c'était prendre des risques.

Elle divaguait ou quoi ? Comment pouvait-elle rester assise là, à se laisser dévorer des yeux par un homme qu'elle ne connaissait pas, à rêver de se faire faire un enfant comme ça, l'affaire d'une nuit, avant de rentrer bien gentiment au Texas ? Il fallait qu'elle soit vraiment en manque !

A moins que ce ne soit un effet des lieux : elle passait ses journées à admirer des statues d'hommes nus dans les jardins des palais, il y avait de quoi fantasmer ! Quoi de plus naturel après cela que de s'imaginer dans les bras d'un homme ? En tout cas, c'était sans doute plus sain, plus « spontané », comme disait Susana, que de recourir à un certain Z-321 ! Les bonnes vieilles méthodes avaient fait leurs preuves, après tout.

Le problème, c'était que pour sa part, une relation sexuelle allait de pair avec un engagement à long terme. Mais, à trente-trois ans, elle était toujours célibataire, et Dieu savait pour combien de temps encore. A Austin, elle était connue pour son sens moral, son intelligence, son perfectionnisme, sa ténacité. Des qualités pour un homme, certes. Mais pour une femme…

Assez tergiversé, décida-t-elle, redressant le menton pour se donner du courage. Ici, maintenant, elle avait la possibilité d'échapper à ce carcan. Juste une fois.

Mais au fait, comment s'y prenait-on pour entrer en contact avec un gigolo ? Fallait-il qu'elle lui envoie un signe discret, comme baisser les paupières de façon suggestive ou remonter légèrement sa robe ? Devait-elle aller directement au bar, ouvrir son sac et sortir de l'argent, ou bien rester sagement assise en attendant qu'il fasse le premier pas ?

La veille, il l'avait suivie jusqu'à ce même café, mais lorsqu'il avait commencé à la détailler avec un peu trop d'insistance, elle s'était levée et avait filé, trouvant refuge à quelques pas, derrière un platane de la place. Elle l'avait épié, le souffle court, tandis qu'il sortait derrière elle et la cherchait des yeux. Visiblement déçu de l'avoir perdue, il était descendu vers la marina. Sous le clair de lune, elle l'avait vu rejoindre le *Simonetta*. Sans doute y avait-il passé la nuit. Avec une femme ? Une cliente ? La vieille dame de la boutique ?

L'idée même lui donna la nausée, la ramenant à la réalité. Des idées triviales lui venaient à l'esprit. Fallait-il qu'elle prévoie de lui donner un pourboire ? Allait-il lui exposer les règles du jeu ? Voilà un genre de contrat qu'elle n'avait encore jamais rencontré. Sur un plan strictement professionnel, ça pouvait être intéressant…

Tout à coup, les deux filles près du bar éclatèrent de rire, tournant vers elle un regard entendu.

Regina aurait voulu se cacher dans un trou de souris. Sans doute les deux jeunes Italiennes habitaient-elles le village et connaissaient-elles par cœur le manège auquel elles assistaient. Dans un sens, leur réaction venait de lui procurer un choc salutaire. Inutile de délirer, elle n'allait pas se donner plus longtemps en spectacle ! Il était encore temps de trouver un taxi et de regagner son hôtel. Mais c'était plus fort qu'elle, quelque chose la retenait à sa table, comme si ses jambes ne pouvaient la porter.

De toute façon, il était trop tard : le serveur venait de déposer devant elle une coupe de champagne tout en prononçant quelques mots dans un italien nasal incompréhensible. Il lui indiqua cependant d'un geste que le cadeau venait de son admirateur du bar.

Lorsqu'elle leva les yeux vers lui, l'adonis la gratifia d'un sourire.

Le cœur battant, absolument incapable de faire un geste, elle esquissa un sourire en réponse et porta la coupe à ses lèvres.

Comme s'il n'avait attendu que ce signe, l'inconnu prit son verre sur le comptoir et s'avança vers elle d'une démarche féline, déclenchant instantanément une série de chuchotements dans le bar, assortis de nouveaux gloussements des deux Italiennes.

Elle vida sa coupe le temps qu'il arrive devant elle, tentant désespérément de masquer sa nervosité.

— Puis-je m'asseoir à votre table ? demanda-t-il dans un anglais parfait.

— Mais oui, certainement, bredouilla-t-elle. En fait, je… J'étais sur le point de partir.

— Peut-être est-ce sage, en effet. J'ai l'impression que vous suivez une dangereuse impulsion, murmura-t-il. Tout comme moi.

Gigolo peut-être, mais, à en croire son langage, parfaitement bien élevé. Quant à ses yeux ! Intenses, d'un bleu profond, bordés d'immenses cils noirs qui lui conféraient une irrésistible douceur.

Et elle devrait lutter ? C'était vraiment injuste. Pourquoi fallait-il que ça tombe sur elle ? De toute façon, la vie était un tissu d'injustices. Si tel n'était pas le cas, elle serait mariée et mère de beaux enfants à l'heure qu'il était. Et surtout, elle serait redevenue la fille préférée de son père !

— Si ma présence vous dérange, se reprit-il en souriant, c'est à moi de m'en aller. Je serais fâché de vous importuner.

— Oh, mais pas du tout ! s'entendit-elle répondre.

Elle ne put en dire davantage. Elle chercha une

parole aimable, un trait d'esprit, n'importe quoi d'engageant, mais rien ne lui vint. C'était comme si son esprit s'était soudain vidé !

Il prit place en face d'elle et commanda deux autres coupes de champagne.

Le contrat incluait-il qu'elle paie la note ? Elle but ce deuxième verre à peu près aussi rapidement que le premier, sans vraiment se sentir ragaillardie. Il fallait pourtant qu'elle recouvre la raison, et vite !

— Je vous effraie ? demanda-t-il d'un air amusé.

— C'est de moi-même que j'ai peur, répondit-elle. Je n'ai pas l'habitude d'accueillir des inconnus à ma table.

— Voilà qui est tout à votre honneur, dit-il en éclatant de rire. Mais soyez tranquille, vous n'avez rien à craindre de moi.

Elle se sentait trop nerveuse pour se satisfaire d'une pareille déclaration, mais elle eut tout de même la présence d'esprit, alors qu'il levait le bras vers le serveur pour commander une nouvelle coupe, de l'en empêcher en retenant sa main.

Le contact de sa peau chaude et lisse l'électrisa littéralement. Elle l'avait à peine frôlé, mais un frisson la traversa, éveillant ses sens comme jamais. Elle comprenait maintenant qu'on puisse devenir dépendant d'une drogue, ou de quoi que ce soit qui procure du plaisir. Cet Italien avait quelque chose de magnétique. Elle sentit immédiatement ce qu'il y aurait d'irréversible à lui succomber.

Pas question, se ressaisit-elle. C'était un professionnel de la séduction. Et un bon professionnel, de toute évidence. Il n'y avait rien de personnel dans son attitude, rien qui s'adresse spécifiquement à elle, rien en somme qui doive la mettre dans un tel état.

— Je m'appelle Nico, dit-il en lui tendant la main. Nico Romano.

Etait-ce son vrai nom, ou un pseudonyme ?

— Mais vous devez savoir qui je suis, ajouta-t-il à sa grande surprise. Ou du moins *ce que* je suis.

Il avait parlé comme s'il s'excusait. Ainsi, elle ne s'était pas trompée, Nico Romano était bel et bien un gigolo… Dommage, ne put-elle s'empêcher de penser.

— Oui, répondit-elle en détournant les yeux.

— J'apprécierais cependant que vous me considériez comme un homme ordinaire.

— Si vous voulez. Je… m'appelle Carina, balbutia-t-elle.

D'instinct, elle avait opté pour son deuxième prénom. Une manière de se protéger.

— Carina… C'est joli. Chez nous, cela veut dire « chérie, aimée ».

Quel talent ! Cet homme connaissait sa partition à la perfection. Indifférent à ce qui les entourait, les yeux emplis d'un désir brûlant, chacun de ses regards semblait lui signifier qu'elle était unique. Pas de doute, elle avait affaire à un vrai spécialiste, dont les services devaient coûter une fortune.

— Avez-vous dîné ?

— Non, j'ai déjeuné tard.

Il déposa un baiser sur sa main avant de la libérer en souriant. Puis il demanda l'addition et paya avant même qu'elle ait ouvert son sac.

Gigolo de luxe, songea-t-elle en se levant. Aucun doute cependant, les boissons devaient faire partie du forfait qu'elle paierait plus tard. Avait-elle seulement assez de liquide sur elle ? On ne payait évidemment pas ce genre de service par chèque ni par carte bleue…

- 2 -

Regina sortit de la douche et s'enveloppa dans l'épais peignoir fourni par l'hôtel. Elle traversa la chambre, prit le téléphone sur la table de nuit et s'installa sur la terrasse.

Elle esquissa un sourire, consciente de la chance qu'elle avait de se trouver là, dans ce lieu chargé d'histoire, dans cet éden entre le ciel et l'eau.

L'hôtel où elle se trouvait était fiché sur les rochers, offrant un point de vue tout bonnement vertigineux sur le village et la petite baie. D'après ce que lui avait dit l'employé de l'accueil à son arrivée, le bâtiment était un ancien palais ayant appartenu à une des familles d'armateurs les plus puissants de la région. De là, Ravello, avec ses ruelles pittoresques et ses maisons blanches aux volets peints, paraissait encore plus magique. S'il y avait un paradis sur la terre, c'était ici, sans aucun doute. Le village médiéval, serti comme un diamant dans la côte amalfitaine, recelait d'innombrables trésors pour peu qu'on accepte de se perdre dans le lacis de ses rues, qu'on soit curieux de ses mille facettes. Où que se pose le regard, c'était un véritable enchantement, depuis l'architecture mauresque jusqu'aux jardins prolifiques emplis de senteurs rares.

Il ne manquait rien à ce paradis, pas même son Adam…

Inutile de se voiler la face ni d'éluder les raisons de la présence de Nico Romano ici ce soir. Le paysage, le luxe de l'établissement, l'attrait touristique de Ravello n'y étaient pour rien. Ce qu'ils s'apprêtaient à y faire n'avait absolument rien de contemplatif… En fait, elle sentait son estomac se nouer dès qu'elle y pensait. D'autant qu'il lui était impossible de reculer à présent. Presque nue sous son peignoir, elle balançait entre l'appréhension et une… certaine impatience, qui la dérangeait à dire vrai tout autant. Bientôt, elle serait à lui. Un vrai coup de folie ! Enfin, s'il n'en fallait qu'un dans sa vie…

Son don Juan était sorti passer un coup de fil, ce qui lui laissait le temps d'appeler Lucy à Austin. Non pas qu'elle ait rien de crucial à lui apprendre — encore que —, mais elle se sentait trop nerveuse pour attendre le jeune homme les bras ballants.

— Décroche, Lucy, gémit-elle comme une prière, après plusieurs sonneries.

Quatre étages plus bas, elle aperçut Nico qui

faisait les cent pas près de la piscine, son téléphone à l'oreille. Il tournait littéralement comme un lion en cage. Apparemment, quelque chose le contrariait. Au fond, elle pouvait le comprendre, rien d'étonnant à ce qu'il déteste son travail.

Son portable avait sonné au moment même où il commandait du champagne et des fraises. Elle l'avait vu froncer les sourcils en lisant le numéro de son correspondant, puis il s'était excusé : c'était un appel important, il fallait qu'il décroche. C'était à peine croyable, mais elle en avait éprouvé une sorte de jalousie, non seulement à l'idée qu'une femme l'appelle, mais surtout qu'il interrompe leur tête-à-tête pour elle. Enfin, inutile de délirer. L'appel émanait sans doute d'une cliente.

Avant de s'éloigner, il avait déposé un baiser au creux de son épaule, avec une délicatesse surprenante. Non seulement elle ne s'attendait pas à un geste aussi affectueux, mais ses lèvres fines sur sa peau l'avaient totalement électrisée.

— Allô ! lança Lucy, manifestement hors d'haleine.

Son amie avait dû arpenter son appartement en tous sens avant de mettre la main sur son mobile. C'était classique.

— Tu ne devineras jamais où je suis, commença Regina.

— En Italie, ironisa Lucy.

— O.K., mais devine où je suis *précisément*, et surtout ce que je suis sur le point de faire, reprit-elle en levant les yeux au ciel.

Elle tourna les yeux vers le petit tableau qu'elle avait acheté chez Illusion. Les cheveux noirs du petit garçon brillaient du même éclat satiné que ceux de Nico.

— Tu viens de faire un jogging et tu t'apprêtes à te goinfrer de tomates-mozzarella zéro pour cent tout en dressant la liste des sites que tu dois absolument voir demain…

— Je suis à Ravello, ma vieille ! annonça-t-elle avec enthousiasme. Tu y crois ? Entre parenthèses, je te signale que personne ici n'a jamais entendu parler de fromage allégé. Les peintures de Maxfield Parrish, ça te dit quelque chose ?

— Pas vraiment, non.

— Dommage. C'est exactement Ravello, la même lumière irréelle. Sinon, j'y ai rencontré un homme, ajouta-t-elle plus bas.

— Qu'est-ce que tu… Aïe, c'est typiquement le genre de phrase qui m'inquiéterait chez toute autre que toi, surtout s'il s'agit d'un Italien. Mais restons calme. Ce doit être un cerveau, du style ambitieux, bonne situation…

— Pas du tout ! coupa-t-elle. Mais ne t'en fais pas, ça n'est pas sérieux entre nous. Si tu savais comme il est craquant ! Le problème c'est que…

Elle s'interrompit, ne sachant trop comment amener la nouvelle. Tout à coup, elle regrettait presque d'avoir appelé son amie.

— Je me doutais bien qu'il y avait un « mais », c'était trop beau. Alors ?

— Il est… enfin, il se peut qu'il soit… gigolo.

— Si tu voulais me faire une blague, tu aurais pu t'arranger pour qu'elle soit crédible, répondit Lucy en éclatant de rire.

Regina laissa passer un blanc on ne peut plus éloquent, et son amie se ravisa instantanément.

— Arrête, je ne te crois pas ! s'exclama Lucy.

Pas de doute, elle ne rigolait plus du tout.

— Mais c'est le pire des clichés ! reprit-elle. Ecoute, Regina, je ne sais pas dans quoi tu t'es embarquée, mais il faut que tu rentres tout de suite. Tu es restée là-bas trop longtemps, la « lumière irréelle » dont tu parles a dû t'échauffer la cervelle. Je croyais que tu voulais te reposer, courir les petits restos, te repaître d'œuvres d'art ?

— Justement, l'art n'est peut-être pas étranger à ce qui m'arrive, figure-toi. Toutes ces sculptures, tous ces nus plus parfaits les uns que les autres, tu comprends, ça finit par te donner des idées…

— Tu veux mon avis ? Paie ce type et saute dans le premier avion pour les Etats-Unis, ordonna son amie d'une voix blanche.

— Il est séduisant, je te jure, à tomber par terre !

— Il a mis quelque chose dans ton verre ou quoi ?

— Non !

— Tout ça, c'est la faute de Bobby. Il t'a traitée de coincée, alors tu essaies de te prouver le contraire. Du genre « sous mon apparente froideur se cache une bombe sexuelle ». Tu sais très bien que si tu m'as appelée, c'est pour entendre la voix de la raison.

C'était faux, elle avait tout simplement voulu partager avec son amie un événement dont elle pressentait qu'il allait bouleverser sa vie.

— Tu sais, j'ai des doutes au sujet de Z-321, déclara-t-elle soudain. Avec le recul, l'insémination me semble tellement… impersonnelle. Pour toi, c'était différent, cette démarche avait un autre sens.

Lucy avait toujours été attirée par les femmes. Il était compréhensible qu'avec Beth, sa compagne, elles aient envisagé cette solution pour satisfaire leur désir d'enfant. Mais dans son cas, c'était autre chose.

— Regina, si vraiment tu tiens à passer la nuit avec ce type, fais-le, mais par pitié, utilise un préservatif ! Que sais-tu de lui, en dehors du fait qu'il est séduisant et demande une fortune à des femmes crédules ou en manque d'affection pour quelques heures de plaisir ? Je croyais que l'Italie regorgeait de don Juan, je trouve étrange que tu aies à payer pour en avoir un.

— C'est que celui-là est… spécial, bredouilla Regina en retournant sur la terrasse.

Même de loin, la silhouette de Nico rayonnait d'assurance et de virilité. Avec quelque chose en plus. Une sorte d'élégance, une sensibilité… Enfin, quelque chose qui faisait instantanément oublier son métier. Lorsqu'il leva la tête vers elle et lui sourit, elle sentit une douce chaleur l'envahir. Elle lui fit un signe de la main, émue comme une collégienne.

— J'ai l'impression qu'il y a comme une connexion entre nous, reprit-elle.

— Tu rigoles ? Vous n'avez même pas encore couché ensemble ! Regina, fais ta valise et déguerpis. Vite !

Son portable se mit à sonner alors qu'elle s'apprêtait à répondre. Le nom de sa sœur s'afficha sur le fond bleu de l'écran.

Que pouvait bien lui vouloir Susana ? Sa cadette n'avait aucun sens de la famille, elle ne l'appelait presque jamais.

— Zut ! réalisa-t-elle tout à coup. C'est aujourd'hui le baptême des jumeaux, j'avais complètement oublié. Susana est en train d'essayer de me joindre. Il faut que je te laisse, Lucy.

— Juste un mot avant que tu ne raccroches : direction l'aéroport !

— Ne t'inquiète pas, je te rappelle.

— Tu as intérêt !

— Salut ! lança-t-elle en raccrochant. Susana ? Alors, comment se passe le baptême ?

Elle perçut les gémissements d'un enfant, sans doute ceux de sa nièce, Gina.

— Tout le monde est là, à part toi, bien entendu.

Bingo ! Sa sœur avait toujours été très douée pour la faire culpabiliser.

— On est dans le jardin, continua son interlocutrice. Il fait une chaleur à crever, mais tu connais papa, il a absolument tenu à faire un barbecue. Maman le surveille de près, je peux te le dire, pour qu'il ne fasse pas tout cramer comme la dernière fois. Tu sais ce qu'elle m'a dit ? Elle est certaine que tu vas rencontrer quelqu'un en Italie. En fait, depuis que tu as quitté Bobby, elle se fait du souci. Entre nous, c'est elle qui m'a demandé de t'appeler, elle a même composé ton numéro avant de filer en me tendant le combiné. Alors, tu as trouvé l'amour, oui ou non ? demanda-t-elle sans conviction.

— A ton avis ? répondit froidement Regina.

Sa sœur était bien la dernière personne à qui elle avait envie de se confier. Quant à sa rencontre du moment, il était hors de question que sa famille en sache le premier mot !

— O.K., soupira sa cadette. Je ne te cache pas

que maman va être terriblement déçue. Elle avait mis tous ses espoirs dans ce voyage, va savoir pourquoi ! Enfin, peu importe, tu nous manques. Gina te réclame tous les jours. Tu rentres quand ?

— Dans trois jours.

— La pauvre petite est dans un état pas possible. Tu ne devineras jamais ce que papa vient de lui dire.

— Quoi ?

— Je ne sais pas comment il peut sortir des horreurs pareilles. Accroche-toi, je cite : « Maintenant que nous avons deux magnifiques petits garçons, que va-t-on faire de toi ? »

— Non ! Il n'a pas remis ça !

— Que veux-tu dire ?

— Rien…

Les paroles malheureuses de son père ne la surprenaient pas, au contraire, elles réveillaient en elle un douloureux souvenir. Elle avait trois ans lorsque ses parents, fous de joie, étaient revenus de la maternité avec le bébé. Elle jubilait à l'idée d'être enfin grande sœur et s'était penchée sur le couffin, découvrant sa petite sœur avec émerveillement. Son père s'était alors agenouillé près d'elle. Les mots qu'il avait prononcés l'avaient tellement blessée qu'aujourd'hui encore, elle ne pouvait repenser à ce moment sans sentir la colère monter en elle : « Qu'allons-nous faire de toi, à présent que nous avons un si beau bébé ? » Elle avait couru dans sa chambre, s'était blottie derrière le rideau et avait longuement pleuré. Depuis, non seulement elle n'était jamais parvenue à réprimer une jalousie malsaine à l'égard de sa cadette, mais elle n'avait cessé de douter de l'amour de son père. Et depuis que Susana était mariée et mère de trois enfants, les choses avaient encore empiré : aujourd'hui, l'unique centre d'intérêt de son père était ses petits-enfants. Regina adorait ses neveux, mais cela achevait de la mettre mal à l'aise avec sa propre histoire, ses propres ressentiments.

— Passe-moi Gina, demanda-t-elle, folle de rage.

Bientôt, elle entendit la fillette hoqueter à l'autre bout du fil.

— Gina, c'est tante Reggie à l'appareil. Ecoute-moi, ma chérie, ton grand-père t'adore. Il plaisantait, tout à l'heure. Tu sais bien qu'il aime faire des blagues !

— Je déteste mes frères, gémit Gina. C'est pas vrai que papy faisait une blague.

Regina hocha la tête. Elle compatissait complètement avec la fillette. Elle se souvenait combien, elle aussi, elle avait haï sa sœur pour des broutilles, parce que Susana était une petite blonde adorable à l'époque où, rentrant en sixième, elle se trouvait trop maigre, pas féminine pour un sou, trop grande, trop moche pour plaire aux garçons.

— Ne dis pas ça, voyons, reprit-elle tout de même d'une voix douce. Dino et David ont besoin de leur grande sœur. Tu es une petite fille géniale, Gina, tout le monde t'aime.

— Même papy ?

— Même papy, je t'assure. Il voulait juste te taquiner.

— C'est le gâteau, tante Reggie, je dois y aller. Tu reviens vite, hein ?

— L'heure est grave, on va couper le gâteau, expliqua Susana en reprenant le téléphone. Tu sais comment est Gina, dès qu'elle voit du chocolat, on ne la tient plus ! Vous avez vraiment des tonnes de points communs, elle et toi, je ne te l'ai pas déjà dit ? Ce n'est pas par hasard si vous portez presque le même prénom.

A la naissance de sa nièce, Regina avait été flattée du choix de sa sœur. Même si leur relation avait toujours été tendue, Susana semblait avoir suffisamment d'affection pour elle pour prénommer sa fille Gina.

— Je suis sa plus grande fan, en tout cas, répondit-elle en souriant. Embrasse les enfants pour moi et dis-leur que je leur ramène une valise pleine de fringues et de jouets. Ils me manquent.

— Joe te passe le bonjour.

En raccrochant, elle se mordit la lèvre.

Que serait-il arrivé si sa sœur n'avait pas épousé son ex-petit ami ? Vivraient-ils ensemble aujourd'hui ? Porterait-elle ses enfants ? Inutile de gamberger. Le passé était le passé, on ne pouvait pas revenir en arrière, de toute façon. L'attitude de son père la tourmentait autrement plus. Comment avait-il pu se montrer aussi bêtement cruel avec la petite Gina ?

Accoudée à la balustrade de pierre, elle s'absorba longtemps dans la contemplation de l'eau paisible sous le clair de lune. Au loin, le yacht blanc, comme un fantôme immobile, flottait mollement, inhabité.

Avant la naissance de Susana, son père était fou d'elle. Oui, il l'adorait ! Et puis, tout à coup, parce qu'un autre bébé arrivait, il lui avait tourné le dos. Elle avait eu beau déployer des trésors d'ingéniosité pour regagner une place dans son cœur, travailler d'arrache-pied, rien n'y avait fait. Il faut dire que sa sœur était une enfant vivante, rieuse, dont l'intelligence tout intuitive, la spontanéité avaient toujours séduit tout le monde. Ainsi lui pardonnait-on ses notes lamentables à l'école, sous prétexte qu'elle était la joie de vivre incarnée. Et lorsqu'elle avait laissé tomber la fac pour épouser Joe, personne n'avait songé à le lui reprocher. Le fait qu'elle ait brisé le cœur de sa sœur aînée en lui volant l'homme qu'elle aimait était même passé totalement inaperçu. Quant à Joe, il lui avait suffi de poser les yeux sur Susana pour oublier du jour au lendemain tout ce qui les avait liés, elle et lui. Pourtant, ils étaient faits l'un pour l'autre, elle en avait toujours été persuadée : bourreaux de travail tous les deux, tous les deux diplômés de droit, ils avaient la même conception de la vie, la même ambition…

Bon, voilà qu'elle délirait de nouveau. Il fallait pourtant qu'elle se fasse à l'évidence : si Joe lui avait préféré sa sœur cadette, c'était sans doute qu'il attendait de l'existence autre chose que ce qu'elle lui proposait. Il était temps qu'elle tourne la page. Pourtant, elle avait beau se persuader qu'il ne manquait pas d'hommes à sa convenance et qu'elle était totalement guérie de Joe, elle revenait sans cesse à lui. Jusqu'à ce Nico Romano.

Lequel d'ailleurs, songea-t-elle soudain, n'était pas sans lui ressembler.

— Ne me dis pas que tu n'as pas appelé Viola ?

Nico fronça les sourcils.

Sa mère, la princesse Gloriana Lucia Romano, Glory pour ses amis, paraissait pour le moins énervée. Elle parlait à toute allure, en italien de surcroît, une langue qu'elle n'affectionnait pourtant guère, elle qui avait grandi à Paris et ne jurait que par le pays de la mode et du raffinement.

Lui, il préférait s'exprimer en italien ou en anglais, choix que sa mère, qui avait pour lui de grandes ambitions, ne cessait de déplorer. Sa grand-mère en revanche, bien que française, ne se formalisait pas pour si peu : seul son bonheur la préoccupait. Pour elle, il pouvait bien parler la langue qu'il voulait, pour peu qu'il fût heureux.

— Pas encore, avoua-t-il.

— *Tesorino*, pourquoi remettre sans cesse ce coup de fil ?

— Mon tempérament gitan, je suppose ?

Sa mère ne releva pas la provocation. Elle détestait par-dessus tout qu'on lui rappelle les origines obscures de leur famille. Leur noblesse, en effet, leur venait d'un chef tzigane sédentarisé en Roumanie. Comme le voulait la tradition, il y avait fait construire un château pour y recevoir ses sujets lors des fêtes tribales. Par la suite, la famille s'était installée en France, puis en Italie, où elle avait acquis des terres et de multiples titres.

— Tu m'avais pourtant promis d'appeler Viola Eugenia di Frezano aujourd'hui même, après déjeuner, dit-elle d'un ton sec. Quand comptes-tu demander sa main ?

— Bientôt, ma chère mère, répondit-il en levant

les yeux au ciel. Ai-je jamais failli à mes devoirs ? Ai-je jamais dérogé à vos commandements ?

— Il ne s'agit pas de cela. Nos deux familles sont d'accord, le mariage est presque arrangé.

Il le savait parfaitement, et c'est bien ce qui l'inquiétait. S'il n'avait pas freiné des quatre fers, la cérémonie aurait déjà eu lieu depuis longtemps.

— Dois-je vous rappeler qu'aujourd'hui marque un bien triste anniversaire ?

— Je le sais, assura sa mère en se radoucissant. Mais cela fait deux ans, il est temps de penser à l'avenir.

Pour elle autant que pour la famille de Viola, le pouvoir, l'influence et l'argent constituaient les seules valeurs dignes de ce nom. Juste après venaient la noblesse, les titres et les traditions, et enfin la culture sans laquelle on ne pouvait faire bonne figure dans le monde.

Les parents de Nico, qui avaient laissé le soin de son éducation à des nurses, précepteurs et autres majordomes, avaient tout de même pris soin de lui inculquer, ainsi qu'à sa sœur, que rien n'égalait la richesse, seule pourvoyeuse de pouvoir. Et le meilleur moyen de s'enrichir étant encore de conclure de judicieuses alliances, il convenait de savoir faire taire ses désirs et ses aspirations personnelles quand il y allait de l'avenir du nom.

Ainsi, un jeune aristocrate pouvait fréquenter toutes

les femmes qu'il voulait tant qu'il n'était question que de se divertir. Mais quant au mariage, il était hors de question de laisser les choses au hasard.

— Tu as trente ans, lui rappela sa mère. Il est temps que tu te stabilises. Que tu fondes une famille.

— J'ai essayé, et…

— Elle est morte, Nico ! coupa sa mère. Et toi, tu es vivant.

« Survivant » aurait été plus juste. Chaque fois qu'un de ces paparazzis le surprenait au bras d'une femme, les magazines *people* le qualifiaient de veuf joyeux. Ces scribouillards ignoraient évidemment tout de la culpabilité qui, aujourd'hui encore, le rongeait et lui sapait l'existence. Jusqu'au mois qui avait précédé la mort de Simonetta, il avait été aveugle, incapable d'ouvrir son cœur.

— Viola est une très belle femme.

— C'est vrai. Un bijou dans son écrin, pourrait-on dire, ironisa-t-il.

— Je ne plaisante pas. Tu es prince, certes, mais un titre n'est rien sans le pouvoir que confère l'argent. La famille de Viola est très influente.

— Vous me l'avez répété des dizaines de fois. Oui, je suis prince, je ne risque pas de l'oublier. S'il y a une chose qui me gâche la vie, c'est bien ça.

— Je t'interdis de penser une chose pareille ! C'est un grand privilège, au contraire. Mais un privilège qui implique certaines responsabilités.

Tu dois penser à ta descendance, aux générations futures, à notre nom. Tu sais que notre famille n'a jamais été aussi vulnérable. Aussi te demandé-je d'être raisonnable. Et puis, qui sait ? L'amour viendra peut-être après le mariage ? Tu as fini par aimer Simonetta.

— J'ai eu de la chance. Mais la foudre ne tombe jamais deux fois au même endroit. S'il vous plaît, mère, ne parlons plus de Simonetta.

— Mon pauvre *tesorino*…

Sa mère avait toujours considéré que le chagrin, comme d'ailleurs toutes les émotions, était un luxe pour les gens de leur monde. Après la Seconde Guerre mondiale, les Romano avaient perdu la plupart de leurs palais et de leurs terres. C'est en s'alliant à des familles en place, en investissant dans des affaires juteuses et en diversifiant leurs placements qu'ils avaient, petit à petit, regagné leur rang. Aujourd'hui, la plupart de leurs entreprises, presque toutes dirigées par lui, étaient basées aux Etats-Unis et leur assuraient de fastueux revenus. Mais c'était peu, comparé à la fortune des Frezano. Sa mère n'avait d'ailleurs pas tardé à lancer les ponts de cette alliance rêvée : elle avait entamé les négociations le jour même de l'enterrement de Simonetta !

— Soyez tranquille, mère, je saisis parfaitement l'enjeu de ce mariage, mais faut-il que tout soit toujours ramené à des questions d'argent ?

— Tu connais une autre valeur solide, ici-bas ? Et puis, je te trouve bien difficile. Ce n'est tout de même pas comme si cette jeune femme était un laideron ! Je parie que tu tomberas amoureux d'elle avant même que le prêtre vous ait unis.

Il réprima un soupir d'exaspération.

Ce mariage le désespérait. D'abord, il n'avait aucune envie de s'engager. Il était encore trop tôt. Depuis deux ans, il ne cessait de ruminer les circonstances de ce sordide accident qui l'avait privé à jamais de Simonetta et de l'enfant qu'elle portait. Il se figurait avec horreur la voiture longeant la petite route escarpée et plongeant tout à coup dans le vide. Les freins avaient lâché, le chauffeur n'avait rien pu faire. Bien sûr, son union avec Simonetta avait été arrangée, elle aussi. Au début, il avait eu l'impression de subir la situation. Pourtant, il avait fini par aimer sa femme… quelques mois avant de la perdre définitivement. Comment se remettrait-il jamais d'une telle tragédie ? En plus de ressentir durement la perte d'un être cher, il se sentait coupable de l'avoir aimée si peu de temps. Il avait passé des mois à pester contre ce mariage de convenance, au lieu de regarder son épouse, d'apprendre à la connaître. Clairement, il était passé à côté du bonheur. S'il avait su ouvrir les yeux à temps, au moins aurait-il pu, avant qu'elle ne meure, la rendre heureuse. Aujourd'hui, il se consolerait avec ce souvenir, au lieu de ressasser des remords. Mais il était trop tard, impossible de faire machine arrière.

Dans un sens, sa mère avait raison : il était temps qu'il passe à autre chose, qu'il accepte de se tourner vers l'avenir.

Il leva les yeux vers la chambre où Cara l'attendait et aperçut la jeune femme sur la terrasse : une silhouette élancée, une chevelure lourde tombant sur ses épaules en boucles brunes, l'exact opposé de la timide et blonde Simonetta.

Cette rencontre, aussi récente fût-elle, avait quelque chose de fort, d'important, il le sentait confusément. Peut-être aurait-il mieux fait de s'en ouvrir à sa mère tout à l'heure, au déjeuner. Au moins lui aurait-elle épargné son couplet sur la belle Viola…

La veille, lorsque sa grand-mère l'avait déposé sur le quai et qu'elle avait fait signe à cette jeune femme qui flânait sur la plage, il avait été saisi. La fleur de gardénia qu'elle portait dans les cheveux mettait en valeur son teint animé, ce qui valait tous les bijoux du monde. A la seconde où il l'avait vue, elle l'avait fasciné, au point qu'il n'avait pu, sur le coup, esquisser le moindre geste, prononcer le moindre mot.

Elle non plus, d'ailleurs, n'avait pas semblé indifférente. Relevant ses lunettes de soleil, elle avait posé sur lui ses prunelles sombres avec une intensité incroyable.

Il était resté quelques instants à converser devant le yacht avec sa grand-mère, tandis que la jeune femme s'asseyait pour lire sur un banc, un peu à l'écart. Quel charme ! Elle semblait si souveraine, si posée… Rien à voir avec les midinettes futiles qu'il se coltinait la plupart du temps ! Et pourtant, elle avait adopté une technique d'approche on ne peut plus banale : après un quart d'heure de lecture, elle avait soudain quitté les lieux en laissant son livre sur le banc. Le message était clair, elle ne doutait pas qu'il récupère l'ouvrage et se précipite derrière elle pour le lui rendre. Et elle ne se trompait pas, c'est bien ce qu'il avait fait ! Il avait ramassé le livre et l'avait suivie dans le café où elle était entrée. Seulement, là, le scénario avait pris un cours pour le moins inhabituel. A sa grande surprise, elle l'avait remercié en rougissant puis s'était littéralement évaporée.

Que cherchait-elle ? Peut-être aimait-elle jouer au chat et à la souris ?

Il allait bientôt en avoir le cœur net, se dit-il en esquissant un sourire. Et cette perspective l'émoustillait diablement plus qu'un hypothétique mariage avec la riche héritière que lui avait choisie sa mère ! Il ne se faisait pas vraiment d'illusions quant aux intentions de la belle Américaine. Sans doute avait-elle appris qu'il passait actuellement ses nuits sur le *Simonetta* et était-elle venue tenter sa chance. Il était habitué à être un objet de fantasmes. Les femmes n'hésitaient devant rien pour se faire remarquer de lui, attirées à l'évidence par sa célébrité et son argent. D'habitude, il s'arrangeait pour les éviter, mais là, c'était différent. Même s'il restait sceptique, cette Cara le captivait irrésistiblement.

— Je vous appelle demain, promit-il à sa mère, pressé de mettre un terme à leur conversation.

— Tu n'oublies pas Viola ?

— Bonne soirée, marmonna-t-il avant de raccrocher.

Il savait que son entêtée de mère ne le lâcherait pas tant qu'il n'aurait pas fait sa demande officielle, mais pour ce soir, il avait sa dose ! Et d'autres projets en tête. Craignant qu'insatisfaite de sa réponse, elle ne le rappelle sur-le-champ, il coupa son portable et le glissa dans sa poche.

Un nouveau coup d'œil vers la terrasse acheva de le convaincre : Cara posait sur lui des yeux de braise, profonds, mystérieux et enchanteurs ! Et s'il était tombé sur une sirène, une créature diabolique décidée à lui faire perdre la raison ? Après tout, n'était-ce pas au large de ces côtes qu'Homère avait fait surgir ces inquiétantes divinités des eaux ? Le valeureux Ulysse avait bien failli s'y perdre corps et biens !

Mais lui aussi était prince, le sang des guerriers coulait dans ses veines. Ses ancêtres avaient conquis des terres, maté des rébellions, possédé les plus belles femmes. Ce soir, quoi qu'il lui en coûte, il voulait cette Cara, et il l'aurait. Elle n'avait sans doute pas le pouvoir de l'ensorceler, mais il espérait bien oublier pour une nuit avec elle les affres du passé et les incertitudes de l'avenir.

Pour une nuit, seulement. Il serait temps, au matin, d'appeler cette excellente Viola pour lui demander de l'épouser.

- 3 -

Nico frappa à la porte avant de pénétrer dans la suite.

Regina était sur la terrasse et semblait absorbée par un petit tableau qu'elle tenait devant elle et… Qu'il connaissait.

Non, pas cet objet !

— Désolé d'avoir dû interrompre notre apéritif, s'excusa-t-il, éberlué par ce qu'il découvrait.

— Pas de problème, j'avais aussi des coups de fil à passer, répondit-elle en posant la miniature sur une table avant de resserrer la ceinture de son peignoir. J'ai flâné toute la journée, et j'en ai oublié que c'était aujourd'hui le baptême de mes neveux.

Que venait-elle de dire ? Difficile d'être attentif, quand ce tableau de sa grand-mère, une peinture qui le représentait enfant, trônait là, sous ses yeux. Décidément, son aïeule allait trop loin ! Elle voulait le caser, d'accord, mais tout de même !

Enfin, après tout, peu importaient les manigances

des femmes de sa famille. Ce soir, il était seul maître à bord.

— L'Italie te plaît ? demanda-t-il en faisant un pas vers la jeune femme, s'efforçant de ne rien laisser paraître de son agacement.

— J'adore ! Tout m'enchante, ici.

— Et ce n'est qu'un début, murmura-t-il en baissant le variateur de lumière.

Instantanément, la jeune femme se figea, visiblement mal à l'aise. Elle jetait dans la pièce des regards égarés, comme si elle cherchait une issue de secours. A moins qu'il ne trouve une parade, elle allait filer, c'était sûr. Elle avait pourtant passé une tenue plus que suggestive qui révélait très clairement ses intentions. Alors, pourquoi semblait-elle hésiter à présent ?

Il s'approcha d'elle et la prit dans ses bras.

— Je… je crois que nous faisons une énorme erreur, balbutia-t-elle en baissant les yeux.

Aucun doute là-dessus, songea-t-il avec amertume. Il avait rarement agi avec plus d'inconséquence ! Rien ne lui disait qu'au matin, elle ne le menacerait pas de vendre le récit de leur nuit d'amour au premier magazine venu. Ce ne serait pas la première fois qu'il aurait affaire à ce genre de chantage, les avocats de la famille avaient d'ailleurs fort à faire avec ce genre de tracasseries. Pourtant, il ne voyait pas comment il pourrait faire machine arrière et renoncer aux voluptés que lui promettait cette belle ingénue.

— Nous prenons tous des risques, dit-il en la serrant contre lui.

— Peut-être, mais avec les hommes, ce n'est pas mon habitude.

— Tu rates des tas de choses.

— C'est facile à dire pour toi. J'imagine que tu rencontres des femmes nouvelles tous les jours.

— Il ne faut pas croire tout ce qu'on lit, dit-il, irrité de se voir rappeler qui il était. La réputation qu'on me fait dépasse de loin la réalité.

— Parce que… tu fais de la pub dans les journaux ? Je veux dire… comme une entreprise ?

De quoi parlait-elle ? De toute évidence, elle n'était pas dans son état normal. Il sentait contre lui son corps tendu, en proie à la plus grande agitation.

— Excuse-moi, reprit-elle. Je suis un peu sur les nerfs, je ne sais plus ce que je dis.

— Je ne suis pas si différent de toi, assura-t-il. Disons que nous sommes tous deux attirés l'un par l'autre. Alors, pourquoi ne pas se laisser aller et profiter de ce moment ensemble ?

— Ce n'est pas si simple…

Evidemment. Toutes les femmes qui l'abordaient se sentaient à un moment ou à un autre intimidées par son rang. Il faisait en sorte de les mettre à l'aise, mais ça ne marchait pas forcément. Seulement, ce soir, il n'avait pas envie de discuter de sa position, des conséquences, de toutes ces choses rébarbatives qui se mettaient toujours en travers de sa route. En l'occurrence, il n'aspirait qu'à une chose : faire sauter les verrous, les préventions, laisser éclater son désir.

Il posa les lèvres sur celles de la jeune femme, coupant court à ses tergiversations.

Elle sursauta légèrement puis, lentement, lui rendit son baiser. Elle était douce, chaude, accueillante. Depuis combien de temps n'avait-il pas pris dans ses bras une femme aussi spontanée ?

— Je ne sais pas ce qui m'a pris, dit-elle tout à coup en se dégageant, plantant son regard dans le sien. C'est la première fois que… Enfin, en général, je ne me laisse pas aller comme ça. Je suis plutôt du genre à tout planifier, en fait.

— Moi aussi.

— Je déteste sortir des sentiers battus.

— Encore un point commun entre nous, assura-t-il en glissant une main dans sa lourde chevelure.

— Les femmes que tu rencontres sont-elles des… habituées ?

— Que veux-tu dire ?

— Eh bien, est-ce qu'elles sont à l'aise dans ce genre de situation ? Enfin, pas comme moi, pour qui c'est la première fois.

— De qui parles-tu, Cara ? s'étonna-t-il. Pourquoi te soucies-tu des autres ?

— Parce que j'ai peur, admit-elle en baissant les yeux.

Tout à coup, elle lui parut si perdue, si effarouchée, qu'elle lui rappela Simonetta. C'était à n'y rien comprendre. Que voulait-elle de lui à la fin ?

— Restons-en là, Nico, reprit-elle.

— Impossible.

La quitter maintenant ? Ah non, il ne fallait pas y songer ! Elle avait allumé ses sens, il était hors de question qu'il rentre maintenant. Il l'attira de nouveau à lui, fit glisser ses lèvres le long de son cou, se fondant dans l'odeur chaude et fruitée de sa peau. Cette fois, elle ne résistait pas. Il sentait son corps souple se lover contre son ventre, et le désir monta en lui avec une force incroyable.

Puis soudain, elle eut un petit gémissement et le repoussa doucement de la main.

— Si je décide d'aller plus loin, déclara-t-elle avec une assurance étonnante, est-ce moi qui décide de tout ? Puis-je te dire précisément ce que je veux ?

— Pardon ?

Cette femme allait le rendre fou, elle passait allègrement d'une réserve quasi virginale à l'audace la plus éhontée ! La farouche indépendance des

Américaines, sans doute… Mieux valait en rire, ou bien il allait perdre son sang-froid !

— Mais, je suis tout à toi, susurra-t-il d'un ton enjôleur.

— Pour combien de temps ?

— Pour une nuit.

— Et si je te veux également demain ?

Il pensa brièvement à ses obligations du lendemain. Sa mère, Viola…

— Ça peut s'arranger, assura-t-il.

— Et le jour suivant ?

Il acquiesça d'un signe de tête, curieux de savoir jusqu'où elle irait.

— Je veux trois jours et deux nuits, dit-elle enfin, comme si elle faisait ses courses.

— Je peux me libérer, promit-il, hébété par la façon dont elle planifiait une relation qu'il aurait voulue plus… impromptue. Il se peut que j'aie quelques coups de fils à passer, ajouta-t-il en songeant à sa mère. Des obligations professionnelles.

— Je comprends. Accordé. Si tu le veux bien, j'aimerais autant rester ici, échapper aux regards indiscrets. D'après ce que j'ai pu constater, tu es assez populaire, par ici.

— Ça me va.

— Dans ce cas, marché conclu : trois jours et deux nuits, et puis je reprends l'avion. Nous sommes d'accord ?

Il acquiesça de nouveau, complètement hébété. S'il n'avait pas été aussi irrésistiblement attiré par elle, il y a longtemps qu'il aurait tourné les talons. Jamais encore il n'avait négocié aussi froidement une nuit d'amour !

— Donc, tu t'installes ici avec moi ?

— Je te l'ai dit, je ferai tout ce que tu voudras, répéta-t-il.

— J'aurais dû faire ça bien avant, continua-t-elle comme pour elle-même. D'habitude, ce sont les femmes qui se mettent à la disposition des hommes, mais il n'y a aucune raison pour que ce genre de service ne marche pas dans les deux sens, quand on y pense.

Elle le regarda longuement, attendant visiblement une réaction. Mais les propos qu'elle tenait lui semblaient tellement confus qu'il se contenta de hausser les épaules.

— Combien ? murmura-t-elle tout à coup.

— Pardon ?

— Je pense qu'il vaut mieux que tout soit réglé dès maintenant, ajouta-t-elle, mal à l'aise.

— Régler quoi, au juste ?

— Comprends-moi bien. C'est difficile pour moi, et je vois bien que tu t'efforces d'être discret et prévenant en éludant la question financière. C'est d'autant plus gentil de ta part que c'est la première fois que je me retrouve dans ce genre de situation.

C'est fou, tu es tellement… gentil que j'ai presque l'impression que nous sommes amis, ou que notre rencontre est normale. Excuse-moi, je parle trop, c'est nerveux.

— Cara, je suggère que nous parlions plus tard, répondit-il en l'attirant à lui.

Un mot de plus, et il imploserait ! D'autant qu'il ne voyait absolument pas où elle voulait en venir.

— Non, non, dit-elle en se dégageant. J'aime autant m'acquitter tout de suite des questions désagréables. Quels sont tes tarifs ?

— Mes… tarifs ?

Il lui fallut quelques secondes pour réaliser de quoi elle parlait. D'un seul coup, tout prit sens : les hésitations de la jeune femme, sa façon de négocier, son malaise…

— … de gigolo ? conclut-il en hésitant entre éclater de rire ou de colère.

— Eh bien oui, ça me paraît naturel, il faut que je sache combien tu prends. Si tu travailles à l'heure ou bien au… service. Je n'ai pas beaucoup de liquide sur moi, il faudra peut-être qu'on passe à un distributeur.

Elle parlait vite, en esquivant son regard.

— C'est peut-être une déformation professionnelle, reprit-elle comme pour s'excuser. Je suis avocate, et j'aime bien savoir dans quoi je m'engage, tu comprends ?

— Oh, que oui, je comprends !

Il se détourna brusquement d'elle et atteignit le frigo en quelques enjambées. Il en sortit une mini bouteille de scotch et la vida dans un verre. Après en avoir étudié la couleur à la lumière, il décida d'en ouvrir une seconde et se servit un double. Il lui fallait bien ça pour encaisser le coup ! Pas besoin de glaçon, ça ferait l'affaire, se dit-il avant d'avaler une longue gorgée.

La première brûlure passée, il sentit bientôt les bienfaits de l'alcool sur ses nerfs.

Regina, quant à elle, l'observait avec effroi et paraissait totalement bouleversée.

— Je ne voulais pas être insultante, expliqua-t-elle en tournant ses paumes vers le ciel en signe de bonne foi. J'ai simplement pensé que tu préférerais régler les détails matériels avant.

— Je peux te demander comment tu as appris mon… activité ?

— Quand je t'ai vu successivement en compagnie de ces deux dames âgées, celles qui t'ont déposé en voiture. Elles t'ont embrassé très… chaleureusement.

Sa mère, sa grand-mère. Il avisa le petit tableau, sur le meuble : lui à trois ans.

Vraiment, tout ça frôlait le ridicule ! Il était temps de mettre un terme à cette mascarade et de révéler à cette jeune femme à qui elle avait affaire.

Encore que c'était bien la première fois qu'on lui faisait un coup pareil ! Dire qu'il craignait qu'elle soit intéressée !

— La Ferrari, la Maserati, tout collait, continua-t-elle avant qu'il ait pu ouvrir la bouche. Sans parler du diamant au doigt de la blonde, neuf carats au moins.

Dix, en fait. Cette bague appartenait à la famille depuis trois cents ans.

— Et puis tes vêtements, comparés aux leurs.

Bien sûr, sa mère le rêvait en Armani, mais il se sentait plus à l'aise en jean et en polo, comme tout le monde.

— Je vois, assura-t-il. Et tu fais ça souvent, voyager et louer les services d'un gigolo ?

— Je te l'ai dit, c'est la première fois. Et sans doute la dernière, d'ailleurs. C'est la raison pour laquelle je ne suis pas très au fait de la procédure.

— Tu as rencontré des hommes en Italie ? Dans des hôtels, au restaurant…

— Non, jamais, assura-t-elle.

— Ainsi, tu n'as rien lu à mon sujet, tu ne sais pas qui…

Elle l'étudia attentivement en hochant la tête.

— Ton visage m'est familier. Peut-être t'ai-je vu dans l'encart publicitaire d'un magazine, je n'en sais rien. Tu es connu, dans ton domaine ?

— Tu n'imagines pas à quel point, répondit-il en souriant.

Cette femme était certes maladroite, mais sa naïveté ajoutait à son charme.

— Dans ce cas, il faut vraiment que nous restions dans cette chambre.

— Je pourrais me déguiser, suggéra-t-il.

Pourquoi ne lui disait-il pas la vérité ? La plaisanterie avait assez duré, maintenant. Mais c'était plus fort que lui. Jamais il ne lui serait venu à l'idée, quand il l'avait rencontrée, de jouer à ce petit jeu, mais elle paraissait tellement certaine de son fait, tellement désireuse d'assouvir un fantasme… Après tout, pourquoi ne pas lui faire ce plaisir ? Sans doute était-ce l'effet du scotch, mais il commençait lui aussi à trouver la situation assez stimulante. Un professionnel, un homme voué à satisfaire les désirs les plus inavoués…

— Alors, combien ? insista-t-elle.

— Tu ne lâches jamais tant que tu n'as pas ta réponse, hein ?

— Je suis avocate, rappela-t-elle. Un contrat est un contrat.

— Ton prix sera le mien.

— Comment pourrais-je deviner ce que tu vaux ? Je te le rappelle, je n'ai aucune expérience !

— Je vais te faire une faveur, rien que pour toi.

Tu paieras en fonction de mon talent. L'argent ne fait pas tout, tu sais.

— Je te règle plus tard, c'est ça ?

— C'est ça. Quand tu auras testé la marchandise.

— C'est vraiment sympa.

— Etre sympathique fait partie de ma formation.

— Tu veux dire qu'il existe des écoles ?

— Stop !

Il fallait qu'il mette un terme à cette conversation absurde, ou bien il lui faudrait un autre verre.

— Une chose encore…

— Je t'écoute.

— Ma santé m'importe, alors…

— Tu veux que j'utilise un préservatif ? Pas de souci.

— Non, ce n'est pas ça. Je ne sais pas comment te le dire… J'ignore quels sont les usages en matière d'hygiène, dans ton métier…

— Tu peux être rassurée sur ce point : je suis très sélectif avec les femmes, je veux dire avec mes clientes. J'utilise toujours des préservatifs haute résistance, et je vois mon médecin chaque mois pour un examen sanguin.

Il posa son verre et se tourna vers elle. Cette fois, il allait mettre un point final à cette situation surréaliste.

— Tu es convaincue, ou faut-il que j'aille chercher des preuves de ma bonne foi ?

— Il serait exagéré de prétendre que je me sens tout à fait rassurée, mais à présent que nous avons réglé tous les détails, je ne demande qu'à passer à l'action.

Enfin ! soupira-t-il intérieurement.

— Jusqu'ici, je n'ai jamais reçu de plaintes, assura-t-il en la prenant dans ses bras.

- 4 -

Il étreignit la jeune femme avec force, heureux d'en venir au fait.

Apparemment, elle n'avait pas menti : maintenant que tout était réglé, elle était prête à s'abandonner tout entière. En tout cas, il sentait le cœur de la jeune femme battre contre sa poitrine, son souffle s'accélérer. Elle ferma les yeux et se renversa lentement en arrière. Pas de doute, ce qui l'angoissait encore il y a une minute n'avait plus cours !

— Je peux encore revenir sur notre contrat, murmura-t-elle, lascive. Te payer et mettre un terme à cette… folie.

— Tu le peux, c'est vrai, lui chuchota-t-il à l'oreille tout en glissant la main dans l'échancrure du peignoir, mais tu n'en as aucune envie.

— Aucune, en effet.

Etait-ce le rôle qu'il avait endossé, ou bien simplement l'effet qu'elle produisait sur lui depuis le premier regard ? Jamais il n'avait ressenti un désir aussi brûlant.

— Je suis à ton service, ne l'oublie pas. Dis-moi ce que tu veux.

— Tu veux que je te dise ce qui me ferait plaisir ?

— Tu m'as engagé dans ce but, non ? Alors, comment aimes-tu faire l'amour ? Tu désires que je te prenne brutalement, ou tu préfères les caresses ? A moins que tu n'aies imaginé quelque chose de spécial ?

— Spécial, euh… Je ne suis pas sûre de savoir ce que tu veux dire par là, mais j'avoue que je n'ai pas très envie de l'apprendre.

— Alors quoi ? dit-il en éclatant de rire.

— J'aimerais que tu me déshabilles, que tu me masses doucement à l'huile d'amande douce, et puis que tu me fasses l'amour lentement. Très, très lentement.

— Vos désirs sont des ordres, madame !

Il fit glisser le peignoir le long de ses épaules, et le peignoir tomba aux pieds de la jeune femme.

Le tableau qu'il découvrit alors était à damner un saint ! Cette peau ambrée, cette taille fine, ces courbes troublantes… Elle était la sensualité incarnée.

— Magnifiques dentelles, murmura-t-il en dessinant du bout du doigt un cercle autour d'un sein ferme et rond.

— Elles viennent de chez Illusion.

Sa grand-mère, encore elle !

Il sentit soudain la main de la jeune femme glisser contre son ventre et déboutonner son jean, et il l'arrêta.

— Laisse-moi faire mon travail, intima-t-il. Après tout, c'est moi le…

Il ne pouvait se résoudre à prononcer le mot.

— Pourvoyeur de plaisir ? proposa-t-elle en souriant, tandis qu'à regret elle laissait retomber son bras le long de son corps.

Il s'accroupit et glissa son visage le long des cuisses entrouvertes, caressant de la joue la peau souple et fine. Arrivé à la culotte de satin noir, il posa les lèvres sur le tissu, puis la langue. Sa partenaire eut un tressaillement de plaisir et…

On frappa à la porte.

Décidément, c'était un complot ! Quelque chose lui disait qu'il ne goûterait ce soir à aucune des voluptés promises !

— Service de chambre, entendit-il prononcer.

— C'est pas vrai, maugréa-t-il en se levant. Qui a commandé quelque chose ?

— Toi, répondit Regina, écroulée de rire.

— Ah oui, je me souviens.

— Tu tenais absolument aux fraises.

Il ne put retenir un soupir de frustration et remit le peignoir sur les épaules de la jeune femme.

— Ne bouge pas, j'arrive tout de suite.

— Fais mettre le tout sur ma note, suggéra-t-elle.

— Je peux me permettre de te payer quelques fraises, assura-t-il en s'éloignant, ironique.

Il revint bientôt avec un plateau chargé d'une bouteille de champagne, de toasts et d'une coupe de fruits frais, qu'il posa sur la table basse de la terrasse. Regina l'attendait, le dos au mur, un sourire irrésistible aux lèvres. Pas de doute, elle aussi était frustrée qu'on les ait ainsi interrompus. En même temps, il avait envie de profiter un peu de l'instant, simplement, d'échanger quelques mots avec elle.

— Tu dois avoir faim, suggéra-t-il en débouchant le champagne.

— Faim ? De toi, oui…

— Le plaisir est plus intense quand on sait attendre, non ? dit-il en lui faisant signe de le rejoindre.

Il servit deux coupes et ils trinquèrent, les yeux dans les yeux, sans échanger une parole.

La nuit était noire à présent, seul un rayon de lune enveloppait le village d'une lueur vaporeuse et bleutée. Peut-être fantasmait-il, mais il avait l'impression que le monde alentour s'évanouissait, que plus rien n'existait qu'eux, leur désir suspendu, leurs corps frémissants.

— Ainsi, tu es avocate, dit-il doucement. Tu aimes ton métier ?

Regina parut un instant sur le point de répondre par l'affirmative, puis se ravisa.

— Je ne m'étais jamais posé la question jusqu'à il y a quelques mois. En fait, je crois que c'est la réussite qui m'a intéressée.

— Quel genre de réussite ?

— Avoir de bonnes notes à l'école pour que mes parents soient fiers de moi, pour commencer. Plus tard, j'ai aspiré à une vie confortable, dans un quartier chic, avec des fréquentations choisies, un mari respectable, bien sous tous rapports. C'est pour me payer tout ça que j'ai fait des études.

— Je vois. Et tu as obtenu ce que tu voulais ?

— Pendant longtemps je l'ai cru. Disons, presque tout. En fait, j'ai accédé à ce confort dont je rêvais adolescente, je suis une femme reconnue, installée, comme on dit. Mais j'ai réalisé il y a peu que ça ne faisait pas tout, loin de là. Je travaille pour un gros cabinet d'affaires et je suis souvent amenée à défendre les intérêts de compagnies dont la politique me sort par les yeux. Gagner un procès pour des pollueurs ou des gens qui licencient leur personnel sans raison, c'est plutôt ingrat, même si on me paie cher pour ça. Bien sûr, j'ai une belle maison, une belle voiture, mais je me demande souvent si je ne me suis pas trompée de vie.

Il se contenta de hocher la tête, l'incitant à poursuivre.

— Je pense souvent à ma sœur, qui a arrêté très tôt ses études. Elle s'est mariée, a eu trois enfants, et je crois qu'elle est heureuse. Mes parents sont beaucoup plus fiers d'elle que de ce que j'ai pu accomplir. Du coup, ça m'a amenée à réfléchir, ces derniers temps. Sur ma vie, ce que je veux en faire.

— Tu veux des enfants ?

— Aucun doute là-dessus ! J'adore les enfants. Je suis folle de mes neveux, par exemple.

— Un petit ami dans les parages ?

— Tu crois que je serais là si j'avais quelqu'un de sérieux dans ma vie ? Non, j'ai rompu…

— Pas mal d'Américaines viennent en Europe pour se payer du bon temps.

— Evidemment, tu en sais quelque chose.

— Peut-être, répondit-il en serrant les mâchoires.

Il avait presque oublié ce rôle détestable qu'elle lui avait fait endosser. Encore un peu, et ce petit jeu allait finir par l'exaspérer !

— Excuse-moi, je ne voulais pas… Bref, quand Bobby, mon ex-petit ami, m'a demandée en mariage, j'ai refusé. Je me suis envolée pour l'Europe peu de temps après.

— Pourquoi ?

— C'est une longue histoire. Disons que je ne

sais pas trop ce que je veux ni où j'en suis. J'ai pris deux mois de congés, ce qui ne m'était jamais arrivé, histoire de changer d'air. J'avais besoin de réfléchir, de prendre du recul. Et je crois bien que ça marche. Un peu trop même. Plus le temps passe, et moins j'ai envie de rentrer, comme si ma vie d'avant n'avait plus aucun sens à mes yeux. Comme si elle n'avait jamais été qu'une longue suite d'erreurs. Je me sens si bien ici, dans cette ville au-dessus de la mer, c'est comme si j'avais toujours appartenu à ce lieu. C'est fou, non ? Avec toi aussi, je me sens étonnamment bien, avoua-t-elle en baissant les paupières.

— Je ne sais pas ce qu'on doit en penser, mais je ressens la même chose, répondit-il lentement. Je ne te connais pas, et pourtant j'ai l'impression que quelque chose nous lie. Qu'on pourrait rester là, tous les deux, pour l'éternité.

Il la vit réprimer un rictus.

— Arrête, je suis sûre que tu dis ça à toutes tes clientes.

— Non, justement, répliqua-t-il plus sèchement qu'il n'aurait voulu.

— Pardon.

Elle le regarda longuement puis alla s'asseoir dans le fauteuil en face de lui.

— Je vais te poser une question très personnelle, mais tu n'es pas obligé d'y répondre, déclara-t-elle après un temps. Dans ta vraie vie… enfin, quand tu ne travailles pas, tu… Ce que j'aimerais savoir, c'est s'il arrive qu'un gigolo tombe amoureux d'une de ses clientes.

Il ravala sa salive.

Evidemment, le personnage qu'il avait accepté de jouer était aux antipodes de sa véritable nature. Il n'avait donc que deux choix : ou bien mentir, ou bien dévoiler un peu de son vrai visage, au risque de perdre en crédibilité. Mais il n'hésita pas longtemps. Passer pour un gigolo suffisait largement en matière de dissimulation. Pour le reste, il tenait à être sincère. C'était inexplicable sans doute, mais cette femme lui importait, et il avait envie de s'ouvrir à elle, de se confier, pour la première fois depuis bien longtemps.

— J'ai été marié, répondit-il.

— Et tu… travaillais en même temps ?

— Je lui ai été fidèle, si c'est ce que tu veux savoir. Jusqu'à sa mort.

— Oh ! Mon Dieu ! Je suis désolée…

— Il y a exactement deux ans aujourd'hui.

Elle se leva, visiblement bouleversée, fit un pas vers lui et lui prit la main.

— Elle a eu un accident de voiture. Le médecin a tout fait pour la sauver, mais en vain. En m'annonçant son décès, il m'a également appris qu'elle était enceinte.

— C'est affreux…

— Nous avions passé notre lune de miel à Ravello. C'est pourquoi je suis ici en ce moment. Pour marquer ce triste anniversaire. Il se trouve que ma grand-mère vit dans le village, c'est aussi l'occasion pour moi de lui rendre visite. Elle s'inquiète beaucoup pour moi. Quant aux autres membres de ma famille, c'est différent : ils voudraient que j'oublie ma femme, que je pense à l'avenir.

— Mais tu n'es pas prêt.

Jamais en deux ans il n'avait abordé en dehors du cercle familial le sujet de la mort de Simonetta. Et étonnamment, évoquer ces terribles souvenirs avec cette jeune femme lui faisait un bien fou. Comme s'il se défaisait pour un temps du poids énorme qui lui pesait sur la poitrine depuis des mois.

— Lorsque, il y a quelques années, ma mère a perdu mon père, elle n'a pas versé une larme, reprit-il. Non pas que le chagrin soit un sentiment qui lui est étranger, mais elle considère qu'il n'est pas de bon ton d'en faire la démonstration. C'est sans doute pour cela qu'elle ne comprend pas que je sois incapable de passer à autre chose.

— Les personnes plus âgées, par définition, ont traversé davantage de tempêtes. Peut-être cela les rend-il plus aptes à garder la tête froide dans l'adversité ?

— On voit que tu ne connais pas ma mère,

ironisa-t-il. Quoi qu'il en soit, je suis venu à Ravello avec mon cousin, histoire aussi de renouer avec lui. C'est un garçon positif, qui m'aide à ne pas déprimer. Mais revenons à nous, veux-tu ? L'autre jour, quand ma gran… ma cliente t'a fait signe, je ne sais pas ce qu'il m'a pris. Tu m'as souri, du moins je l'ai cru, et je me suis senti fondre. Pour la première fois depuis la mort de ma femme, j'ai eu l'impression d'être vivant et apaisé. C'est étrange, non ? Ma mère ne cesse de me répéter que je suis en vie et que Simonetta est morte. Eh bien, je ne comprenais pas ce qu'elle voulait dire, jusqu'à ce que je te voie.

— J'en suis heureuse, murmura Regina en baissant de nouveau les paupières. Je ne sais pas si ça peut te consoler, mais tu dois te trouver chanceux d'avoir rencontré l'amour, d'avoir connu une femme avec laquelle tu as aimé vivre, même si la mort te l'a enlevée. Considères que tu as été chanceux que vos chemins aient pu se croiser. Je t'envie, vraiment. Pour ma part, je crois que je n'ai jamais vraiment été amoureuse. Avant de venir en Italie, je crois même que j'avais abandonné tout espoir de partager ma vie avec un homme.

— C'est difficile à croire.

— Je t'assure ! Toutes les relations sérieuses que j'ai pu avoir ont échoué lamentablement. C'est sans doute la raison pour laquelle tu interviens maintenant dans ma vie. Un gigolo…

— Tu es vraiment obligée de faire sans cesse allusion à… mon travail ? ne put-il s'empêcher de maugréer.

Il se sentait bien, en confiance, et voilà qu'elle remettait ce détail sordide sur le tapis !

— Pardonne-moi. C'est inédit pour moi, alors… Tu vois, ça me fait un bien fou de parler avec toi, ce soir. Je sens que cette aventure va me coûter très cher. Nous n'avons fait que parler, et je trouve déjà le service hors du commun !

Au moins, cette femme ne manquait-elle pas d'humour. Il aimait la légèreté avec laquelle elle passait sur ses maladresses. Son extrême pudeur, aussi.

Il sourit et tourna les yeux vers le tableau posé sur la table.

— Il te plaît ? s'enquit-elle, ravie.

— Beaucoup. Il me rappelle l'époque où, enfant, j'allais à la plage près de la maison de ma grand-mère. J'ai toujours adoré la compagnie de cette femme. C'est un peu le mouton noir de la famille, et ma mère n'était jamais très enthousiaste pour que je la voie.

— Savent-elles ce que tu fais pour vivre ?

— Non.

— Elles désapprouveraient, tu crois ?

— Ma grand-mère place l'amour au-dessus de toutes les valeurs. Toutes les formes d'amour. Sur ce point comme sur bien d'autres, je partage son opinion.

Il se leva alors et, la prenant par la main, la conduisit jusqu'à la chambre. Lentement, il enleva son peignoir tandis que, d'une main fébrile, elle entreprenait de déboutonner son jean.

— Cara, tu me bouleverses tellement que j'en ai oublié ta demande, murmura-t-il dans un souffle. Il n'était pas question d'un massage ?

— Oublie, répondit-elle en glissant les mains sous sa chemise.

En un instant, ils furent nus l'un contre l'autre, échangeant de brûlantes caresses et des baisers fougueux, et soudain Regina, n'y tenant plus, le glissa en elle avec un gémissement de plaisir.

Il sentit un élan si puissant l'envahir qu'il ne put plus douter de l'avenir : quoi qu'il arrive dorénavant, son sort serait irrémédiablement lié à cette femme.

- 5 -

Regina prit une profonde inspiration.

Les sangles du sac à dos lui rentraient dans les épaules et lui faisaient un mal de chien, mais elle n'avait d'autre choix que de souffrir en silence. Nico s'était proposé de le porter, et elle avait refusé. Voilà ce qu'il en coûtait de vouloir jouer les femmes modernes ! D'autant que leur petite randonnée n'avait rien d'une promenade de plaisance : progresser sur les rochers escarpés de la côte n'était pas une mince affaire, et chaque pas devenait une épreuve, la fatigue aidant. Ses jambes tremblaient à force d'escalade, et elle avait du mal à retrouver son souffle.

— Halte ! s'écria-t-elle. Il faut que je m'arrête un peu.

Elle s'adossa au rocher et contempla au-dessous d'eux les vagues qui venaient se briser sur les rochers. Pas de doute, le paysage était somptueux. Au moins, ses efforts étaient récompensés !

— Je t'avais dit de me laisser porter ce sac, déclara son compagnon en la débarrassant. Tu veux qu'on rentre à l'hôtel ?

— Jamais de la vie !

L'idée, pourtant, la tentait. Après avoir fait l'amour jusqu'à l'aube et dormi quelques heures à peine dans les bras de son adonis, il lui semblait que le temps aurait pu s'arrêter, qu'elle aurait pu passer la journée sous les draps, à répondre aux caresses de cet amant tout droit sorti d'un conte. Mais Nico avait appelé le service de chambre pour qu'on leur monte un petit déjeuner, puis il avait entrepris de la réveiller.

— Tu ne peux pas quitter Ravello sans avoir arpenté le sentier des douaniers, avait-il décrété. Je ne connais pas toutes tes volontés pour ces trois jours, mais je mettrais ma main à couper que cette randonnée arrive en premier sur ta liste.

— Comment ? Tu as lu ma liste ? avait-elle répliqué en rougissant légèrement.

Lucy avait raison, c'était une manie chez elle, ce besoin de tout planifier. S'il savait pour la randonnée, alors il avait dû lire aussi pour le reste…

— Pendant que tu dormais, avait-il avoué avec un sourire charmeur. Je ne voudrais pas que tu repartes chez toi avec des regrets. Il importe que tu fasses tout ce que tu as prévu, d'autant que ça vaut le coup.

Elle s'était donc aisément laissé convaincre, et à présent qu'elle se trouvait dans ce cadre enchanteur, elle comprenait ce qu'il avait voulu dire.

— Tu avais raison, avoua-t-elle en contemplant l'espace infini qui s'ouvrait à ses pieds, merci d'avoir insisté. Cet endroit est extraordinaire. Je crois que je n'avais jamais trouvé la mer aussi belle.

— J'avoue que quand j'ai vu que tu projetais une balade sur le *Sentieri degli Dei*, j'ai pensé que c'était ambitieux. Et puis, je me suis dit qu'il fallait tenter !

— « Le sentier des dieux », c'est bien ça ? Ce chemin porte bien son nom. Mon guide touristique précisait qu'il était difficile, mais les photos étaient si belles que j'avais envie de relever le défi. Le paradis, ça se mérite, n'est-ce pas ? Si on pouvait y accéder en ascenseur, ça n'aurait plus de sens.

— C'est vrai, concéda Nico en éclatant de rire. Pour ce qui est de ce sentier, je pense qu'aucune photo ne peut en rendre la grandeur, les couleurs, l'immensité. La vue vaut largement le détour.

Regina se tourna vers son interlocuteur, étonnée du ton de sa voix. Si les propos qu'il tenait étaient louangeurs, il ne semblait pourtant pas déborder d'enthousiasme. Mais… En fait, ce n'était pas le paysage qu'il contemplait, c'était elle ! Il la fixait avec intensité, presque comme s'il avait été… amoureux !

N'importe quoi ! se raisonna-t-elle bien vite. Ce genre de type était trop aguerri pour se laisser déborder par des sentiments. Il faisait son job, point. Avec talent, certes, mais ça s'arrêtait là. Il ne fallait pas attendre de lui un signe quelconque d'émotion vraie ou d'affectivité. D'autant plus qu'il devait connaître le coin par cœur. Et puis, depuis quand un gigolo tombait-il en extase devant un paysage de carte postale ? Elle haussa les épaules, sortit son appareil photo et prit quelques vues de la côte. Puis, machinalement, elle se retourna et fit un cliché de Nico.

Jusqu'ici, chaque moment qu'ils avaient partagé avait été parfait. Une nuit torride, un petit déjeuner au lit, une promenade sous le soleil encore doux du matin… Le rêve ! Nico avait pourvu à tout. Il lui avait conseillé une tenue sportive, était passé à la boutique de l'hôtel acheter un tube de protection solaire et avait même pensé à commander un pique-nique au restaurant. Ils avaient ensuite pris sa voiture de location pour se rendre jusqu'à Nocelle, point de départ de la randonnée.

Elle avait commencé par protester : elle avait beau adorer marcher, ils disposaient de trop peu de temps ensemble pour s'épuiser sur les chemins pierreux, si beaux soient-ils. Elle avait lu dans le guide qu'il fallait quatre heures pour rejoindre

Praiano par la côte, ce qui signifiait huit heures de marche aller-retour. C'était énorme !

Mais Nico s'était contenté de sourire pour toute réponse, il lui avait pris des mains les clés de la voiture et les avait cachées derrière la roue arrière du véhicule.

— Ne t'inquiète pas, avait-il assuré. Un bon génie va se charger de conduire la voiture jusqu'à Praiano. Nous ne rentrerons pas à pied.

— Mais… Mon contrat de location spécifie que je suis seule autorisée à conduire la Fiat.

— Qu'importe ! avait-il dit en décrochant son portable.

— Tu veux rire ? Les routes ici sont escarpées, ton bon génie risque de s'y rompre le cou, et j'en serai responsable !

— Ne t'en fais pas, c'est un excellent conducteur. Et puis, on est en Italie, les lois ne sont pas incontournables. De toute façon, s'il y avait un problème, j'ai des relations, ne t'en fais pas.

Elle aurait protesté encore, mais Nico avait levé la main pour lui signifier qu'il avait son génie en ligne. Elle n'avait pas compris un traître mot de leur conversation, si ce n'est que le fameux génie s'appelait Massimo. Fallait-il qu'elle reprenne le contrôle de la situation ? Après tout, c'était elle l'employeur pour les trois jours à venir. Mais elle s'était bien vite raisonnée : si elle était venue en Italie, c'était pour se détendre. Son compagnon prenait les choses en main ? Tant mieux. Pour une fois qu'elle avait l'occasion de se laisser un peu aller !

Par contre, qu'avait-il voulu dire en évoquant ses « relations » ? Elle avait bien vite trouvé sa réponse. Il y avait de fortes chances pour que les femmes qui l'engageaient soient mariées à des hommes importants et riches. Elles pouvaient sans doute tirer quelques ficelles pour que leur protégé, sans qui elles se seraient ennuyées à mourir, bénéficie de certains privilèges.

L'idée même lui noua l'estomac. C'était à peine croyable, et pourtant elle devait se rendre à l'évidence, il lui avait suffi d'une nuit dans les bras de ce Nico Romano pour devenir possessive, verte de jalousie à l'idée qu'une autre femme l'approche. Heureusement qu'elle partait dans deux jours, au moins n'aurait-elle pas le temps de devenir accro !

— Tu as soif ? demanda Nico après un temps.

Elle était littéralement déshydratée, et pas seulement par leur marche ! Un peu d'eau fraîche l'aiderait sûrement à se remettre les idées en place. La nuit qu'ils avaient passée aurait dû la rassasier, mais il n'en était rien : elle mourait d'envie d'arracher le T-shirt qui moulait le torse musclé de son compagnon, de caresser sa peau bronzée et de lui faire l'amour là, au beau milieu du chemin !

Elle prit une profonde inspiration et but quelques

gorgées de la gourde qu'il lui tendait. Puis, comme si c'était la chose la plus naturelle du monde, Nico porta la bouteille à ses lèvres pour boire à son tour. Sans lui demander son avis, cette fois, il s'empara ensuite de son sac à dos qu'il cala avec le sien, et il l'encouragea à poursuivre.

Adieu, rêves de débauche ! C'était mieux ainsi, sans doute.

Ils arrivèrent bientôt devant les ruines d'une église dont le porche, presque intact, se découpait dans l'azur parfait du ciel. Ils s'arrêtèrent quelque temps, prirent deux ou trois photos avant de se remettre en marche, main dans la main.

— Je compte sur toi pour m'envoyer les clichés dès ton retour, déclara-t-il avec un naturel déconcertant.

Elle n'en croyait pas ses oreilles. Elle venait à peine de rencontrer cet homme, elle était parfaitement consciente de la fugacité de leur relation, et pourtant elle en venait presque à imaginer qu'ils entamaient là une histoire d'amour qui allait bouleverser leur vie. Ça n'avait aucun sens, et en même temps n'était-ce pas ce qu'elle avait décidé ?

Faire *semblant*, l'espace de deux jours. N'être plus celle qui organise, qui prévoit, la femme « frigide » comme s'était plu à la désigner Bobby, mais un être nouveau, libre, tout entier tourné vers le plaisir et l'aventure…

Le soleil était déjà haut lorsque, après une heure de marche parmi les citronniers et les déclivités crayeuses, ils parvinrent devant un immense olivier sous lequel semblaient les attendre un banc et une petite table usés par les ans et le vent marin.

Nico se chargea une fois encore de tout, pendant qu'elle reprenait son souffle en se délectant du paysage. Il sortit de leurs sacs les victuailles qu'on leur avait emballées et déboucha une bouteille de chianti. Il en servit deux verres et lui en tendit un.

— A nous, murmura-t-il, plongeant son regard dans le sien.

L'espace d'une seconde, elle crut qu'il allait se pencher pour l'embrasser, mais il parut se raviser et se contenta de lui sourire.

Le pique-nique se composait de petits sandwichs dont les ingrédients avaient été particulièrement choisis pour éveiller les papilles. Ils mangèrent d'abord en silence, le regard tourné vers la mer.

Elle se sentait bien, tout bonnement. Fatiguée, affamée, mais sereine comme jamais. De temps à autre, Nico lui adressait un sourire très doux, paisible, qui achevait de la réconforter. C'était un peu comme s'ils se connaissaient de longue date, comme s'ils savouraient le bonheur simple d'être ensemble. C'était parfait. *Il* était parfait. Dans l'intimité de la chambre comme à l'extérieur, elle avait l'étrange sensation d'avoir toujours connu cet homme, qu'un lien mystérieux les unissait depuis l'origine des temps.

— *Dolce color d'oriental zaffiro*, prononça-t-il en indiquant la mer qui s'étendait devant eux.

— Pardon ?

— « La couleur suave du saphir oriental », traduisit-il. Nous autres Italiens sommes très attachés à notre *Divine Comédie*. J'en ai appris des passages entiers par cœur à l'école, comme tous mes compatriotes. Je sais que pour un étranger, il peut paraître prétentieux de citer Dante, mais ici, c'est un peu comme si les vers du poète coulaient dans nos veines. Même mon cousin, Massimo, qui n'a rien d'un littéraire, est intarissable sur le sujet.

— Je n'ai jamais lu l'œuvre dans son intégralité, avoua-t-elle. Seulement quelques bribes en Terminale.

— Permets-moi de te dire que tu as raté quelque chose. C'est une œuvre majeure.

Un gigolo qui citait Dante ! Elle tombait littéralement des nues. Nico Romano était décidément atypique.

— La citation est tirée du *Purgatoire*, continua-t-il avec enthousiasme. Le poète remonte des enfers et découvre la clarté presque céleste du lieu.

— Tu m'épates, j'avoue. Que puis-je ajouter, moi qui me suis lamentablement contentée de bachoter pour avoir mes examens ?

Nico éclata de rire et lui tendit un paquet de chips. Elle eut une seconde d'hésitation. D'habitude, elle s'interdisait ce genre d'excès, mais quand elle vit qu'elles venaient du restaurant de l'hôtel, elle ne put résister davantage. Et puis, au diable les régimes ! Elle était là pour savourer le présent.

— Comment es-tu devenu gigolo ? demanda-t-elle en se servant.

Nico faillit s'étrangler.

— Je croyais t'avoir dit que je n'avais aucune envie qu'on évoque mon… activité, dit-il sèchement.

— Pourquoi en avoir honte, alors que tu y excelles ? Et si tu n'aimes pas ce que tu fais, qu'est-ce qui t'empêche d'arrêter ?

— Crois-moi, c'est bien mon intention, marmonna-t-il.

— C'est vrai ? Je pourrais être ta dernière cliente ? s'exclama-t-elle, ravie.

— Aucun doute là-dessus, répondit-il froidement en commençant à ranger les restes du pique-nique.

Elle termina son verre de vin, une boule dans la gorge.

Nico avait-il joué la comédie, la nuit dernière ? S'était-il contenté de faire ce pour quoi elle le payait, sans y trouver aucun plaisir ? Il lui avait pourtant semblé si passionné, si tendre… Jamais encore elle ne s'était sentie aussi désirée. Mais de toute évidence, il ne partageait pas son enthousiasme.

Quoi qu'il en soit, il ne supportait visiblement pas qu'elle évoque la situation.

Elle se leva, glissa les mains dans les poches arrière de son jean et se mit à contempler l'horizon, le regard brusquement brouillé.

« Reviens sur terre, ma vieille ! » songea-t-elle. Elle ne savait pas grand-chose de la vie d'un gigolo, mais de toute évidence ces hommes n'avaient guère de liberté, encore moins de plaisir. Etre contraint de jouer un rôle pour satisfaire les fantasmes d'une clientèle hétéroclite ne devait pas être évident. Pas étonnant que Nico renâcle à évoquer son job. D'autant que d'ordinaire, il devait s'occuper de femmes d'âge mûr, c'était le moins qu'on puisse dire. Evidemment, en l'occurrence, ce n'était pas le cas, et ils avaient sans doute davantage de choses à partager, mais ça ne changeait fondamentalement rien à son travail. Cet homme rêvait de sortir de l'ornière, et on pouvait le comprendre. La chair devait le dégoûter. Toutes les chairs. En tout cas, soupira-t-elle, s'il avait feint la nuit dernière, il méritait un oscar !

— Je suis désolée si je n'ai pas su te faire passer un bon moment, Nico, dit-elle après un long silence.

— De quoi parles-tu ?

— De nous, de la nuit dernière.

Elle le sentit s'approcher d'elle et passer un bras autour de sa taille.

— Cara, ma mauvaise humeur n'a rien à voir avec nous. C'est compliqué… Je n'ai pas été entièrement honnête avec toi.

— Tu faisais ton boulot, c'est tout. Mais si c'est une contrainte pour toi, je préfère te libérer de tes obligations. Je te paierai pour les trois jours…

— Je ne veux pas de ton argent ! coupa-t-il, visiblement exaspéré.

— Je refuse de profiter de ta générosité…

— Arrête !

Il la prit dans ses bras et la tint serrée contre lui sans prononcer un mot, visiblement en proie à un trouble qu'il n'arrivait pas à exprimer.

— Je ne suis pas gigolo, murmura-t-il enfin.

— Quoi ?

Elle se dégagea, stupéfaite, et alla s'asseoir sur le banc.

— C'est la vérité. Maintenant, tu sais.

— Mais… Qui es-tu ?

— Nico Romano.

— Et ta profession ?

— Homme d'affaires.

— Ces femmes que je t'ai vu embrasser…

— Ma famille.

Sous le choc, incapable de faire un geste, elle le regarda sans comprendre.

— Hier soir, j'aurais dit n'importe quoi pour passer la nuit avec toi, continua-t-il en venant s'asseoir près d'elle. Je t'ai désirée à la seconde où je t'ai vue, et aujourd'hui j'ai envie de toi plus encore, si c'est possible.

— Oh ! Nico, moi aussi…

Si elle avait eu une once d'orgueil, elle ne le lui aurait jamais révélé aussi facilement. Elle avait des centaines de questions à lui poser, et notamment qui étaient au juste ces deux dames qui roulaient dans des voitures de luxe. Mais lorsque leurs regards se croisèrent de nouveau, il n'y eut plus que l'indicible joie d'être à son côté. Nico lui avait menti, mais son désir avait été sincère ! Il n'avait pas joué la comédie, il la voulait, *elle* !

Il la saisit aux hanches avec des mains tremblantes et pencha son visage vers le sien, et elle se donna à lui sans plus de retenue, comme s'ils se voyaient pour la dernière fois.

En lui faisant l'amour sur la table, sans même prendre le temps de la déshabiller complètement, Nico la combla au-delà de ses espérances. Il était en elle, elle sentait son désir impérieux, exigeant, et y répondait avec la même fougue. Une fois encore, la force mystérieuse qui les attirait l'un vers l'autre déferlait comme une vague immense, les laissant sans force, heureux comme jamais. Jamais encore elle n'avait connu une telle osmose.

Comment pourrait-il y avoir quelqu'un d'autre,

maintenant ? Comment pourrait-elle vivre sans lui ?

— Deux jours, c'est tout ce qu'il nous reste, c'est bien ça ? murmura Nico à son oreille alors que, apaisés, ils reprenaient lentement leur souffle dans les bras l'un de l'autre.

— J'aurais presque préféré que tu sois un gigolo, avoua-t-elle, enfouissant ses mains dans l'épaisse chevelure noire.

— Tu ne penses pas ce que tu dis !

— Les choses auraient été plus simples. On ne s'attache pas à ces gens-là. Je n'attendais de toi qu'une nuit…

— … brûlante ? continua-t-il en souriant. Moi aussi, figure-toi. J'espérais simplement oublier ma femme l'espace de quelques heures. Et ça a marché, tu m'as rendu à la vie.

— Mais les choses nous ont dépassés, n'est-ce pas ?

— C'est le moins qu'on puisse dire.

Tout à coup, l'idée de leur séparation prochaine lui semblait inconcevable. Comment pourrait-elle rentrer à Austin et laisser Nico là, sur cette côte enchantée, sans espoir de le revoir jamais ? Ça n'avait aucun sens.

— En général, les hommes me quittent, dit-elle en soupirant. Ma sœur prétend que je suis trop froide, trop sûre de moi.

— Crois-moi, les femmes froides, je connais. Et tu n'as rien à voir avec elles. S'il ne tenait qu'à moi, je ne te laisserais jamais repartir.

— Il y a quelqu'un dans ta vie ?

Nico resta silencieux quelques secondes avant d'acquiescer d'un signe de tête.

— Fiancé ? demanda-t-elle, le cœur battant.

— Presque.

— Et tu es là avec moi ? Je… Je ne comprends pas. C'est dans le seul but de me séduire que tu m'as parlé de la mort de ta femme ? Du fait que tu étais inconsolable ?

— Non, Cara !

— Comment ai-je pu être aussi crédule ? s'indigna-t-elle en se rhabillant.

Une fois encore, elle s'était laissé aveugler. Pourtant, elle aurait dû le savoir, depuis le temps, que le bonheur n'était pas pour elle !

— Je t'aime.

Avait-elle bien entendu ?

Nico avait l'air tellement abasourdi, tellement décontenancé par les mots qui venaient de sortir de sa bouche qu'elle faillit le croire.

— Tu mens, une fois de plus, répliqua-t-elle, glaciale. Comment peux-tu prétendre m'aimer, alors que tu te prépares à en épouser une autre ?

— Si tu m'en laisses le temps, je peux t'expliquer.

— De nouveaux mensonges en perspective, non merci ! Les hommes sont décidément des lâches, et tu ne fais pas exception à la règle. Tu as pensé à ta fiancée, au cœur que tu risques de briser si jamais elle a vent de notre… misérable aventure ?

— Qu'importe ma fiancée ! Cette perspective n'a rien à voir avec l'amour !

— Elle est riche, c'est ça ?

Nico resta silencieux, esquivant son regard.

— J'ai compris ! s'exclama-t-elle, outrée. Monsieur a en vue un bon parti !

— Ce n'est pas de cette façon que je décrirais ma situation, mais… En un sens, tu n'es pas très loin de la réalité.

— J'aime bien appeler un chat un chat, figure-toi.

— Cara, ça n'est pas aussi simple que tu le penses, je t'assure, dit-il en tendant la main vers elle.

— Ne me touche pas ! Où est ma voiture ? Je veux rentrer à l'hôtel immédiatement !

Oublier cette lamentable histoire, c'est tout ce qu'elle était capable d'envisager pour le moment. Elle rentrerait à pied, s'il le fallait !

Elle avait à peine parcouru quelques mètres que Nico la rejoignit. Il la saisit par le poignet d'une main ferme et, l'attirant contre lui, posa ses lèvres sur les siennes.

Malgré ce qu'elle venait d'apprendre, malgré

l'énormité de son erreur, le non-sens dans lequel elle s'était jetée à corps perdu, le désir, de nouveau, la submergea. Il fallait pourtant qu'elle résiste, qu'elle en finisse avec cette sinistre mascarade ! Elle allait se dégager, lorsqu'elle réalisa qu'elle avait le moyen de le blesser, elle aussi.

— Une dernière fois pour la route ? demanda-t-elle avec ironie. Je voulais un gigolo, dans le fond, c'est ce que j'ai.

— Tais-toi, Cara. Tu ne sais rien de ma vie, alors ne me juge pas.

— En effet, peu m'importe qui tu es, à présent. J'ai engagé un gigolo, alors tiens ton rôle.

Il n'en fallut pas plus à Nico. Avant qu'elle ait pu s'en rendre compte, il s'était agenouillé devant elle et avait fait glisser son jean le long de ses jambes.

— Mon Dieu ! Nico ! Qu'est-ce que tu… Arrête ! gémit-elle tandis que la bouche de son compagnon se posait au bas de son ventre.

— Puisque je vois bien que je t'ai perdue, je veux me souvenir de toi et de cette journée pour le restant de mes jours, murmura-t-il.

Elle aurait dû fuir pendant qu'il était encore temps, mais c'était présumer de ses forces, alors que déjà la langue de Nico fouillait son intimité. Au lieu de cela, elle enfouit ses mains dans les cheveux de son partenaire, le pressant davantage contre elle. Le temps s'arrêta, et lorsqu'elle reprit un semblant de conscience, ils étaient allongés tous les deux dans l'herbe qui bordait le sentier. Encore vibrante de plaisir, elle ouvrit les yeux et réalisa où ils se trouvaient.

Comment avait-elle pu ? Elle détestait cet homme qui avait le pouvoir de la faire aussi facilement succomber, et elle voulait succomber encore. Quelle torture ! Seigneur, qu'avait-elle fait pour mériter ça ?

En vingt-quatre heures, cet homme dont elle ne savait rien lui avait fait perdre tout contrôle. Elle avait quitté Austin pour faire le point, réfléchir calmement au cours qu'elle voulait donner à sa vie, et elle s'apprêtait à rentrer dans un état de confusion indescriptible ! Il fallait qu'elle se lève, qu'elle se rhabille, qu'elle fuie le plus loin possible. Mais les bras de Nico l'enserraient, la tenaient prisonnière, engourdissant sa volonté.

— Je te déteste, murmura-t-elle à l'adresse de son compagnon.

— Tu *voudrais bien* me détester, corrigea-t-il.

— Si seulement je ne t'avais pas rencontré…

— Je pourrais dire la même chose, Cara. Tu crois que tu es la seule à ne plus savoir où tu en es ? Eh bien, détrompe-toi.

— Tu t'es moqué de moi. Et royalement !

— Sur ce dernier point, tu ne crois pas si bien dire, marmonna-t-il, les mâchoires serrées.

— Comment peux-tu avoir l'air aussi malheureux, alors que c'est moi qui me suis fait avoir ? C'est le monde à l'envers !

— Encore une fois, je ne pense pas que tu aies toutes les cartes en main pour juger. Avant que tu ne rentres à Austin, j'aimerais te montrer quelque chose.

— Rien de ce que tu pourrais dire ou faire ne me fera changer d'avis.

— C'est ce que nous allons voir.

- 6 -

— Je te rappelle que tu n'as pas le droit de conduire ma voiture. Ton nom n'est pas inscrit sur le contrat de location, maugréa Cara.

N'était-elle pas une éminente spécialiste du droit, après tout ? Il était grand temps qu'elle revienne à ses premières amours. La polémique, c'était son passe-temps favori !

Nico débloqua les portières sans dire un mot et lui fit signe de s'asseoir sur le siège passager.

— Comme tu voudras, dit-il en voyant qu'elle ne bougeait pas. Mais marcher jusqu'à Ravello risque de te prendre un certain temps.

— Quoi ? Tu partirais avec *ma* voiture en me plantant là ?

— Tu paries ? Etant donné l'idée que tu t'es faite de moi, je n'ai plus grand-chose à perdre. Traite-moi de goujat, ça m'est bien égal !

Elle eut tout juste le temps de s'engouffrer dans le véhicule avant qu'il ne démarre.

— La route est un peu difficile, mais rassure-toi, je la connais par cœur, dit-il en faisant vrombir le moteur. Tu m'excuseras si je préfère conduire, mais ce matin j'ai bien cru qu'on allait finir dans le décor. Et il n'y avait pourtant pas de circulation.

— J'ai dû faire un écart à cause du bus qui venait en face, précisa-t-elle.

— Un malheureux bus ! A cette heure de la journée, la circulation est autrement plus dense.

Elle boucla sa ceinture et se cala contre la portière, le plus loin possible de Nico. Elle aussi avait eu une sacrée trouille ce matin. Mais était-ce sa faute si les routes italiennes étaient trop étroites pour que deux voitures se croisent sans risquer l'accident ?

— Sans compter que tu as failli bousiller la boîte de vitesses, reprit-il avec un sourire.

Elle haussa les épaules. Habituée aux vitesses automatiques, elle avait certes un peu de mal à changer de régime.

Elle soupira et s'absorba dans la contemplation du paysage.

Pourquoi avait-il fallu qu'ils se disputent ? L'instant était si beau, tellement magique ! De toute évidence, Nico était au moins aussi contrarié qu'elle. Les pneus crissaient dangereusement à chaque tournant, et un nuage de poussière s'élevait derrière eux le long de la route serpentine. En contrebas, les bateaux de pêcheurs semblaient des jouets miniatures. Il suffirait d'un écart minime pour que la voiture plonge dans l'abîme. Elle tourna la tête vers son conducteur qui, le regard rivé sur la route, les mâchoires serrées, lançait le véhicule à toute allure en dépit du péril. Manifestement, il conduisait trop vite, trop nerveusement. En même temps, elle pouvait le comprendre. La manière dont elle l'avait traité depuis la veille en aurait contrarié plus d'un. Comment avait-elle pu croire un instant qu'il était un gigolo ? Son profil altier, ses traits fins lui conféraient une telle élégance, suggéraient un tel raffinement…

— Tu es sûr que tu ne veux pas me donner le volant ? insista-t-elle de sa voix la plus posée. Je n'ai pas envie qu'on aille s'écraser dans le fond du ravin.

— Pas question.

— Mais enfin, tu roules comme un cinglé !

— Je sais ce que je fais.

— Je te préviens que si tu te fous en l'air, mon assurance ne paiera pas un centime de tes frais d'hospitalisation.

— L'argent n'est pas un problème pour moi, assura Nico. Je paierai.

— C'est vrai, j'oubliais que tu t'apprêtes à épouser une fortune, concéda-t-elle, amère.

Les mains de son compagnon se crispèrent sur le volant, et il pressa davantage sur l'accélérateur.

— Si tu savais à quel point tu te trompes, dit-il entre ses dents.

Elle ferma les yeux, consciente que quoi qu'elle dise, il n'en ferait qu'à sa tête.

— Où allons-nous ? demanda-t-elle après un silence tendu.

— Tu ne vas pas tarder à le savoir.

Il venait de quitter la route principale et s'engageait sur un chemin bordé de châtaigniers.

— Je veux rentrer à l'hôtel, répéta-t-elle.

Mais la voiture entamait une nouvelle côte, plus raide encore que la précédente.

Impossible de monter davantage, ils avaient atteint le haut de la colline. Sur la droite, derrière les champs parsemés de cyprès, le golfe de Salerne offrait la plus belle vue dont on puisse rêver. « *Dolce color d'oriental zaffiro* », se souvint-elle. C'était exactement ça ! La mer turquoise scintillait de mille éclats, déclinant d'infinies nuances de bleus.

Nico arrêta la Fiat à hauteur d'un petit boîtier, sur le bas-côté. Devant eux, un immense portail obstruait littéralement la vue.

— Où sommes-nous ? murmura-t-elle, le souffle coupé.

Nico ignora sa question. Elle le vit se pencher vers le boîtier et prononcer son nom.

L'instant d'après, les grilles s'ouvrirent lentement, révélant au bout d'une allée d'oliviers un palais de style palladien, posé au centre d'un parc verdoyant. Des fontaines, des massifs de fleurs, des pelouses… C'était sans conteste l'œuvre de gens de goût dotés d'une fortune colossale !

— Tu ne veux pas me dire où nous sommes ? répéta-t-elle.

Mais son compagnon ne semblait pas décidé à satisfaire sa curiosité.

Les grilles se refermèrent sur leur passage, lui laissant l'étrange impression d'être désormais prisonnière du pays des Merveilles, un pays dont on ne revient jamais.

— Tu as devant toi le Palazzo Romano, expliqua enfin Nico en serrant le frein à main. Ce n'est qu'une des nombreuses demeures de ma famille, et bien qu'elle soit plutôt modeste comparée aux autres, c'est celle que je préfère.

— Pardon ? Je… Je ne comprends pas. Ce palais appartient à ta fiancée, c'est bien ça ?

— Il lui appartiendra peut-être, mais seulement si je l'épouse.

Le Palazzo Romano… Elle avait lu ce nom dans l'un de ses guides, elle s'en souvenait maintenant. Comment n'avait-elle pas fait le lien quand Nico s'était présenté à elle ? Ah oui, c'est vrai, elle le prenait pour un gigolo…

Elle s'efforça de garder la tête froide, mais ce n'était pas chose facile. En fait, elle balançait entre l'émerveillement et la suspicion. Son étrange acolyte n'était-il pas en train de lui mentir, une fois de plus ? Etait-elle tombée sur un mythomane ? Décidément, c'était bien sa veine !

Il sortit de la voiture et, après avoir ouvert sa portière, lui tendit la main.

Trop bouleversée pour songer à résister, elle se laissa conduire devant la demeure.

Impossible de trouver les mots pour décrire l'imposant bâtiment de pierre blanche et ocre qui se dressait devant elle, précédé d'une colonnade classique. A en croire sa forme extérieure, on le devinait bâti autour d'une cour.

— Impressionnant, marmonna-t-elle.

— Il paraît, oui, dit Nico avec une distance glacée. Les paparazzis en raffolent, en tout cas.

Sans lâcher sa main, il contourna l'entrée principale et la guida jusqu'à un vieux cloître, sur le coté gauche de l'édifice.

— C'est l'endroit que je préfère, déclara-t-il. Ma sœur et moi y jouions pendant des journées entières lorsque nous étions enfants.

Elle le regarda, incrédule.

Il poussa un soupir avant de reprendre.

— Ma famille possède entre autres un palais à Florence à côté duquel je te jure que celui-ci n'est qu'une masure. Sans compter que c'est un véritable musée. Il doit y avoir pas moins de cinq cents œuvres d'art. Des pièces majeures, bien sûr.

Il s'interrompit et planta son regard azur sans le sien.

— Ma famille a longtemps figuré parmi les plus influentes d'Italie. Mais paradoxalement, c'est en perdant de son prestige qu'elle a gagné les biens et les titres qui sont les nôtres aujourd'hui. Ainsi, les Romano sont-ils devenus marquis assez tard, en 1750. Peu de temps après, et malgré un certain mépris des autorités du temps pour ce genre d'ennoblissement, le titre de prince nous a été accordé.

C'était plus fort qu'elle, ce qu'il lui apprenait là dépassait son entendement. Non, elle ne parvenait pas à le croire, et manifestement il s'en rendait compte.

Elle n'en croyait pas non plus ses yeux. Où qu'elle pose le regard, tout n'était que beauté, ravissement. Deux cygnes arquaient leur cou gracieux au bord de la pièce d'eau. Pas un pétale fané au pied des massifs de fleurs, des buis à la taille impeccable, et pourtant aucun jardinier en vue. De quoi se sentir vraiment mal à l'aise. *Pas à sa place* aurait été plus juste. Elle avait la désagréable impression d'être invitée dans un monde auquel elle ne pourrait jamais appartenir.

Nico était donc un prince Romano… Peut-être cherchait-il seulement à l'éblouir, peut-être n'appartenait-il qu'à une branche cadette et se targuait-il de posséder un bien qui ne lui appartenait pas ? Si ça se trouvait, il était simplement le fils d'un des jardiniers invisibles ! Quoi qu'il en soit, elle n'avait pas tellement envie de creuser la question. Noble, fortuné ou gigolo, cet homme n'était pas pour elle. Point.

— Ramène-moi à l'hôtel, dit-elle en se dirigeant vers la voiture.

Il la retint par le bras.

— Cara, tout ce que je t'ai dit est vrai. Ce palais appartient à ma famille depuis sept cents ans.

— Tu travailles pour ces gens, c'est ça ? demanda-t-elle, exaspérée.

— Je travaille avec acharnement à la prospérité des Romano, oui, tu peux me croire, répondit-il en souriant. Si tu daignais seulement entrer, nous serions accueillis par une bonne dizaine de domestiques, et je te montrerais le salon où trônent les portraits de mes ancêtres, à qui je ressemble beaucoup.

— Sans doute, répondit-elle en haussant les épaules.

— Tu te souviens de la vieille dame dans la Maserati ? Eh bien, il s'agit de ma grand-mère. Ne lui dis jamais que je l'ai traitée de « vieille », elle me tuerait ! Quant à la blonde platine que tu as vue, c'est la princesse Gloriana Romano, ma mère. Mon père, le prince Livio Carlo Romano, est décédé il y a cinq ans. Comme je suis le seul héritier mâle de la famille, ma mère tient particulièrement à ce que j'épouse la princesse Viola Eugenia di Frezano. Pour tout dire, elle est même particulièrement insistante. Hier, je lui ai promis d'appeler Viola, dont la famille est aussi impatiente que la mienne de nous voir mariés. Il faut dire que pour les journaux à scandale, je suis un des partis les plus intéressants d'Europe…

Si Nico affabulait, il méritait vraiment un prix d'interprétation !

Elle observa un instant son nez aquilin, ses sourcils bruns parfaitement dessinés, ses traits éminemment masculins, et elle commença à douter. Cet homme possédait quelque chose de la beauté aristocratique si bien représentée par les peintres classiques. Et surtout, il avait l'arrogance et la maîtrise des puissants, c'était évident. Enfin, tout bien considéré, et après ce qu'il venait de lui révéler, elle ne pouvait pas nier avoir déjà vu son visage quelque part. Sur la couverture d'un magazine, sans doute.

— Donc, tu serais prince ? Un *vrai* prince ?

Elle chercha en vain sur le visage de son compagnon une expression de triomphe ou de vanité, mais celui-ci affichait une surprenante simplicité.

— C'est ce que je m'efforce de t'expliquer depuis un quart d'heure, dit-il en haussant les épaules. Crois-moi, je donnerais cher parfois pour être quelqu'un d'autre et ne pas porter ce fardeau sur les épaules. Tu comprends, le problème dans mon milieu, c'est que les désirs personnels comptent pour bien peu. Si je pouvais troquer mes titres contre le patronyme de monsieur Tout-le-Monde, je te jure que je te suivrais aussitôt au bout du monde !

Beau, intelligent, cultivé, prince et… célibataire ! On pouvait dire qu'elle avait tiré le gros lot ! Si elle avait été princesse, leur vie aurait sans doute été un conte de fées.

Seulement voilà, la princesse en question s'appelait Viola.

— Merci de m'avoir éclairée, murmura-t-elle en baissant les yeux.

— Comprends-moi bien, Cara. Je ne peux pas trahir ma famille.

— Oh ! Je comprends. Ce qui m'échappe, en revanche, c'est la raison pour laquelle tu ne m'as rien dit dès le début.

— Je suis désolé.

— C'est un peu léger. Les clients du café savaient tous qui tu étais, n'est-ce pas ?

— Oui.

— Y compris les deux jeunes femmes qui te draguaient ?

— Elles sont du village.

— Tu m'as donc délibérément ridiculisée !

— Pas du tout ! D'abord, je pensais que tu savais qui j'étais. Quand j'ai compris que ce n'était pas le cas et que tu attendais tout autre chose de moi, je me suis efforcé de correspondre à ton fantasme. C'était stupide, je sais, mais…

Ils avaient atteint la voiture. Elle y monta sans prononcer un mot.

— Cara, ça va ? s'enquit Nico en se glissant derrière le volant.

— Ramène-moi, c'est tout ce que je te demande.

— Tu pourrais rester quelque temps, prolonger tes vacances, hasarda-t-il.

— Pour quoi faire ? Tu aimerais faire de moi ta favorite, c'est ça ?

Fort heureusement, il lui fit la grâce de ne pas préciser ses intentions et démarra.

— Mais c'est une idée, ça ! s'exclama-t-elle soudain, hors d'elle, en frappant de la main le tableau de bord. On pourrait coucher ensemble pendant que tu organises les cérémonies avec ta princesse. Et même continuer après votre mariage. C'est un truc qu'affectionnent les aristocrates de la vieille Europe, je me trompe ?

— Arrête, veux-tu ?

— Pourquoi me demander de rester, alors ? explosa-t-elle.

— Parce que je t'aime, Cara. Je sais, nous nous

connaissons à peine, mais je n'ai jamais ressenti ça auparavant, pour aucune femme. Je ne veux pas te perdre, c'est tout. Alors, je cherche une solution…

— Tu n'as donc aucun principe, aucune morale ?

— Je croyais en avoir jusqu'à ce que je te rencontre.

— Evidemment, dans ton monde, on est habitué à se faire servir, et à ce que le moindre désir soit exaucé, n'est-ce pas ?

— Détrompe-toi. Mon existence peut sembler rose en apparence, et c'est vrai que je n'ai jamais manqué de rien. Mais pour ce qui est des désirs, on m'a appris très tôt à les passer sous silence. Le principe tient en peu de mots : respect du nom. C'est la loi qui régit tout. On t'apprend ensuite que la vie est une question de pouvoir, d'influence, d'argent. D'amour, jamais ! Le mariage n'a qu'un seul but : perpétuer le titres, assurer la pérennité d'une fortune. Encore une fois, il ne s'agit pas de sentiments.

— Pauvre petit prince, ironisa-t-elle. Obligé de rester richissime ! Tu m'excuseras si je ne compatis pas.

— Ce n'est pas ce que je cherche. La seule chose que je te demande, c'est de comprendre mon engagement auprès de Viola. Sa famille est plus riche que la mienne, et mon père a perdu énormément d'argent à la fin de sa vie. L'avenir des miens repose sur moi et sur la décision que je vais prendre.

— C'est bon, Nico, j'ai parfaitement compris. A présent, ramène-moi à mon hôtel, s'il te plaît.

— Tu comprends ce qu'on attend de moi ? Tu comprends que si je n'épouse pas Viola, c'est ma famille que je bafoue ? Tu comprends ce que ça signifie ?

— Oui ! s'exclama-t-elle, exaspérée. Par contre, inutile de te donner le beau rôle. Pas quand tu m'as menti comme tu l'as fait.

Les grilles s'ouvrirent comme par magie dès qu'ils arrivèrent devant le portail. Et elle eut la désagréable impression, comme tout à l'heure dans le parc, d'être observée par des dizaines d'yeux.

— Je te l'ai dit, si je me suis tu, c'est que j'ai pensé que tu savais qui j'étais. Tu aurais pu faire partie de ces femmes qui courent après les grosses fortunes…

— C'est absurde !

— Ça m'est arrivé, Cara.

— Les Américaines te reconnaissent et te courent après ?

— Comme les autres. En plus des paparazzis.

— *Poverino !* Et tu satisfais toutes ces dames ?

— Non, évidemment.

— Alors, pourquoi moi ?

Nico donna un violent coup de volant et stoppa brusquement la voiture sur le bas-côté. Puis il l'attira à lui et la tint dans ses bras, la serrant avec la force du désespoir.

— Il fallait que je te connaisse, que tu m'accueilles près de toi, il le *fallait*, prononça-t-il sans desserrer son étreinte. J'étais malheureux depuis si longtemps. Quand je t'ai vue, si belle, si douce… Tu n'es pas obligée de me croire, mais j'ai senti que ma vie basculait. Je ne pouvais pas passer à côté de ce bonheur-là, pas cette fois. Je pensais que nous n'aurions qu'une nuit, alors… j'ai préféré te mentir pour ne pas te perdre.

Elle le regarda un instant, le souffle coupé. Manifestement, son compagnon ne jouait plus. Il semblait sincère, et complètement désemparé.

— Qu'est-ce qui nous arrive, Nico ?

— Je ne sais pas. La seule chose dont je sois sûr, c'est qu'une nuit ne m'a pas suffi. Je veux passer ma vie près de toi, c'est la seule chose qui ait du sens. Et pourtant, c'est impossible.

Comment rester insensible à une telle déclaration ?

Au moment même où Nico posa ses lèvres sur les siennes, toute trace de colère s'évanouit en elle, emportant au passage ce qui lui restait de fierté.

Elle répondit avec fougue au baiser de cet homme à qui, dès le premier instant, elle n'avait pas pu résister. Elle glissa ses mains le long de son torse puissant, retrouva avec une joie indicible l'odeur de sa peau. Combien de temps demeurèrent-ils ainsi enlacés sur le bord de la route, elle aurait été bien incapable de le dire.

Lorsque Nico redémarra, elle nota que ses mains tremblaient.

Elle se sentait un peu rassérénée en songeant qu'il ne s'était peut-être pas complètement moqué d'elle, mais dès qu'ils arrivèrent devant l'hôtel, la réalité la saisit à la gorge. Elle sauta de la voiture et courut à l'intérieur.

Le temps qu'elle récupère ses clés à la réception, Nico était derrière elle.

— Cara…

— Va-t'en, je t'en prie ! intima-t-elle en évitant son regard. Epouse ta princesse et sois heureux.

Puis elle s'engouffra dans l'ascenseur, les larmes aux yeux.

Luttant pour ne pas perdre totalement pied, elle traversa sa chambre et se rendit directement sur la terrasse. Nico était près de la piscine, en compagnie du blondinet qu'elle avait vu avec lui au café. A n'en pas douter son cousin Massimo, le fameux bon génie.

Son partenaire d'un jour leva vers elle un regard hébété.

Un regard qu'elle ne put soutenir. Elle rentra dans sa chambre et éclata en sanglots.

- 7 -

Nico, en proie à l'agitation, faisait les cent pas sur le pont du *Simonetta*.

Tout à coup, il aperçut dans la lumière de la fin d'après-midi un point blanc sur la rive. Plein d'espoir, il saisit ses jumelles et courut au bastingage.

C'était elle ! Fine et élancée, comme suspendue dans l'air, sa robe légère se soulevant doucement à chaque pas, elle marchait avec grâce, une fleur de gardénia dans les cheveux. Même à cette distance, il l'aurait reconnue entre toutes.

— Cara ! ne put-il s'empêcher de murmurer.

Massimo qui l'observait en sirotant un verre de pinot, un sourire en coin, éclata de rire.

— Evidemment que c'est elle. Vous êtes connectés, tous les deux, ironisa-t-il. De vrais amoureux ! Les paparazzis vont se régaler.

— Depuis la mort de Simonetta, tu noteras qu'ils me laissent un peu tranquille. Ma vie est trop plate pour les intéresser.

— Plate ? Le mot est faible. Je dirais plutôt sinistre ! fit remarquer son cousin en levant les yeux au ciel.

Nico reposa ses jumelles, fila à l'arrière du bateau et sauta dans l'embarcation à moteur dont il se servait pour rejoindre la rive. Il lança avec impatience le bout d'amarrage à son cousin, et celui-ci le saisit d'une main, son verre de vin dans l'autre. Quel épicurien, celui-là !

— Tu restes ici, ou tu veux que je te dépose ? demanda-t-il en mettant les gaz.

— Non merci, je préfère profiter un peu de ton yacht. De toute façon, dans un jour ou deux, quand ta belle aura filé, je te verrai davantage, n'est-ce pas ? Je t'aurai même pour moi tout seul. Non pas que ça me réjouisse d'avoir à te ramasser à la petite cuiller, note bien…

— Je préfère ne pas y penser.

— Tu as raison, amuse-toi. Quant à moi, je me charge de ta cave, assura Massimo en levant son verre. Excellent, ce pinot !

Deux minutes plus tard, il sautait sur le ponton et rejoignait la plage à grandes enjambées.

Comment la jeune femme allait-elle l'accueillir ? Ça non plus, il préférait ne pas y penser.

Mais à sa grande surprise, quand il approcha de Regina, il la vit se lever, un timide sourire aux lèvres.

— J'ai craqué, murmura-t-elle tandis qu'il la prenait dans ses bras. Rester seule dans ma chambre en te sachant tout proche m'était insupportable. Je suis désolée d'avoir été si dure, tout à l'heure.

— N'y pensons plus. Je suis heureux que tu sois là. Puisque le temps nous est compté, je veux passer chaque seconde avec toi. Jusqu'à la dernière.

S'il le pouvait, songeait-il avec amertume, c'est toute la vie qu'il lui donnerait.

— Tu as raison, profitons du présent, annonça-t-elle avec un sourire, sans parvenir toutefois à masquer son émotion.

— Tu as faim ?

— Pas vraiment. Un capuccino, peut-être.

— Et si je t'emmenais chez le meilleur glacier d'Italie ?

Le regard de la jeune femme s'illumina.

— Pour tout te dire, ajouta-t-il, le regard dardé sur ses lèvres, si j'ai un point faible, un truc qui me fait vraiment craquer, c'est… la glace.

Elle lui sourit en glissant sa main dans la sienne.

— Ah oui ? J'ai donc maintenant un moyen de te faire fondre ! menaça-t-elle. Moi, c'est le chocolat.

Il éclata de rire et, lui posant un baiser sur la joue, l'entraîna vers un petit café dont la terrasse donnait sur une crique.

Ils s'installèrent sous la glycine et commandèrent d'abord deux capuccinos, puis des calamars frits, la spécialité de la côte, et enfin ils dégustèrent d'énormes glaces accompagnées d'un nouveau café.

Ensuite, pleinement heureux, détendu comme il l'avait rarement été, Nico proposa une promenade en mer.

Apparemment, s'il voulait faire plaisir à Regina, il avait touché juste, car celle-ci sauta instantanément de sa chaise, aussi excitée qu'un enfant devant un sapin de Noël. C'était si bon de la voir joyeuse, enthousiaste, spontanée !

Ils embarquèrent sur le canot à moteur et, après avoir lentement traversé la baie, prirent de la vitesse pour atteindre le large et longer la côte.

Le soleil était bas sur l'horizon, teintant les vagues de reflets mordorés.

— Il n'y a pas si longtemps, le seul accès aux villages côtiers se faisait par la mer, expliqua-t-il à Cara après lui avoir confié la barre.

— Après notre excursion de tout à l'heure, je comprends pourquoi, assura la jeune femme en riant. Les routes sont absolument impraticables !

Le temps semblait s'être arrêté. Plus rien n'existait que la mer, l'or du soir, eux… Il sentait son cœur battre de nouveau, il se sentait revivre !

— Tu sais d'où vient le nom de cette côte ?

— Non.

— Hercule aimait une nymphe, Amalfi. Lorsqu'elle mourut, il décida de l'enterrer là, parce qu'il considérait que c'était le plus bel endroit sous les cieux.

— Comme c'est romantique !

— Tourne un peu vers l'ouest. Il y a par là-bas une crique ravissante entourée de falaises gigantesques, d'où l'on pourrait regarder le soleil descendre dans les eaux. C'est un endroit inaccessible par la terre, et donc on ne peut plus tranquille.

Dès qu'ils furent en vue de la crique, il coupa le moteur et, laissant le bateau dériver lentement vers la plage, prit Regina dans ses bras et ferma les yeux.

Exit Viola, sa mère, l'avenir de la famille Romano ! Pour la première fois de sa vie, il se débarrassait de ses entraves. Même Simonetta n'avait pas réussi à lui faire oublier sa naissance, ses responsabilités, les pressions familiales…

Il songea aux palais familiaux remplis des portraits de ses ancêtres.

« Ils nous rappellent qui nous sommes et d'où nous venons », lui répétait sa mère. Enfant, il passait des heures devant ces tableaux, fasciné par ces figures auxquelles il ressemblait tant. Physiquement, tout au moins, car pour le reste il s'était toujours senti étranger au monde qu'ils représentaient, à ses codes de valeur, ses rêves insatiables de pouvoir et de prospérité.

Près d'elle, tout ça s'évanouissait comme par magie. Il respirait à pleins poumons, sans se soucier de paraître, de faire bonne figure. Il se sentait pour la première fois en accord avec son être profond. Et il aurait fallu que cette félicité prenne fin ? Non, c'était impossible.

Mais que se passait-il ? Il délirait complètement ! A quoi bon rêver ? Depuis le début, il savait à quoi s'en tenir avec elle. Quelques heures de plaisir, c'est tout ce qu'il pouvait lui donner, tout ce qu'il pouvait prendre. D'autant que quand les paparazzis les auraient localisés, et ça n'allait pas tarder, elle risquait de faire les frais de sa notoriété, ce qui ne manquerait pas de la faire fuir. De toute façon, dans deux jours elle serait loin d'ici…

Il plongea ses yeux dans ceux de sa compagne, bien décidé à chasser les sombres pensées qui l'assaillaient. Il voulait être à elle jusqu'au dernier souffle, et peu importait l'avenir !

Ils descendirent sur la plage et s'enlacèrent sur le sable, enveloppés de la douce chaleur du couchant. Il prit ses lèvres avec une fougue inégalée et, débarrassant Regina de ses vêtements, lui fit l'amour avec rage, avec passion, comme s'il en allait de l'équilibre des choses. Quand enfin ils se pâmèrent dans le même râle de plaisir, il se jura qu'il vivrait avec elle, quel qu'en soit le prix.

Ils restèrent dans les bras l'un de l'autre sur la

plage bien après le crépuscule, bercés par le bruit des vagues qui venaient mourir à leurs pieds, se murmurant de douces paroles, avec pour seul témoin la voûte étoilée.

De retour à la marina, il proposa à Regina de poursuivre la soirée dans une guinguette où, bien qu'il y fût connu, il savait que personne ne les importunerait.

Entre un cocktail et une danse, ils se confièrent mille choses, comme s'ils avaient voulu se connaître entièrement en quelques heures.

— J'ai l'impression qu'avec toi, je pourrais parler indéfiniment, avoua-t-il à Regina en lui prenant la main. Pourtant, d'ordinaire, je ne suis guère porté aux confidences.

— Qu'est-ce qui nous arrive, Nico ?

— Je n'en sais trop rien. Tu crois vraiment que tout a une explication ? La vie est faite de mystères qu'on ne peut pas toujours résoudre. L'amour en est un, non ?

— J'ai tellement besoin de toi, murmura la jeune femme, les larmes aux yeux.

— Cara…

Il se leva de table et, la prenant par la main, l'attira à l'extérieur. Sous le clair de lune, il la prit par la taille et la serra contre lui, priant pour que cet instant dure toujours.

Il n'avait rien oublié de la douleur qu'il avait

ressentie en apprenant la mort de Simonetta, de son désir insensé de la ramener à la vie, leur donner une seconde chance. Comment allait-il réagir lorsque la jeune femme serait rentrée chez elle ? Comment pourrait-il vivre tout en la sachant à l'autre bout du monde, ailleurs, loin de lui ? Un jour, elle épouserait quelqu'un d'autre, porterait les enfants d'un autre…

Tout à coup, le désir de la posséder l'envahit de nouveau.

— Non, pas ici, murmura-t-elle tandis qu'il glissait une main entre ses seins. Nico, n'importe qui peut nous voir.

Les paparazzis, songea-t-il avec dépit. L'espace d'un instant, il avait failli les oublier, ces chacals.

Ils s'engouffrèrent dans les ruelles, collés l'un contre l'autre, pressés de retrouver l'intimité de la chambre d'hôtel.

Mais lorsqu'ils eurent fait l'amour, et après que Regina, épuisée et heureuse, se fût endormie dans ses bras, il ne parvint pas à trouver le sommeil.

Sa vie avait pris un tour auquel il ne s'attendait pas, et il ne voyait pas comment résoudre le dilemme qui le déchirait.

Défier l'autorité de sa mère en épousant une Américaine, c'était trahir sa famille et le rêve des générations qui l'avaient précédé. La laisser repartir sans espoir de la revoir, c'était comme mourir une seconde fois…

- 8 -

Regina ouvrit un œil et se blottit de nouveau dans la douce chaleur de son amant.

Pour la première fois de sa vie, elle savait ce qu'était l'amour. L'amour véritable. Jusqu'ici, ce sentiment lui avait été totalement étranger, bien qu'elle se soit plusieurs fois dite amoureuse. Elle en avait vaguement perçu l'intensité dans les romans et dans les films, mais cette fois, elle y avait droit, *vraiment*. Et c'était si bon… Elle se rendormit en imaginant qu'une bonne fée finirait tôt ou tard par la transformer en princesse.

Le soleil dardait ses rayons à travers les persiennes lorsqu'elle ouvrit de nouveau les yeux.

Nico, appuyé sur un coude, la fixait avec une surprenante intensité.

— Tu es réveillé depuis longtemps ? demanda-t-elle en s'étirant.

— Pas loin d'une heure, je crois. Tu es si belle, Cara… Je ne me lasse pas de te regarder.

— Tu n'es pas mal non plus, murmura-t-elle en souriant. Et puis, tout prince que tu es, tu n'es pas si impressionnant, au fond. Je croyais que les hommes de ton monde étaient tous hautains, mais je me trompais.

— Des gens habitués à ce que leurs caprices soient assouvis dans l'heure, c'est bien ça ? ajouta-t-il, amusé. Eh bien, sur ce point, tu n'as pas tout à fait tort. En ce qui me concerne, mon caprice, ce matin, ce serait de te faire l'amour encore et encore. Qu'en penses-tu ?

— C'est-à-dire… J'aimerais prendre une douche, mais je t'invite à la partager, si ça te dit, déclara-t-elle, frissonnant devant sa propre audace.

— C'est le genre de proposition que je ne saurais refuser !

— Pourquoi a-t-il fallu que nous nous rencontrions trois jours à peine avant mon départ ? murmura-t-elle, dépitée. La vie est injuste. J'ai fait le voyage jusqu'ici pour faire le point sur ce que je voulais vraiment, et grâce à toi j'ai trouvé ma réponse. Seulement voilà, il me faut rentrer, maintenant. C'est tellement absurde…

Elle s'interrompit, incapable d'admettre tout haut qu'elle s'apprêtait à laisser en Italie la meilleure part d'elle-même.

— C'est peut-être mieux ainsi, soupira-t-elle. Au moins aurai-je eu la chance d'avoir goûté au grand amour une fois dans ma vie. Il me restera le souvenir de toi, si doux, si passionné… Et puis, au moins, nous ne connaîtrons pas les petits tracas du quotidien. Ça m'épargnera de bouder parce que tu as oublié ma fête ou l'anniversaire de notre rencontre.

— C'est le genre de choses qui ne pourrait pas arriver, assura Nico en lui souriant. Toi tu fais des listes. Eh bien moi, j'inscris toutes les dates importantes dans mon agenda électronique. D'ailleurs, j'y pense, je n'ai même pas ton numéro de téléphone.

Il prit le bloc-notes de l'hôtel, et elle le lui dicta. Il arracha la page et nota le sien sur la suivante.

— Si jamais tu as besoin de moi, précisa-t-il en posant la feuille sur la table de nuit.

— Je ne te ferai pas attendre parce que je ne sais pas quelle robe choisir, ou parce que j'ai perdu mes clés, continua-t-elle, cherchant désespérément à rendre leur rupture moins intolérable. Je passe mon temps à perdre mes clés, je ne te l'ai pas dit ? Nous ne nous disputerons pas parce que je reviens les bras chargés de fringues hors de prix ou bien que j'ai lâché une somme folle pour je ne sais quelle petite commode ancienne. J'adore chiner, je suis capable d'acheter sur un coup de tête les trucs les plus atroces en salle des ventes.

— Arrête, Cara…

— Nous pourrons nous dire que nos enfants auraient été de parfaits petits anges aux cheveux sombres, mais ce serait sans doute utopique. Pour ma part, je suis loin d'avoir été une enfant modèle.

— Et moi donc ! J'ai épuisé deux nurses à plein temps, et encore, elles ne m'avaient pas toujours à l'œil !

— Tu as été élevé sous haute surveillance, si je comprends bien.

— Aristocratie oblige, expliqua Nico en soupirant. La bienséance, le maintien, toutes ces choses, tu vois. Quand on est enfant, je t'assure que c'est pesant. Mon jeu préféré, c'était d'escalader les murs de la villa. Une fois, ça a vraiment failli mal tourner. En guise de représailles, je suis resté confiné dans la nursery avec mes deux gouvernantes pendant des semaines. J'avais le droit à quelques promenades, mais seulement sous l'œil vigilant de Tiberio.

— Tiberio ?

— Notre majordome, Tiberio Abruzzi. C'est lui qui m'a empêché de me rompre le cou. Je lui dois la vie, pas moins. Quant au mobilier, je crois qu'il garde encore des traces de mon passage ! J'ai déchiré des tapisseries hors de prix, brisé des vases Ming…

— Un vrai barbare, en somme.

— Rassure-toi, je me suis calmé en grandissant, assura Nico en se levant. Bon, et cette douche ?

Elle lui sourit et le suivit dans la salle de bains. Dès qu'ils furent entrés dans l'espace confiné de la cabine, elle ne résista pas à l'envie de parcourir de ses lèvres chaque centimètre de sa peau. L'eau brûlante ruisselait sur leurs corps, aiguillonnant délicieusement leurs sens jusqu'à l'extase. Lorsqu'ils sortirent de leur cocon vaporeux, elle avait les jambes en coton.

— C'est une chance que tu aies choisi un cinq étoiles, dit Nico en l'enveloppant dans une serviette. Pas de restriction sur l'eau chaude.

— Tu ne vas pas me dire que tu as déjà manqué d'eau chaude !

— Détrompe-toi ! Vivre dans un palais du XIVe siècle n'est pas forcément la panacée sur le plan du confort. Chauffer des pièces immenses, par exemple, est un vrai casse-tête. Dieu merci, il fait rarement froid, ici.

Il se posta dans l'embrasure de la porte et l'observa tandis qu'elle se préparait. Il n'avait pas pris la peine de se passer une serviette autour de la taille, si bien qu'elle avait toutes les peines du monde à se concentrer. Elle ouvrit son tube de rouge à lèvres et se tourna vers lui.

— Si tu ne sors pas d'ici, j'aurai bientôt l'air d'un clown, menaça-t-elle.

— Je te l'ai dit, j'adore te regarder.

— Moi qui espérais te laisser croire que j'étais

une beauté à l'état pur ! Je n'ai aucune envie que tu découvres mes artifices. Et puis, si tu tiens à rester, habille-toi, au moins ! Tu me déconcentres.

— Aurais-tu encore envie de moi ?

— Non ! En tout cas, pas avant d'avoir déjeuné. Je meurs de faim. Si tu appelais le service de chambre ? J'ai envie d'une omelette, de fraises, et de ces fabuleux croissants fourrés au chocolat… et d'un café !

— A vos ordres, votre altesse ! Mais dis-moi, qui est-ce qui a du sang bleu dans les veines, toi ou moi ? Je ne me souviens plus tout à coup.

Elle éclata de rire et regarda Nico s'éloigner, une serviette nouée autour de la taille, puis l'entendit appeler la réception.

Il était si agréable à vivre, si prévenant… Elle n'avait aucun mal à s'imaginer passer le reste de ses jours à ses côtés. Mais elle chassa bien vite cette pensée. C'était précisément le genre de perspective qui la mettait au trente-sixième dessous. Vivre l'instant présent, voilà tout le luxe qui leur était offert, et elle comptait bien en profiter. Il serait toujours temps de s'effondrer quand elle serait rentrée à Austin.

Elle le rejoignit bientôt et, en attendant le petit déjeuner, ils s'amusèrent à se prendre en photo avec le retardateur.

Nico, toujours torse nu, prenait un malin plaisir

à l'embrasser ou à adopter des poses suggestives juste avant que l'appareil ne se déclenche.

— Arrête ! s'insurgea-t-elle. A qui veux-tu que je montre mes photos de vacances, si elles sont classées X ?

— Je veux que tu te souviennes de moi, de nous, répondit-il en ajustant sa serviette pour aller ouvrir, alors qu'on frappait à la porte.

S'attendant à voir entrer un employé de l'hôtel avec leurs petits déjeuners, elle bondit en entendant tout à coup un brouhaha de voix suivi d'un crépitement de flashs.

Un groupe d'hommes étaient massés dans le couloir, appareils photo à la main. Sans réfléchir, elle courut vers Nico, espérant le protéger de ses agresseurs.

Instantanément, les flashs redoublèrent.

— Ne reste pas là ! s'exclama Nico en la poussant sur le côté.

Il claqua la porte au nez des photographes en marmonnant des jurons.

— Ça va ? s'enquit-elle en lui posant la main sur le bras.

Nico se libéra d'un geste brusque et se précipita vers le téléphone.

— Sécurité ? l'entendit-elle vociférer. Faites immédiatement monter quelqu'un et débarrassez-moi des paparazzis agglutinés devant ma porte !

- 9 -

Le petit déjeuner n'arriva jamais, mais ni l'un ni l'autre ne s'en souciaient plus.

Regina avait complètement perdu l'appétit. Ils étaient si heureux, si désinvoltes l'instant d'avant ! Les paparazzis avaient tout gâché. Nico était lugubre. Il faisait les cent pas dans la chambre, les mâchoires serrées, le regard sombre. On pouvait le comprendre d'ailleurs : quoi de plus violent que d'être assailli au petit matin par une horde de vautours déchaînés ? Elle ne savait que faire pour l'apaiser.

— Prépare tes bagages, marmonna-t-il, le visage fermé. Il faut qu'on file d'ici avant que ces chacals ne nous tombent dessus.

— C'est déjà fait, non ?

— Ce que tu as vu n'est rien à côté de ce qui nous attend. La nouvelle va se répandre comme une traînée de poudre, et bientôt il en viendra dix fois plus.

Prise de panique, elle ouvrit les tiroirs des

commodes et se mit à jeter ses vêtements pêle-mêle dans ses valises.

— Attends, reprit Nico en s'immobilisant. Je vais envoyer Massimo s'occuper de ça. L'urgence, c'est de sortir d'ici.

Il sortit son téléphone portable, composa un numéro et prononça quelques mots en italien avant de raccrocher. Au ton qu'il avait employé, elle supposa qu'il venait de prévenir son cousin.

Elle prit une profonde inspiration et s'efforça de garder son calme.

Quelques minutes plus tôt, ils s'apprêtaient à partager un petit déjeuner romantique sur la terrasse, et voilà qu'ils étaient maintenant en état de siège. Son amant avait un visage qu'elle ne lui connaissait pas. Le prince de ses rêves venait de se transformer en bête fauve indomptable, imprévisible.

Il est vrai qu'elle ne le fréquentait que depuis deux jours, elle savait si peu de lui… Sans doute n'était-ce pas la première fois qu'il se faisait surprendre dans la chambre d'une femme. Pourquoi n'y avait-elle pas songé avant ? Elle aurait dû s'y préparer, c'était évident. Au lieu de ça, elle s'était contentée de croire que cet homme lui appartenait, que leur histoire naissante était unique, pour lui comme pour elle.

Quelle naïveté ! Leur aventure n'avait certainement rien d'inédit. Plus encore, Nico Romano devait être *habitué* à ce genre d'irruption, à être surpris par les photographes dans une situation compromettante, puisqu'il savait parfaitement comment les choses allaient tourner. Combien de femmes, avant elle, avaient fait les frais de la vie qu'il menait ? Combien de cœurs brisés avait-il laissés derrière lui ? Sa beauté fascinante, son élégance, sa sensualité, avaient dû en faire craquer des dizaines. Sans compter le prestige que lui conféraient ses titres de noblesse, son yacht, ses palais... Pendant des centaines d'années, ses ancêtres avaient cultivé l'art de plaire et de commander, il avait été à bonne école. Si ça se trouvait, dans une semaine il aurait oublié jusqu'à son nom ! Il épouserait la fameuse Viola, lui ferait des enfants, prendrait éventuellement quelques maîtresses pour épicer son quotidien...

Il fallait qu'elle se ressaisisse, et vite ! D'abord, remettre les choses à leur place véritable : elle n'avait vécu avec Nico Romano qu'une idylle de vacances, tout juste de quoi épater Lucy ou Susana et agrémenter leurs dimanches pluvieux.

Le téléphone sonna, la tirant de ses sombres réflexions. Nico écouta son interlocuteur, le remercia brièvement et raccrocha.

— Une voiture et un chauffeur seront en bas dans cinq minutes, déclara-t-il sèchement. Nous sortirons du bâtiment par l'issue de secours.

Quel tourbillon !

Elle prit son sac et se dirigea vers la porte avant de s'immobiliser.

La miniature !

Elle courut la récupérer et la cala sous son bras.

— Laisse-la ici, lui intima Nico.

— Pas question. Je ne veux pas qu'elle voyage dans la soute.

Regina s'efforçait de garder la même immobilité que les statues de marbre du vestibule mais bouillait intérieurement de prendre ses jambes à son cou. Cependant, chaque fois qu'elle tournait les yeux vers la porte, le regard sombre de Tiberio Abruzzi posté là comme un cerbère la paralysait littéralement. C'était un homme immense, aux cheveux gris, au visage cadavérique, et qui semblait faire partie des meubles.

Elle observa du coin de l'œil les tapisseries médiévales et les peintures de maîtres tout en s'efforçant de masquer son intimidation. Le salon dans lequel on la faisait attendre lui en imposait, et pas seulement par l'opulence de sa décoration. Elle sentait qu'ici vivaient des gens de goût, qui aimaient s'entourer de beaux objets sans se préoccuper particulièrement d'ostentation.

Où Nico pouvait-il bien être ? L'avait-il oubliée ?

Sa mère, vêtue d'un tailleur de soie crème, avait très gracieusement feint de la recevoir à bras ouverts, accueillant l'arrivée de la limousine avec un sourire de circonstance, et avait même poussé l'amabilité jusqu'à lui tendre une main glaciale et à lui proposer du thé.

Elle avait poliment décliné, sentant bien que dans ces circonstances, la princesse Romano n'était pas d'humeur à badiner autour d'une tasse avec une inconnue, roturière de surcroît.

La princesse lui avait alors demandé d'avoir la gentillesse de les laisser, elle et son fils, discuter de la situation *seuls à seuls*, et le majordome l'avait conduite jusqu'à ce salon où elle rongeait son frein depuis plus d'une heure.

Elle regarda sa montre pour la dixième fois.

Elle n'avait rien à faire ici, n'était décidément pas à sa place. Nico était vraiment sympa de la laisser gamberger comme ça, toute seule, dans ce musée de la porcelaine ! Que pouvaient-ils bien se raconter, sa mère et lui ? Pourquoi leur entretien durait-il si longtemps ?

Elle faisait de son mieux pour rester sereine, les mains sagement croisées sur les genoux, mais au bout d'un moment, elle n'y tint plus. Elle se leva d'un bon et fit quelques pas sur le parquet.

Le regard du majordome la suivit, aussi froid que celui des ancêtres de Nico dont les portraits ornaient les murs.

Elle s'arrêta devant celui d'un vieil homme collet monté au regard inquiet, fiévreux même, vêtu d'une soutane rouge. Un cardinal ? Lorsqu'elle s'approcha du tableau pour tenter de déchiffrer la signature du peintre, Abruzzi fit un pas en avant sans prononcer une parole.

Message reçu, songea-t-elle, de plus en plus exaspérée. Elle recula, et le majordome rejoignit son poste comme un automate.

Elle fit alors quelques pas vers la fenêtre et reconnut la pièce d'eau et les deux cygnes.

C'était hier seulement qu'ils étaient venus ici et qu'elle avait appris qui était Nico, à quel monde il appartenait. Hier… C'était fou, elle aurait juré que cette scène avait eu lieu il y a des années, et qu'ils se connaissaient depuis toujours, elle et lui ! Pourtant, il fallait qu'elle se rende à l'évidence : Nico Romano et elle n'avaient rien en commun. Plus elle y songeait et plus il lui paraissait mystérieux, opaque, étranger. Elle se sentait prisonnière au milieu de tout ce faste, alors que lui, au contraire, y évoluait comme un poisson dans l'eau. Comment imaginer une seconde qu'il veuille vivre avec elle ?

Cela dit, tout ne collait pas chez lui avec le personnage de l'aristocrate distingué. N'était-il pas aussi celui qui saluait les jeunes femmes dans les cafés, dansait dans des guinguettes, faisait l'amour sur la plage ? Il était rieur, tendre, extraordinairement vivant. Et pourtant, c'était dans ces lieux austères qu'il passait le plus clair de son temps. Même s'il lui arrivait de se lâcher un peu, ces moments qu'il s'offrait à l'extérieur n'étaient sans doute pour lui rien de plus que des parenthèses, divertissantes certes, mais sans conséquence aucune. Voilà ce qu'elle était pour lui : une parenthèse. Qu'espérait-elle, d'ailleurs ? Ses parents à elle vivaient dans un petit pavillon, et si quelques tableaux ornaient les murs du salon, c'étaient au mieux de mauvaises copies. Elle appartenait à la classe moyenne américaine et n'était pas à plaindre. Elle se sentait même assez privilégiée. Mais aux yeux d'un Romano, il était évident qu'elle ne faisait pas le poids.

Les relations impossibles, sa grande spécialité, songea-t-elle, amère. Nico, par sa seule naissance, lui était interdit. Jamais elle ne ferait partie de son monde, jamais elle ne pourrait même le comprendre.

Elle se retourna en entendant la porte s'ouvrir, espérant voir arriver l'homme de ses pensées.

Mais c'est sa mère qui se présenta, le port royal, les mains croisées devant elle, un sourire glacial aux lèvres.

Regina s'efforça de sourire en retour, mais ses lèvres restèrent figées.

— Je… je n'ai pas fait exprès, balbutia-t-elle.

Que lui arrivait-il ? Pourquoi se justifiait-elle comme une enfant prise en flagrant délit, alors même qu'on ne lui avait encore rien demandé ?

— Et cependant, vous imaginez aisément combien la situation peut être embarrassante pour notre famille, répondit la princesse en la toisant d'un œil franchement méprisant.

— J'en suis désolée.

— Il va nous falloir réagir rapidement. Au moins la presse ignore-t-elle votre nom et, à moins que vous ne le leur dévoiliez…

— Non, bien sûr que non !

Où était Nico ? Ses nerfs ne tiendraient pas cinq minutes de plus dans une atmosphère aussi glaciale.

— Tant mieux ! Massimo s'est chargé de vous trouver un billet d'avion pour ce soir. En première classe.

Voilà donc comment on réglait les problèmes, chez les puissants ? Un billet d'avion en classe affaire, et l'incident était clos !

— Merci, murmura-t-elle.

Elle brûlait d'impatience de quitter cet endroit, cette femme obnubilée par le décorum, qui se servait de la politesse comme d'une arme.

— Où est Nico ? demanda-t-elle d'une voix qu'elle reconnut à peine.

— Ici, entendit-elle ce dernier répondre.

Il venait d'apparaître derrière sa mère et posait sur elle un regard presque blasé.

— Ma mère t'a-t-elle dit que tout était arrangé ?

Elle acquiesça d'un signe de tête, incapable de croire que l'homme qui s'adressait à présent à elle était le même qui lui avait fait l'amour avec passion quelques heures plus tôt.

— Alors, allons-y, suggéra-t-il.

Elle aurait donné cher pour se passer des services de la famille Romano. Mais en quittant seule la villa, elle risquait de tomber sur des photographes en planque. Or, elle n'avait vraiment aucune envie d'être à l'origine d'un nouvel incident.

Elle haussa les épaules et se dirigea vers Nico et sa mère d'un pas lent, la tête haute, d'un air souverain parfaitement imité. Après tout, puisque tout était perdu, autant s'amuser un peu !

Tandis que la princesse fronçait les sourcils, son fils ne put réprimer un sourire amusé.

Incapable de jouer la comédie plus longtemps, elle se jeta dans les bras de Nico. Il ne l'accueillit pas avec la sensualité qu'elle lui connaissait mais la tint tout de même serrée contre lui. S'y trompait-elle, ou bien toisait-il sa mère avec défi ?

Ils rejoignirent la limousine main dans la main, et elle s'engouffra à l'intérieur pendant qu'il réglait un dernier détail avec sa mère. Puis il prit place à côté d'elle et passa un bras autour de ses épaules.

— Tu t'en es vraiment bien sortie, Cara !

— Où sont mes bagages ? demanda-t-elle avec une moue indifférente.

— Dans le coffre.

— Et Massimo ?

— Il est déjà en route pour l'aéroport. Il est plus prudent que ce soit lui qui t'accompagne jusqu'à ton terminal.

— Je comprends, assura-t-elle.

En réalité, les événements se bousculaient un peu trop pour qu'elle y comprenne quoi que ce soit. Elle s'efforçait simplement d'avoir l'air digne et d'agir avec classe.

— La seule chose qui m'importe pour le moment, c'est que les journalistes ne traînent pas ton nom dans la boue à cause de moi. J'ai l'habitude des scandales, ma famille et moi savons les gérer. Mais quelqu'un qui ignore tout de cela peut y laisser des plumes.

— Ça va aller, murmura-t-elle, au bord des larmes. Je ne vois pas comment ça aurait pu marcher entre nous, de toute façon. Nous sommes si différents…

— Oh, Cara ! la coupa-t-il en lui prenant la main. Il me semble au contraire que nous sommes si proches… Si notre relation durait, peut-être que, le scandale passé, tout le monde finirait par s'y faire. J'ai eu la chance de naître avec des privilèges, et alors ? Tu n'es pas née princesse, la belle affaire ! Je ne vois là aucun véritable obstacle à notre amour.

— Tu penses à ta mère ?

— Je ne te dis pas qu'elle sauterait de joie, bien sûr, mais si je ne lui laissais pas le choix ? Elle a tant d'autres responsabilités qu'elle finirait bien par nous laisser tranquilles.

Elle se tut, tentant de se figurer à quoi pourrait bien ressembler le réveillon de Noël en compagnie d'une belle-mère aussi peu chaleureuse. De quoi parleraient-elles à table, qu'auraient-elles à partager ? Et comme grand-mère, elle se poserait là ! Elle lui imposerait sans aucun doute sa vision de l'éducation, sans se gêner pour lui rappeler à tout bout de champ d'où elle venait.

La limousine filait le long de cette côte amalfitaine qu'elle voyait pour la dernière fois.

En temps normal, elle aurait eu le nez collé à la vitre pour profiter encore un peu du paysage, le graver une fois pour toutes dans sa mémoire. Mais elle n'avait vraiment plus le cœur à ça.

Elle posa le front contre l'épaule de Nico et réprima un gémissement.

— J'aurais tellement voulu être tout près de toi aujourd'hui, souffla-t-elle. Me repaître de ta peau, de ton odeur, emporter un peu de toi à Austin.

— Tu n'as qu'à demander, lui répondit-il avec un sourire complice. Ne t'ai-je pas déjà dit que tes désirs étaient des ordres ?

Il appuya sur un bouton à sa droite, et instantanément une cloison opaque vint s'interposer entre le chauffeur et leur habitacle.

— Les vitres sont teintées, précisa-t-il avant de prendre ses lèvres.

- 10 -

En traversant le hall principal de l'aéroport, Massimo poussant à côté d'elle le chariot chargé de ses bagages, Regina manqua faire une syncope.

Là, dans la vitrine du kiosque à journaux, à la une d'un magazine à scandale, Nico et elle étaient enlacés, la guinguette en toile de fond !

Evidemment, elle aurait pu s'en douter. Si les paparazzis avaient fait irruption ce matin dans l'hôtel, c'est qu'ils devaient les suivre depuis la veille. Nico ne lui avait-il pas dit qu'il vivait sous surveillance ? Sa famille, ses gouvernantes, Tiberio, les journalistes maintenant. Cet homme n'était donc jamais libre de ses mouvements ? C'était bien la peine d'être prince, et riche de surcroît, pour vivre dans un tel carcan !

Elle s'approcha et découvrit un deuxième journal dont leur couple éphémère faisait le gros titre. D'une main tremblante, elle acheta les deux et les fourra nerveusement dans son sac avant de gagner l'embarquement. Ce n'est qu'une fois installée dans l'avion qu'elle osa les ouvrir.

Non seulement la presse glosait sur la liaison du prince avec une « belle inconnue », mais l'article, sur trois pages, était illustré de photos faisant l'inventaire des femmes nombreuses que Nico avait fréquentées. On le voyait aux bras de beautés sophistiquées, de célibataires célèbres qui toutes, d'après les journalistes, avaient partagé son intimité.

Elle sentit sa gorge se nouer. Si la princesse Gloriana Romano s'était évertuée à lui faire comprendre qu'une petite Américaine sans le sou n'était pas assez bien pour son fils, cette galerie de portraits achevait de la convaincre.

Ainsi elle n'avait été qu'une maîtresse de plus au palmarès du prince Romano… Et quoi ? Que s'était-elle imaginé ? Qu'elle avait quelque chose de spécial qui la plaçait au-dessus des autres ? Quel orgueil ! Comment une avocate coincée, laborieusement issue des classes moyennes, aurait-elle pu prétendre faire la différence ? Au moins n'était-elle pas identifiable, ni sur la couverture, ni à l'intérieur de l'article. Les clichés, peu nombreux d'ailleurs, avaient visiblement été pris au téléobjectif, et si l'on reconnaissait parfaitement Nico, elle en revanche était en partie masquée. Allons, sa réputation était intacte.

— Il est adorable, non ? entendit-elle prononcer à côté d'elle.

Elle se tourna vers sa voisine, une opulente Italienne qui jetait sur les photos des regards émoustillés.

— Toutes les femmes en Italie sont folles de lui, continua-t-elle. C'est un véritable don Juan. Je connais une hôtesse de l'air qui a passé trois jours avec lui à Portofino. Elle m'a dit qu'ils n'avaient pas quitté leur chambre d'hôtel. Il avait commandé du champagne et des fraises…

— Ah oui ? coupa Regina en refermant brusquement le magazine, incapable d'en entendre davantage. Comme c'est original !

Nico n'avait jamais aimé l'aile ouest de la villa, restaurée au XVIIIe siècle dans un style rococo chargé. Il avait pris place à côté de Viola, ou plus précisément assez près d'elle pour ne pas paraître impoli, mais à bonne distance tout de même.

Son regard passa avec ennui sur la chevelure blonde de sa charmante promise et s'arrêta sur la porte. Tout ce qu'il avait à faire, c'était de se lever et de prendre congé. Adieu l'épouvantable entretien que sa mère avait manigancé dès son retour de Rome ! Il se sentait capable de tourner les talons, d'envoyer balader cette sinistre mascarade et de sauter dans le premier avion pour les Etats-Unis.

Le Texas, Austin…

Sa mère, néanmoins, le ramena à la réalité d'un de ces signes discrets dont elle avait le secret : un léger raclement de gorge dont seuls ses intimes pouvaient décrypter le sens.

Il s'efforça d'effacer le souvenir du visage bouleversé de sa Cara au moment des adieux et se concentra sur la jeune femme qu'on lui réservait.

Viola. Une femme superbe. Le mariage. L'argent. Le devoir. Une royale descendance. Lorsqu'ils seraient mariés, les gens ne manqueraient pas d'applaudir une union digne des contes de fées, et tout le monde serait content.

Tout le monde ? La jeune femme avait certes une plastique irréprochable, mais elle ne lui faisait aucun effet. Pas plus que les statues de marbre du vestibule, il n'y pouvait rien.

A ce moment, Viola osa un sourire timide avant de tourner de nouveau les yeux vers sa mère.

Ah ! elle était donc humaine ? Dommage pour elle, et dommage pour lui. L'idée de faire de nouveau souffrir une femme ne l'enchantait pas le moins du monde.

Il se leva et, laissant les deux femmes à leur conversation, alla de planter devant la baie vitrée.

Sur la pièce d'eau, les deux cygnes glissaient, paisibles, côte à côte. Il avait toujours été fasciné par ces oiseaux qui, lorsqu'ils trouvaient un partenaire, le gardaient pour la vie. L'humanité se compliquait davantage l'existence, c'était le moins qu'on puisse dire.

L'arrivée de Tiberio le tira de sa rêverie.

Les photographes venaient de débarquer, l'heure était venue de se prêter au petit jeu organisé par sa mère pour faire taire la rumeur. Quelques photos de lui et de sa princière fiancée feraient l'affaire. Exit, la « belle inconnue » et les relents sulfureux d'une mésalliance ! La princesse Gloriana avait les médias en horreur, mais elle savait mieux que personne les manipuler pour servir ses intérêts.

— Allons-y, déclara-t-il en prenant Viola par la main.

Sa mère les regarda s'éloigner, un sourire triomphant sur les lèvres.

Regina, épuisée, referma le dossier sur lequel elle planchait depuis plus d'une heure et leva un regard absent sur l'enfilade des bureaux vitrés dans lesquels travaillaient les nombreux collaborateurs de Merrit, Riley and Whitt.

Le moral en dessous du niveau de la mer à son retour à Austin, elle s'était littéralement plongée dans le boulot, espérant que ça l'aiderait à oublier. Cette méthode avait déjà fait ses preuves par le passé, mais cette fois, on ne pouvait pas dire que ça fonctionnait. Au contraire, chaque moment des deux jours passés en compagnie de Nico Romano revenait la hanter à toute heure du jour et de la nuit, comme si chaque détail, chaque sensation, l'odeur de sa peau hâlée, son souffle, le goût de ses lèvres s'étaient inscrits dans sa mémoire de manière indélébile.

Combien de temps faudrait-il pour que cela s'estompe ? Parviendrait-elle même à s'en défaire un jour ? A mesure que les jours passaient, elle en doutait davantage.

Elle se tourna vers son ordinateur et consulta sa boîte aux lettres électronique.

Le temps qu'elle parcoure le dossier Hewitt, pas moins de cinquante-deux messages lui étaient parvenus ! La plupart émanaient de Black Boar. Quelle galère…

Nerveuse, elle rouvrit son dossier. La plainte déposée contre Black Boar, une compagnie pétrolière que le cabinet avait défendue en maintes occasions, était trop grave pour être prise à la légère.

Rebecca Hewitt avait travaillé pour Black Boar pendant douze ans. Employée zélée, elle n'avait rien laissé au hasard. Quand elle avait compris que l'entreprise rejetait allègrement des toxines carcinogènes dans un réservoir d'eau municipal, elle avait consciencieusement collecté des preuves. Elle en avait informé ses dirigeants, les menaçant de rendre l'affaire publique s'ils ne révisaient pas leurs méthodes. Le lendemain, elle était mise à la porte. Et comme si ça ne suffisait pas, elle avait reçu des coups de fil d'intimidation, qu'elle avait scrupuleusement enregistrés. Depuis six ans maintenant, elle essayait de faire entendre sa voix, accumulant les preuves accablantes, tenant un journal détaillé, imprimant un nombre impressionnant de courriers électroniques compromettants. Mais à l'exception des dirigeants de Black Boar et de quelques élus locaux corrompus, personne n'était encore au courant.

Il fallait que cette femme ait un sacré cran pour avoir tenu bon jusque-là ! La leucémie dont sa fille était atteinte lui avait sans doute appris à lutter contre les pires adversités.

Regina relut le contenu de la première plainte de Rebecca et écouta de nouveau la cassette sur laquelle un des sbires de Black Boar la menaçait de représailles. Le problème, c'est que pour sa part, elle était censée défendre l'entreprise pétrolière, pas l'accuser. Une fois de plus, elle se trouvait du côté des méchants…

En primaire, elle rêvait déjà d'être avocate. Et elle avait tout fait pour concrétiser son rêve. Elle avait bossé comme une folle et avait été reçue première à tous ses examens, jusqu'à obtenir un an auparavant cette place chez Merrit, Riley and Whitt, le plus grand cabinet d'affaires d'Austin.

Depuis, elle gravissait peu à peu les échelons, gagnant en responsabilités. Si tout allait bien, elle serait actionnaire de la boîte avant ses quarante ans. Seulement voilà, le dossier Hewitt lui brûlait les doigts. Quelles que soient ses ambitions personnelles, elle ne pouvait pas défendre Black Boar. Pas cette fois. Elle connaissait par cœur les règles du jeu de sa profession, mais là, elle bloquait.

Elle se leva et monta au dernier étage de l'immeuble, le dossier Hewitt sous le bras.

Robert Riley senior, le principal actionnaire du cabinet, l'homme qu'elle avait naguère regardé comme son futur beau-père, la reçut en souriant.

— Je ne peux pas représenter Black Boar dans cette affaire, annonça-t-elle sans préambule, en posant le dossier sur son bureau.

Robert l'écouta pendant une minute, un sourire paternel sur les lèvres, visiblement enclin à l'indulgence.

— J'ai l'impression que votre séjour italien a dangereusement déteint sur vous, prononça-t-il avec calme.

— Lisez le dossier, vous comprendrez ma position.

— C'est inutile. Par contre, je vous conseille d'aller déjeuner et d'y réfléchir à deux fois avant de prendre une décision aussi lourde de conséquences.

Elle tourna les talons et sortit. C'était tout réfléchi.

Oui, elle avait changé ! Elle plaçait désormais l'humanité au-dessus des enjeux d'argent ou d'intérêt. Et alors ? Qu'y avait-il de mal à cela ?

Nico passa devant le kiosque à journaux et détourna les yeux.

Il n'avait absolument pas envie qu'on lui rappelle quel merveilleux conte de fées il vivait avec la princesse Viola. Seul un petit banc sur la plage d'Amalfi le hantait. Chaque jour, il venait s'asseoir là où il avait vu sa Cara pour la première fois, là où il avait senti sa vie basculer.

Elle était si belle, si naturellement belle dans sa robe légère…

Un crissement de pneus suivi d'un klaxon tonitruant le fit sursauter.

— Mon Dieu ! s'exclama-t-il en se retournant vers la Maserati. Ne me fais pas des peurs pareilles, s'il te plaît !

— Nico, mon chéri, repartit sa grand-mère en serrant le frein à main, tu es bien émotif, ces derniers temps !

Elle parlait français, sa langue natale.

Il savait combien cette langue était chère à son

aïeule et avait l'habitude d'éviter lui aussi l'italien ou l'anglais pour lui faire plaisir.

— Tu n'es pas un peu âgée pour porter cette nuance ? fit-il remarquer, avisant le foulard de soie fuchsia qu'elle avait au cou.

— Agée ! Quel mot atroce ! Un jour tu en comprendras toute la cruauté, et tu ne l'emploieras plus avec la même désinvolture, mon petit, crois-moi. Toute ma vie, les gens ont voulu me dicter ma conduite…

— Sans succès, coupa-t-il, souriant.

— Grâce au ciel ! Je les écoutais bien d'une oreille, du moins quand j'étais jeune, mais rien ne m'a empêché de suivre mon instinct. Et entre nous, je crois que tu as hérité de ce gène.

Comme elle était belle, encore ! songea-t-il avec tendresse. Sa peau, après avoir reçu des années de soleil méditerranéen et les caresses de nombreux amants, était sèche et plissée comme un vieux parchemin. Et, comme les actrices d'autrefois, elle soulignait ses sourcils d'un trait noir et mettait un peu trop de rouge à lèvres. Mais sous le maquillage, son regard pétillait de malice et d'un appétit de vivre incroyable.

— Monte, j'ai deux mots à te dire ! intima-t-elle. J'ai essayé de t'appeler au palais, mais je tombe toujours sur le personnel de ta mère, qui me serine que tu n'es pas là. Gloriana a même pris le téléphone une fois pour me le dire elle-même.

Sa mère avait toujours vu d'un très mauvais œil qu'il fréquente sa scandaleuse grand-mère, cette artiste échevelée qui avait osé divorcer d'un prince. Et le fait qu'elle ait attendu pour cela d'avoir rempli ses devoirs d'épouse en mettant au monde des héritiers n'y changeait rien.

— Ainsi donc, mon gardénia n'y a rien fait, tu as laissé filer la belle Américaine, dit-elle en s'engageant à toute allure sur la route.

Elle l'observait avec insistance, au point d'en oublier quelque peu la route.

Le bus ! Pas possible qu'elle ne l'ait pas vu, il occupait les trois quarts de la chaussée ! Mon Dieu, ça ne *pouvait* pas passer !

Par chance, le chauffeur avait dû prendre peur en voyant la Maserati foncer sur lui, il stoppa net son véhicule. Sa grand-mère fit une embardée à la dernière seconde, passant miraculeusement entre le car et les rochers qui bordaient la voie.

— Pourquoi ne dis-tu rien ? reprit la vieille dame, comme si de rien n'était. Moi qui avais espéré que tu saurais la retenir…

— Grand-mère, tu devrais me laisser le volant, suggéra-t-il.

— Jamais de la vie ! Je tiens à te conduire où je veux. Jusqu'à ton Américaine, par exemple.

Il ferma les yeux et se jura qu'elle ne l'y reprendrait plus. Enfin, si seulement il sortait vivant de cette escapade !

— Tu sais très bien ce qu'on attend de moi, répondit-il en soupirant. Cette histoire était impossible.

— Ce que *les autres* attendent, oui, je suis bien placée pour le savoir.

— Les obligations auxquelles je suis soumis l'auraient rendue malheureuse, de toute façon.

— Parce que tu crois peut-être qu'elle est heureuse sans toi ?

— Pourquoi as-tu vendu à Cara ce portrait de moi ? En plus, tu m'avais promis de me le donner ! Et pourquoi t'es-tu arrangée pour que je croise le regard de cette femme ? Si je ne l'avais pas rencontrée, au moins…

— Parce qu'une petite voix bienveillante m'a guidée, coupa sa grand-mère. La même voix qui m'inspire les tableaux que je peins, qui me dit ce que je dois acheter pour le magasin ou de qui je vais tomber amoureuse la prochaine fois. Je suis l'esclave de cette voix, que veux-tu !

— Vraiment, grand-mère, tu n'aurais pas dû t'en mêler. Tu as fait deux malheureux. Sans compter Viola.

— Bon, je reconnais que je vous ai mis sur la voie, ta belle Américaine et toi. En fait, quand elle est entrée dans ma boutique, cette petite m'a plu d'emblée. La voix, te dis-je, je n'y peux rien. Disons que j'ai un peu forcé le destin, rien de plus. Cependant, il revient à chacun de trouver son bonheur. Tes choix t'appartiennent, mon chéri.

— Et que fais-tu de mes devoirs envers les miens ?

— Si te plier aux volontés de ta mère te rendait heureux, je n'aurais rien à y redire. Mais, reconnais-le, pas plus que moi, tu n'es fait pour cette vie sinistre et superficielle. Je t'ai tellement vu souffrir ces deux dernières années ! Tout ce dont je rêve, c'est de te voir de nouveau sourire, mordre la vie à pleines dents. Tu es jeune, que diable ! Tu n'as pas le droit de passer à côté des belles choses de la vie ! Comprends-moi bien : je ne te demande pas d'abandonner ta mère. Mon Dieu, c'était une enfant si difficile ! Et morose, avec ça. Elle ne s'intéressait à rien d'autre qu'à ses poupées, qu'elle habillait et déshabillait à l'envi. La peinture, le cinéma, le théâtre, rien de tout ça ne la faisait vibrer. Mais tu ne lui ressembles pas. Tu te souviens comme tu étais désobéissant et casse-cou, enfant ? Tu es fait pour la passion, Nico, comme ta grand-mère ! C'est en épousant Viola que *tu* vas faire trois malheureux.

— Il n'empêche que j'aurais préféré que tu n'interviennes pas.

— Ce qui est fait est fait, on ne peut plus revenir en arrière. Tâche simplement de ne pas laisser passer cette chance qui t'est offerte d'être heureux. Il ne se présente pas des milliers d'occasions comme celle-là dans une vie.

De retour près du ponton, sa grand-mère l'embrassa chaleureusement, avant de repartir comme à son habitude sur les chapeaux de roues vers Dieu sait quelle nouvelle aventure.

Il rejoignit le *Simonetta*, la mort dans l'âme mais bien décidé à faire fi des conseils de son aïeule. Une fois sur le pont, il se servit un whisky et contempla la rive, laissant les souvenirs de Cara affluer. Allait-elle hanter ses pensées jusqu'à la fin de ses jours ?

Machinalement, il sortit son portable de sa poche et parcourut son répertoire. Le numéro de la jeune femme y était enregistré. Il le composa, sans savoir ce qu'il allait bien pouvoir lui dire.

— Allô ?

Il reconnut d'emblée la voix aux intonations cristallines. Mais quelle cacophonie, derrière elle ! Des cris de bébés, la télévision qui diffusait un dessin animé, quoi encore ?

— Tante Reggie, je peux avoir un autre cookie ? entendit-il clamer une petite fille.

Il avait lu quelque part qu'un enfant de trois ans produisait davantage de décibels qu'une centaine d'adultes civilisés. Aucun doute, c'était vrai.

— Une minute, ma chérie, répondit Regina. Allô ?

— C'est Nico. Je voulais juste savoir si tu étais bien rentrée.

Un blanc. La jeune femme ne s'attendait visiblement pas à son appel.

— J'ai appelé Massimo il y a deux semaines. Il ne t'a pas transmis le message ?

— Si. Mais j'avais envie de te l'entendre dire.

— Je vais bien, je travaille… Aujourd'hui, je garde mes neveux. Remarque, ça doit s'entendre. C'est un peu le bazar, ici. Tu ne quittes pas, hein ? Juste une seconde, je reviens tout de suite.

Il attendit un moment, puis la fillette hurla « allô ! » dans son oreille, manquant lui crever un tympan. Quelques secondes plus tard, la ligne était coupée.

La nièce de Cara avait dû appuyer au hasard sur les touches… C'était peut-être mieux ainsi. Cara avait sa vie, il avait la sienne, aux antipodes.

Il hésita un instant à la rappeler puis enfouit son mobile dans sa poche et se servit un autre whisky.

- 11 -

Regina allait craquer, pas de doute.

David et Dino avaient tout à coup décidé d'hurler d'une même voix. Quand elle vit Gina s'emparer de son portable et raccrocher, elle faillit éclater en sanglots. La série des catastrophes continuait.

La veille, Robert Riley senior lui avait annoncé sa mise à pied. Ça ne l'avait nullement surprise, d'ailleurs. En lui laissant le dossier Hewitt sur les bras, elle savait parfaitement ce qu'elle faisait. Rupture de contrat, ni plus ni moins. Son ex-futur beau-père l'avait fait rappeler après le déjeuner. Il lui avait offert un café en lui expliquant, comme on parle à un enfant, que Black Boar était de loin leur meilleur client et que chaque année la compagnie pétrolière leur rapportait une petite fortune. Selon lui, Rebecca Hewitt, dossier en béton ou pas, ne faisait pas le poids. Mais elle n'en avait pas démordu : elle refusait de défendre des pollueurs, des gens qui n'hésitaient pas à menacer la vie d'une femme pour sauvegarder leurs intérêts. Si elle était devenue avocate, c'était aussi parce qu'elle se faisait une certaine image de la justice, et cette fois il était hors de question qu'elle agisse au rebours de ses principes.

La réponse ne s'était pas fait attendre : Riley l'avait virée, purement et simplement. Et pour la première fois de sa vie, elle n'avait pas l'ombre d'un projet. Le montant de ses dépenses en Italie était exorbitant, une pile de factures attendaient d'être payées. Elle avait passé une partie de la nuit à revoir son CV mais n'avait aucune idée du type de cabinet dans lequel elle allait postuler.

Mais tout ça, au fond, ne lui faisait ni chaud ni froid. La seule chose qui lui importait pour l'heure, c'était de s'arrêter dans la première cabine téléphonique pour inviter anonymement Rebecca Hewitt à changer d'avocat.

— Gina, pourquoi as-tu raccroché ? demanda-t-elle en s'efforçant de garder son calme.

La fillette la regarda le plus innocemment du monde. Vêtue de sa robe de princesse en satin blanc, les lunettes de soleil de sa mère sur le nez, son rhinocéros en peluche sous le bras et sa couronne posée de travers, elle valait le coup d'œil, vraiment !

— Tu n'aurais pas dû prendre mon téléphone, reprit Regina d'un ton radouci. Mon ami va penser que je ne voulais pas lui parler.

— Tu n'as qu'à le rappeler, suggéra la petite tout en croquant dans le cookie qu'elle avait à la main.

— Mmm. Assez de gâteaux pour aujourd'hui, mademoiselle !

Regina poussa un soupir et s'apprêtait à s'occuper des jumeaux lorsque la sonnette retentit.

— Lucy ! s'exclama-t-elle en ouvrant la porte. Dieu merci, te voilà ! Je suis complètement dépassée. Tu veux bien t'occuper de Gina pendant que je change les garçons ?

— C'est des cookies que j'aperçois là-bas ? demanda son amie, les yeux brillants.

— Bienvenue au club des accros du chocolat ! Sers-toi, mais tâche d'empêcher Gina de s'empiffrer. Elle en a déjà englouti quatre.

Dix minutes plus tard, le calme semblait revenu. Regina et Lucy donnaient chacune le biberon à un des jumeaux, assises sur le canapé, tandis que Gina jouait à leurs pieds avec ses poupées.

— J'ai tellement hâte que mon bébé naisse, soupira Lucy en passant une main dans ses cheveux rouges coiffés en pétard. Ces deux-là sont tellement chou !

— Oui, et plutôt prenants, précisa Regina d'un air absent.

Elle repensait au coup de fil de Nico.

Pourquoi avait-il appelé ? Elle n'avait pu s'empêcher d'acheter les derniers magazines à potins dans lesquels on relatait à grand renfort de photos sa romance avec Viola. Le prince et la princesse, un vrai conte de fées…

Stop ! Oublier Nico, trouver un travail, payer les factures, et surtout, surtout, arrêter de gamberger.

— C'est à peine si tu m'as raconté ton séjour en Italie, observa son amie, comme si elle avait deviné ses pensées.

— J'ai été plutôt occupée ces derniers temps. Le boulot…

En théorie, elle était toujours employée chez Merrit, Riley and Whitt, puisque Robert avait eu l'extrême générosité de lui accorder deux semaines de préavis.

— Et ton gigolo ?

— Eh bien… Je m'étais légèrement trompée sur sa profession.

— Ah ? Tu me rassures. Et alors ?

— C'est terminé. Je n'ai pas très envie d'en parler pour le moment.

— Tu plaisantes ou quoi ? Allez, raconte !

Elle jeta un coup d'œil à son amie et soupira.

— Disons que j'ai fait un joli rêve, voilà tout. Maintenant, je suis bien réveillée, et la vie continue. Il est en Italie, je suis là… Fin de l'histoire.

— Tu es amoureuse ?

— Arrête, Lucy !

— Tu es amoureuse ! répéta son amie.

— Ça n'aurait pas pu marcher, il est italien…

— Et alors ? Toi aussi, d'une certaine façon. Italo-américaine, non ?

— Nous sommes complètement différents, notre relation était impossible.

— *Rien* n'est impossible, Regina. Regarde-moi ! Contre toute attente, me voilà enceinte !

— Toi, tu as toujours eu de la chance.

— Ton tour viendra. Mais à propos, puisque tu prétends que c'est sans issue avec ton Italien, as-tu réfléchi au sujet de Z-321 ? Où en est l'idée de donner un demi-frère ou une demi-sœur à mon enfant ?

— Je ne suis pas prête à sauter le pas, et ma famille non plus. Et puis, porter le bébé d'un autre homme…, ne put-elle s'empêcher d'ajouter.

Sa relation avec Nico avait beau avoir lamentablement échoué, il restait à ses yeux le seul père dont elle rêvait pour ses enfants.

— Tu vois que tu penses toujours à lui ! Pourquoi ne pas reprendre contact ?

— Je n'y arrive pas.

— Depuis ton retour, je te trouve changée. C'est à cause de lui ?

— Je ne sais pas, j'imagine que j'ai mûri.

Elle avait décidé d'oublier son idylle sous le soleil italien, mais Lucy et son insatiable curiosité ne l'y aidaient pas vraiment. Il fallait pourtant qu'elle regarde la réalité en face : elle s'était offert une jolie parenthèse, mais tout ça était fini. Elle avait retrouvé sa ville, sa maison, sa vie d'avant. Alors, oui, peut-être que Lucy avait raison, peut-être que Z-321 ne tarderait pas à s'imposer comme la seule option possible…

Mais Nico avait appelé. Pourquoi ? S'il s'y mettait lui aussi, elle n'était pas près de tourner la page. Lui avait-elle manqué, même un tout petit peu ? La splendide Viola était-elle aussi froide que Gloriana ?

Elle se mordit la lèvre. Secrètement, elle l'espérait. En principe, elle aurait dû souhaiter à Nico tout le bonheur du monde, même sans elle. Mais l'idée qu'il touche une autre femme la faisait bouillir de jalousie.

— Quand je serai grande, je serai princesse, annonça Gina en relevant le menton.

— En attendant, la couronne de son altesse est de travers ! Viens là, que je la remette en place.

Regina reposa le biberon vide et s'apprêtait à se lever, David lové contre son épaule, lorsqu'un vertige la prit.

— Ça va ? s'enquit immédiatement Lucy.

— Oui, murmura-t-elle.

En réalité, elle avait mal au cœur et un étau lui enserrait la poitrine.

Elle se rassit et ferma les paupières.

— Tu es livide, insista son amie en déposant Dino dans son couffin.

— Ce n'est rien, je t'assure, juste un peu de fatigue. J'ai eu une dure semaine, sans compter que j'ai largement abusé des cookies.

Mais le soir, de retour chez elle, elle ne se sentait guère mieux. Trop épuisée pour se déshabiller, elle s'écroula sur son lit.

Impossible pourtant de trouver le sommeil : sur la table de nuit, les magazines à scandale qu'elle avait achetés semblaient la narguer, lui jetant au visage le bonheur de Nico et le luxe de son existence. Dépitée, elle les jeta violemment contre le mur.

Elle se réveilla à l'aube, encore nauséeuse, et se traîna jusqu'à la salle de bains. Tout à coup, alors qu'elle se brossait les dents, la vérité la saisit comme un coup de tonnerre : elle n'avait pas eu ses règles depuis son retour d'Italie !

- 12 -

« Enceinte. »

Le cœur battant, Regina posa sur son médecin un regard incrédule. Il était pourtant plus qu'affirmatif, les tests sanguins ne laissaient aucun doute sur son état.

Mais comment était-ce possible ? Nico avait utilisé un préservatif chaque fois qu'ils avaient fait l'amour ! Nico… Comment allait-il réagir ? Parce qu'il allait bien falloir qu'elle le lui dise.

Peu de chance pour qu'il bondisse de joie.

Et *elle*, était-elle heureuse ?

Oui, bien sûr ! Enfin, elle le serait forcément, une fois le choc passé. N'avait-elle pas décidé d'avoir un enfant avant même d'avoir trouvé le compagnon idéal ? Eh bien voilà, on y était. A dire vrai, si elle avait sérieusement envisagé l'insémination, l'idée de dire un jour à son enfant que son père s'appelait Z-321 l'avait toujours angoissée. Pour Lucy, la méthode était justifiée, mais pour elle… Son idylle avec Nico n'avait certes duré que deux jours, mais au moins l'avait-elle aimé. De tout son corps et de toute son âme.

Pourtant, il y avait un hic. Elever seule un enfant n'était déjà pas une chose facile, mais sans travail, ça se corsait. Il était temps qu'elle potasse sérieusement les petites annonces. Et pour l'heure, elle se devait de prévenir Nico.

Evidemment, ce dernier s'apprêtait à épouser la divine princesse Viola, et la révélation risquait de lui causer un sacré choc. De là à ce qu'il la soupçonne de vouloir vendre l'information aux journaux… Et puis l'idée de devoir lui annoncer par téléphone une telle nouvelle ne l'enchantait vraiment pas. Mais bon, il n'y avait pas à tergiverser.

Arrivée chez elle, elle alluma machinalement CNN, puis coupa le son et, s'installant sur le canapé, décrocha son téléphone et composa d'une main tremblante le numéro de Nico.

— Oui ? l'entendit-elle prononcer d'une voix endormie.

Mon Dieu ! Le décalage horaire ! Elle avait complètement oublié !

— Nico ? Je… Excuse-moi, il est 17 h 30 au Texas et j'avais complètement oublié qu'il faisait nuit chez toi. Pardon, vraiment.

— Cara ? C'est toi, c'est bien toi ? Je ne rêve pas ?

L'œil rivé sur le poste de télé, Regina découvrit tout à coup le visage de Viola en gros plan. Puis la caméra s'éloigna, révélant celui de Nico, souriant, à ses côtés. Le tournage avait eu lieu dans l'un des restaurants chics de Rome, qu'elle reconnaissait pour l'avoir repéré dans un guide. Dans le plan suivant, on voyait le jeune couple à bord du yacht, main dans la main, le regard tourné vers l'horizon. Le tableau était idyllique.

Elle ferma les yeux et réprima un sanglot.

— C'est moi, oui… Regina.

— Regina ? répéta son interlocuteur, visiblement hébété.

Evidemment… Elle ne lui avait jamais révélé son premier prénom !

— Oui, c'est comme ça que je m'appelle, précisa-t-elle. Cara est mon deuxième prénom, celui qu'utilise souvent ma mère. Je suis désolée, je… je n'aurais pas dû t'appeler. J'essaierai une autre fois, à une heure plus décente. Bonne nuit.

— Cara, attends !

Elle raccrocha et éteignit la télé, le cœur prêt à imploser.

Nico était bien réveillé, à présent, et d'une humeur massacrante. Tiré du sommeil au beau milieu de la nuit, il avait été incapable de réagir. Pourtant, il ne s'y était pas trompé. La voix de Cara, au téléphone, n'était pas celle qu'il connaissait. Quelque chose clochait, il en aurait mis sa main à couper.

Il l'avait immédiatement rappelée mais était tombé sur son répondeur.

Elle lui passait un coup de fil, puis débranchait son téléphone ? Ah, les femmes !

Il lui avait laissé un message pour lui demander de le rappeler à n'importe quelle heure du jour ou de la nuit, mais elle ne s'était pas manifestée. Ça devait faire une heure, maintenant.

Trop agité pour se rendormir, il resta allongé, le téléphone dans la main, prêt à décrocher à la première sonnerie. Puis, n'y tenant plus, il appela de nouveau.

Toujours pas de réponse… Il en était certain à présent, Cara avait un problème. Il ne pouvait tout de même pas rester sans rien faire, à attendre qu'elle rappelle ! Il fallait qu'il sache ce qui se passait, et tout de suite.

Il se leva et fit les cent pas dans sa chambre, puis se décida à composer le numéro de Massimo.

A en juger par la musique tonitruante qui masquait presque la voix de son cousin lorsqu'il décrocha, celui-ci n'était pas dans les bras de Morphée.

— Nico, tu as vu l'heure ? J'espère que tu n'as pas l'intention de me demander quoi que ce soit, protesta ce dernier. Je suis en boîte, en compagnie d'une *signorina* tout à fait délicieuse.

— Désolé, mais c'est urgent. Il s'agit de Cara.

— Tiens donc, ironisa Massimo.

— Elle m'a appelé tout à l'heure et m'a quasiment raccroché au nez. Depuis, j'essaie en vain de la joindre. Je suis convaincu que quelque chose ne tourne pas rond à Austin.

— Elle va bien, ne t'inquiète pas, assura son cousin d'un air distrait.

— J'ai besoin de m'en assurer.

— Ça ne peut pas attendre ? Parce que la *signorina* qui m'accompagne est très bien disposée à mon égard, si tu vois ce que je veux dire.

— Il fait grand jour au Texas. Engage un détective là-bas, et demande-lui d'être discret. Je ne veux pas de scandale. Appelle-moi dès que tu as du neuf.

Nico raccrocha avant que son cousin ne trouve une nouvelle excuse.

— Quand comptes-tu annoncer officiellement la date de vos fiançailles ?

Nico posa sa fourchette et leva les yeux de son assiette.

Sa mère posait sur lui un regard presque attendri, à supposer qu'elle fût capable d'un tel sentiment. Depuis qu'il avait cédé en se laissant photographier et filmer en compagnie de Viola, elle rayonnait littéralement.

Il n'aurait donc jamais la paix ? Il n'était pourtant pas du genre à se laisser mener par le bout du nez ! En dix ans, il avait quadruplé le chiffre d'affaires des entreprises familiales dont il avait la responsabilité, ce qui signifiait pour le moins qu'il savait prendre des décisions, non ? De bonnes décisions. Et là, alors qu'il en allait de sa vie, de son bonheur, il se pliait aux volontés de sa mère comme un petit garçon timoré ? Ça n'avait aucun sens.

— Vous n'avez donc rien d'autre en tête que ce stupide mariage ? répliqua-t-il, l'estomac noué. Vous voudrez bien m'excuser, mais j'ai un rendez-vous, ajouta-t-il en se levant de table.

— Mais tu n'as rien avalé !

Sa mère avait l'air sincèrement bouleversée, et il s'en voulut de sa brusquerie.

Comment lui en vouloir, au fond ? Elevée selon des principes stricts, dans le respect du devoir et des traditions, elle croyait sans doute agir pour le mieux. L'amour, le libre choix d'un partenaire de vie, autant de notions modernes qui lui échappaient complètement.

— Pardonnez-moi, dit-il en quittant la terrasse.

Il entra dans son bureau et referma nerveusement la porte, encore irrité par cet incident.

La pression de ce mariage forcé, les ambitions

démesurées de sa mère, Cara qui lui avait semblé si désemparée au téléphone, ça commençait à faire beaucoup ! Au début, il avait pensé pouvoir renoncer à sa belle Américaine, Dieu savait même qu'il avait essayé… Mais à mesure que le temps passait, le manque le rongeait davantage, et il concevait avec plus de netteté son erreur.

Et Massimo ? Pourquoi ne rappelait-il pas, celui-là ? Avait-il fait ce qu'il lui avait demandé ? Décidément, il allait devenir fou !

De toute la journée, il ne parvint pas à recouvrer son calme. Il conduit comme il put ses rendez-vous, se montra exécrable avec tous ceux qu'il croisait et dut même rappeler le ministre des Finances français pour s'excuser de sa brusquerie au téléphone. A 23 heures, il arpentait le yacht, son portable à la main, lorsque enfin Massimo donna signe de vie.

— Je n'ai rien de bon à t'annoncer, le prévint son cousin.

— Comment va Cara ?

— Bien, dans un sens. Tout dépend de l'angle sous lequel on se place.

— Massimo, je ne suis pas d'humeur pour les devinettes, ce soir.

— Ta petite amie est enceinte.

— Quoi ?

— Son médecin le lui a confirmé hier.

— Et… qui est le père ? demanda Nico d'une voix tremblante.

— Mystère. Apparemment, avant de venir en Italie, elle avait eu le projet d'être mère célibataire en recourant à la médecine.

— C'est une blague ?

— N'oublie pas qu'elle est américaine. Les inséminations sont chose courante, là-bas. Il suffit d'acheter le sperme d'un donneur, et le tour est joué. Ses parents n'étaient pas vraiment ravis, son père surtout. Lorsqu'il a appris qu'elle s'était procuré huit échantillons du même donneur, il a carrément fait la gueule. Du coup, elle a annulé le rendez-vous pris pour l'intervention et s'est envolée pour l'Italie.

Où elle avait décidé de se payer les services d'un gigolo…

Nico n'en revenait pas. Ils étaient différents, certes, mais il n'avait pas perçu combien leurs cultures respectives s'opposaient.

— Depuis quand est-elle enceinte ?

— Dis-moi, tu es bien exigeant ! Je trouve que le détective a déjà fait du bon boulot. Il est toujours sur le coup et me rappelle dès qu'il en sait davantage. Ah, je peux te donner les coordonnées complètes de ta dulcinée, si tu veux.

Il nota le nom — Regina Tomei — et l'adresse, ainsi que les différents numéros où la jeune femme était susceptible d'être joignable. Après avoir remercié son cousin, il raccrocha, se servit un verre et réfléchit à ce qu'il avait à faire.

En masquant son numéro, il pouvait l'appeler sur son fixe, chez ses parents, où qu'elle se trouve. Mais elle était avocate… Mieux valait la prendre par surprise, avant qu'elle n'ait mis au point une défense en béton.

Lui avait-elle dit la vérité en lui assurant qu'elle ne le connaissait pas, lorsqu'elle l'avait vu pour la première fois ? Les magazines dont il faisait régulièrement la une se vendaient dans le monde entier. Qui était le père de l'enfant qu'elle portait ? Et pourquoi avait-elle voulu le joindre, hier ? Pour lui faire part de la nouvelle, ou pour le faire chanter ?

Autant de réponses qu'il était bien décidé à obtenir, et par tous les moyens. D'autres questions le harcelaient encore. Il fallait qu'il sache pourquoi elle s'était envolée aussi brusquement pour l'Italie, et ce qu'elle cherchait lorsqu'ils s'étaient rencontrés.

Avec combien d'hommes avait-elle couché avant lui ? Puisqu'elle voulait à tout prix se faire faire un enfant, on pouvait tout supposer…

Naïvement, il avait cru que, même pour le peu de temps qu'ils avaient partagé l'un avec l'autre, elle l'avait sincèrement aimé. Dire qu'il avait envisagé de rompre avec sa famille et de tourner le dos à ses devoirs, pour une aventurière sans scrupules ! Si vraiment elle l'avait manipulé, si elle s'était mise en tête de le faire chanter en utilisant ce bébé, ce n'étaient pas les vers du Purgatoire de Dante qu'il allait lui réciter la prochaine fois, mais ceux de l'Enfer !

- 13 -

Enceinte.

Sur le coup, la nouvelle avait secoué Regina, mais maintenant elle était aux anges.

Bientôt, elle aurait un bébé, un enfant à elle ! Un petit être qu'elle pourrait aimer inconditionnellement et qui ne l'abandonnerait jamais.

Nico l'avait plusieurs fois rappelée depuis son coup de fil impromptu, mais sa voix sur le répondeur l'avait littéralement effrayée. Il avait l'air si contrarié qu'elle n'avait pas trouvé le courage de lui répondre. Elle le ferait, mais avant, elle avait besoin de rassembler ses esprits. De savoir précisément où elle en était.

Et pour commencer, un bon bain !

Elle se déshabilla et inspecta son ventre, troublée à l'idée qu'en elle naissait une petite vie, qu'elle aimait déjà plus que tout.

Théoriquement, elle était prête à élever seule son enfant. Toute sa vie, elle avait lutté avec acharnement pour protéger son indépendance, et elle avait obtenu ce qu'elle voulait. Seulement voilà, elle n'était pas seule. Cet enfant avait un père, et non des moindres. Nico aurait son mot à dire, c'était évident. Mais quel mot ? Difficile d'imaginer sa réaction quand elle lui apprendrait la vérité. Son premier mouvement serait sans doute de craindre qu'elle profite de la situation pour lui extorquer de l'argent… C'était sordide, jamais elle ne ferait une chose pareille, mais il était légitime, compte tenu de la position de Nico, qu'il émette quelques soupçons. Sa voix était si froide, au téléphone ! Se pouvait-il qu'il ait deviné quelque chose ?

Elle l'aimait tellement… L'idylle qu'ils avaient vécue, si courte fût-elle, l'avait totalement bouleversée. Rien à voir avec ses projets d'insémination. Cet homme faisait partie de sa vie, quoi qu'il arrive. Et rien n'aurait été plus beau, à ses yeux, qu'ils fondent ensemble une famille, qu'ils veillent ensemble sur cet enfant qui allait naître, qu'ils lui donnent des frères et sœurs…

Mais à quoi bon bâtir des châteaux en Espagne ? Jamais elle ne connaîtrait ce bonheur, c'était écrit. Nico se devait à sa famille, à son nom, elle n'avait aucune place dans ses projets.

Elle se glissa sous la mousse et ferma les yeux. Il devait pourtant bien exister une solution…

Une heure plus tard, l'eau était presque froide et elle n'était pas plus avancée.

Lorsqu'elle entendit frapper à la porte, elle se leva d'un bond, prête à aller ouvrir.

Et puis non, songea-t-elle en faisant couler de l'eau chaude. Elle n'était pas d'humeur à recevoir quiconque.

Son portable se mit à sonner quelques secondes plus tard, puis son fixe. Que se passait-il ? Ses parents, sa sœur ? Et s'il était arrivé quelque chose ?

Prise de panique, elle sauta de la baignoire et s'enveloppa dans une serviette.

— Ouvre cette porte ! clama une voix bien connue, alors qu'elle arrivait dans le salon.

Nico ? Ici ? Mon Dieu, mais c'était impossible !

A travers les persiennes, elle aperçut une limousine blanche garée dans l'allée. Pas de doute, c'était bel et bien Nico !

Elle avait laissé le garage ouvert, il avait donc forcément vu sa voiture. De même qu'il avait dû l'entendre claquer la porte de la salle de bains. Pas moyen d'esquiver la rencontre. Et d'ailleurs, en avait-elle vraiment envie ?

Le cœur battant, elle se rendit dans l'entrée, où la silhouette de son amant italien se dessinait derrière le verre dépoli, imposante. Il se mit de nouveau à frapper à grands coups sur la porte, au risque de la défoncer.

Pas le temps de s'habiller. Sans plus atermoyer, elle courut lui ouvrir avant qu'il ne détruise la porte ou n'alerte les voisins.

Nico s'engouffra à l'intérieur sans même la saluer, fulminant, et claqua la porte derrière lui en faisant trembler les murs. Il avait beau porter un costume noir impeccable et une cravate, il n'était visiblement pas d'humeur galante. Son regard bleu lançait des éclairs. Il s'arrêta quelques secondes devant le petit portrait qu'elle avait ramené de Ravallo et accroché dans l'entrée, puis il se tourna vers elle.

— Pourquoi m'as-tu raccroché au nez, l'autre soir ? tonna-t-il, les bras croisés sur la poitrine. Et pourquoi ignores-tu mes appels ? Si tu essaies de me rendre fou, c'est réussi !

Elle s'adossa au mur, les larmes aux yeux.

Elle sortait du bain, ses cheveux dégoulinaient dans son dos, elle n'était pas maquillée… Comparée à Viola, elle devait avoir l'air d'une pauvre fille, ni plus ni moins.

Face à son silence, Nico fila en trombe dans la cuisine, où il entreprit d'ouvrir les tiroirs et les placards avec frénésie.

— Que… qu'est ce que tu cherches ?

— Qui es-tu, au juste ?

Il se planta devant le réfrigérateur et observa les photos qui le recouvraient. Des membres de sa famille, pour la plupart, et quelques clichés de la côte amalfitaine.

— Pas une seule photo de moi, fit-il remarquer. Tu les as brûlées ?

Elle les avait transférées dans son ordinateur et les regardait tous les soirs avant d'aller se coucher. Si seulement il se calmait, elle parviendrait peut-être à le lui expliquer, mais pour l'instant la colère de son ancien amant la paralysait littéralement…

— Tu manigances quoi, au juste ? reprit-il, menaçant, en détachant du frigo le profil de Z-321 pour le regarder avec attention.

C'était sans doute le moment de lui parler du bébé, de *leur* enfant ? Mais pour tout dire, elle avait rêvé d'une tout autre ambiance pour lui annoncer la nouvelle.

— Pourquoi es-tu venu ? marmonna-t-elle.

— Pourquoi ? répéta-t-il en chiffonnant la fiche du donneur avant de la jeter par terre. Parce que tu es enceinte, voilà pourquoi !

— Tu… Comment le sais-tu ? demanda-t-elle, le souffle coupé.

— Tu n'es pas vraiment en position de me reprocher quoi que ce soit.

— Ma mère n'est même pas au courant ! Comment

as-tu osé fouiller dans ma vie privée ? Tu n'as aucun droit…

— Vraiment ? Et qui est le père ? Moi, ou bien ton satané donneur de sperme ? A moins que ce ne soit un troisième larron dont j'ignore l'existence. Tu espères me faire chanter ?

— Quoi ? Mais… Non, Nico.

— Pour la dernière fois, Cara, qui est le père ?

Il aurait mérité qu'elle lui mente ! S'il se faisait d'elle une opinion aussi lamentable, ça n'avait aucun sens qu'il sache.

— La vérité, Cara ! insista Nico.

— Elle risque de ne pas te plaire.

Il s'approcha d'elle et planta son regard bleu, perçant, dans le sien.

— C'est *mon* enfant, déclara-t-il soudain. Je le sais.

— Je… je n'ai jamais eu l'intention de te faire chanter. Si je t'ai appelé, c'était uniquement pour te le dire. Te dire que j'attendais un enfant de toi.

— Dans ce cas, pourquoi avoir raccroché ? Ne pas avoir donné suite à mes appels ? De toute façon, tout est réglé. Puisque tu attends mon enfant, tu vas m'épouser.

— C'est impossible, tu me l'as dit toi-même.

— C'était avant de savoir que tu étais enceinte.

— Et Viola ? Ta mère, ta famille ?

— Il faudra bien qu'ils acceptent la situation. Tu ne veux tout de même pas que je laisse une femme seule et complètement inconséquente élever mon enfant ? Je ne veux pas qu'il pense que son père l'a abandonné. Sans compter que rien ne me prouve que tu ne comptes pas l'utiliser pour vendre notre histoire aux journaux et arrondir tes fins de mois !

— C'est sordide ! Comment peux-tu… Jamais je ne ferais une chose pareille !

— Savais-tu qui j'étais lorsque nous nous sommes rencontrés ?

— J'ai déjà répondu à cette question, lança-t-elle, hors d'elle. J'en ai assez de tes insultes ! Apprends que je n'ai besoin ni de toi, ni de tes titres pompeux, ni de ton argent. Je suis avocate, j'ai une carrière devant moi…

— Une carrière ? Tu t'es fait virer de chez Merrit, Riley and Whitt il y a deux jours !

— Pour ça aussi, tu es au courant ?

— Avec de l'argent, on achète tout. Tu es avocate, tu devrais le savoir.

— Il y a des lois qui protègent la vie privée, dans ce pays.

— Il devrait y en avoir également pour empêcher les gens d'agir comme tu l'as fait avec moi. Toute ta vie, tu as essayé d'être quelqu'un, à tout prix…

— Arrête, tu ne sais rien de moi !

— Je comprends pourquoi tu as laissé tomber le

donneur de sperme. Un prince, c'est tout de même autre chose !

Tout à coup, ce fut plus qu'elle n'en pouvait supporter. Elle avait essayé d'être honnête avec lui, de le comprendre, mais il dépassait les bornes. Soit il ne prêtait aucune attention à ce qu'elle lui disait, soit il l'accusait de mentir. Il était en colère, d'accord, mais ça ne lui donnait pas tous les droits. Il fallait qu'elle mette un terme à cette comédie !

— Sors d'ici, Nico. Quand je t'ai appelé, je pensais pouvoir parler de la situation avec toi, calmement. Mais je me rends compte que ce n'est pas possible. Tu es arrogant, orgueilleux, et tu te fous complètement de moi. Seule ta réputation t'intéresse !

— Et toi, tu n'es qu'une ambitieuse frustrée. Sans doute parce que ta sœur a mieux réussi que toi. Tu cherches désespérément à être quelqu'un, et tu te moques du mal que tu fais autour de toi.

Oh, pourquoi avait-il fallu qu'elle lui parle de sa famille ? Jamais elle n'aurait pensé, ce soir-là, que la confiance qu'elle lui témoignait se retournerait contre elle.

— Tu me déçois beaucoup, Nico. Encore une fois, je ne te demande rien. Absolument rien. Je n'ai pas besoin de toi pour élever mon enfant.

— Il va pourtant bien falloir, parce que je n'ai pas l'intention de te laisser gérer les choses à ta guise.

Tu vas m'épouser. Nous resterons mariés un an, le temps pour moi de reconnaître mon enfant, en Italie et aux Etats-Unis. Un an, ce n'est pas le bout du monde, on devrait arriver à se supporter !

— Tu as perdu l'esprit ?

— Peut-être, et ton comportement m'y a pas mal aidé. Dans un an, tu seras libre de faire ce que tu voudras.

— C'est absurde. Ma vie est à Austin.

— Si tu refuses ma proposition, je demanderai — et j'obtiendrai, tu peux me croire — la garde du bébé. Ma famille a des entrées partout, tu n'as aucune chance contre nous.

Elle était bien placée pour le savoir. Elle avait représenté suffisamment longtemps des entreprises influentes pour mesurer le pouvoir sans limites que confère l'argent. Nico avait raison, les Romano pouvaient la broyer. Et ils n'hésiteraient pas à le faire si elle faisait la maligne.

— Après trois mois de mariage, continua Nico, tu pourras entamer la procédure de divorce. Ensuite, je veux voir mon enfant aussi souvent que possible.

— Si tu crois que je vais te laisser régir ma vie, même pour un an…

— C'est bien toi qui as décidé d'engager un étalon, il me semble ? coupa-t-il. Tu as acheté cette robe pour le moins suggestive et tu as joué à merveille la pauvre touriste esseulée et en manque d'affection. Mais je ne m'y trompe pas, tu avais tout planifié !

— C'est faux !

— Je ne vous crois pas, mademoiselle Tomei. Je ne vous crois *plus*.

Nico sortit alors un petit carnet de sa poche, le feuilleta, et composa sur son portable un numéro qu'il y trouva.

— 555-645, prononça-t-il en même temps.

Lorsqu'elle réalisa qu'il s'agissait du numéro de ses parents, c'était trop tard.

— Allô, monsieur Tomei ? dit-il d'une voix parfaitement calme. C'est une joie pour moi de faire votre connaissance. Je suis le prince Nico Romano…

Il énuméra la liste sans fin de ses patronymes, comme pour permettre à son interlocuteur de réaliser à qui il avait affaire. Mais elle doutait que son père ait jamais ouvert un magazine à potins de sa vie.

— … oui, un vrai prince, continuait Nico. Avec un château, effectivement. Plusieurs, à dire vrai.

Soudain, la panique la saisit. Pas de doute, son amant d'un jour avait décidé de tout dire à ses parents sans même la consulter ! Sans doute, puisqu'il était si bien renseigné, avait-il appris à quel point l'opinion de son père comptait pour elle, et il était déterminé à tout gâcher.

— Il se trouve que j'ai récemment appris que

votre fille portait mon enfant, déclara-t-il le plus naturellement du monde.

Mon Dieu ! Cette fois, la situation lui avait totalement échappé.

Dans un dernier sursaut d'orgueil, elle leva le menton et gratifia Nico d'un regard d'indifférence, comme si la révélation qu'il venait de faire ne la touchait pas.

— Non, je ne suis pas donneur de sperme, non. J'ai rencontré votre fille en Italie. Le coup de foudre.

Si seulement il avait pu dire vrai ! Si seulement, malgré la brièveté de leur liaison, il avait trouvé chez elle quelque chose de rare, de précieux. Si seulement il avait pu l'aimer sincèrement. Mais non. De toute évidence, il n'avait plus pour elle que du mépris, et la volonté farouche de se venger. Depuis qu'il était arrivé, il se comportait comme un goujat, comme l'aristocrate arrogant qu'il était au fond.

Elle ne pouvait pas aimer cet homme-là.

— Certainement, monsieur, j'adorerais rencontrer Susana et les enfants. Ce serait l'occasion rêvée de vous demander officiellement la main de votre fille.

N'y tenant plus, elle monta se réfugier dans sa chambre où elle ouvrit sa penderie, aveuglée par les larmes, cherchant fébrilement un vêtement à se mettre.

Elle se sentait atrocement humiliée. Humiliée

d'avoir essuyé ce flot d'insultes, humiliée d'aimer encore Nico Romano, de le désirer malgré tout.

Elle avait tout juste passé des sous-vêtements quand elle entendit frapper à sa porte.

— Dépêche-toi, ton père nous a très gentiment invités à dîner, lança Nico depuis le palier. Ce soir, 19 h 30. Je lui ai dit que je me chargeais du vin. Si tu n'es pas habillée dans quinze minutes, je t'y conduis en tenue d'Eve. A toi de voir.

Décidément, il se croyait vraiment tout permis ! Qu'arriverait-il si elle le prenait au mot, si elle sortait de la chambre dans son plus simple appareil ? Comment Nico réagirait-il si elle se jetait dans ses bras ? Faire l'amour avec lui chasserait peut-être la haine, les horribles soupçons, le dépit, et leur ouvrirait peut-être des perspectives plus... positives ! Mais elle ne se sentait pas le courage de faire le test. S'il la repoussait, elle ne s'en remettrait pas.

Elle avait quinze minutes ? Très bien.

Lorsqu'elle entra dans le salon, elle crut percevoir un certain trouble chez son visiteur. En tout cas, son regard s'attarda sur les courbes de ses hanches et le long de ses jambes.

Au moins, s'il n'était plus question de sentiments entre eux, elle parvenait encore à lui couper le souffle.

— On y va ? lança-t-elle en esquissant un sourire.

D'accord, tout était perdu. Mais ce soir, elle se sentait aussi belle que la princesse Viola !

- 14 -

Son triomphe fut de courte durée, car à peine eurent-ils pris place dans la limousine que Nico afficha une froideur muette.

Elle était enceinte, il se sentait piégé. Quoi de plus normal qu'il lui en veuille ? Il combattait avec toutes les armes dont il disposait, c'était de bonne guerre. Mais en impliquant sa famille, il était allé trop loin.

Seulement voilà, plus moyen de faire machine arrière, maintenant. Elle imaginait déjà ses parents aux anges à l'idée que leur fille allait épouser un prince, italien de surcroît. Les pauvres ! Ils étaient loin de soupçonner qu'il s'agissait d'un mariage factice.

Elle préféra l'attendre dans la voiture tandis qu'il allait acheter du vin.

Des images, des souvenirs, des sensations se bousculaient dans son esprit, sans qu'elle parvienne à y mettre de l'ordre. Le corps nu de Nico contre le sien, le bleu méditerranéen de ses yeux, le parfum des citronniers… Et puis l'adieu devant l'aéroport, la surprise et la joie en apprenant sa grossesse, les menaces de Nico, ses paroles cinglantes, son atroce froideur…

Lorsqu'il la rejoignit, elle était au bord des larmes, prostrée dans un coin de la limousine.

— Ça ne va pas ? s'enquit-il d'un air inquiet.

— Oh si, très bien ! répliqua-t-elle en se redressant. Et pourquoi cela n'irait-il pas, hein ? J'ai hâte d'épouser un homme qui me méprise, se méprend sur moi et s'apprête à me détester pour le restant de ses jours. Oui, vraiment, je saute de joie !

Cette fois, la coupe était pleine. Elle éclata en sanglots, incapable de se contenir davantage. Et plus elle pleurait, plus elle avait l'impression d'en faire trop. Cette facilité à s'épancher lui avait parfois nui dans les tribunaux où elle plaidait, on l'avait souvent soupçonnée de simuler l'émotion. Et pourtant, elle ne feignait jamais. Elle ne pouvait tout simplement pas retenir ses larmes.

— Je ne te déteste pas, murmura Nico.

Etait-il malheureux, lui aussi ? Regrettait-il comme elle leur complicité perdue ? Autant croire au père Noël…

Ils n'ajoutèrent plus un mot jusqu'à ce que la voiture les dépose devant la maison de ses parents. Devant la porte, Nico actionna la sonnette.

— Les choses seront plus faciles si tu t'efforces de sourire et d'avoir l'air heureuse, observa-t-il en se tournant vers elle.

— La capacité de donner le change en toute circonstance est sans doute un trait que vous cultivez dès l'enfance, vous autres, aristocrates, mais en ce qui me concerne, j'ai du mal à masquer mes sentiments.

— Je te rappelle que nous sommes un jeune couple amoureux. Si ta famille apprenait la vérité, je ne suis pas certain qu'ils sauteraient de joie. Tu tiens vraiment à les inquiéter ? Je croyais que tu voulais que ton père soit fier de toi.

Depuis quand se souciait-il de sa famille ou de ses relations avec son père ?

— J'ai l'impression d'être prisonnière d'un homme que je ne connais pas.

— Moi aussi, je me sens piégé, figure-toi.

— Je n'ai jamais voulu ça…

La porte s'ouvrit avant qu'elle ait le temps de terminer sa phrase.

Sur le seuil, son père, tout sourire, accueillit son futur gendre d'une poignée de main virile et l'embrassa, elle, sur les deux joues, avec une chaleur qu'il ne lui avait pas manifestée depuis bien longtemps.

Constantin Tomei n'avait que très vaguement conscience de l'identité réelle de son gendre et du gouffre qui séparait leurs deux mondes. Les grands crus que Nico avaient choisis ne l'impressionnèrent pas plus que le fait qu'il soit prince. En bon Italien, il prit les bouteilles et apprécia le cadeau pour ce qu'il était : une promesse de convivialité.

On sentait tout de même que la maison recevait un invité de marque ! Les journaux que son père avait l'habitude d'entasser dans l'entrée avaient disparu, le sol venait visiblement d'être briqué, et une délicieuse odeur de tomates et de basilic émanait de la cuisine.

Sa mère se précipita à leur rencontre tout en dénouant son tablier. Sabrina Tomei n'était pas de ces cordons bleus qui mesurent et pèsent tout. Elle achetait des produits de bonne qualité ou les faisait pousser dans son potager, puis elle se laissait tout simplement guider par sa nature généreuse. Les plats qu'elle préparait étaient simples, mais son tour de main leur donnait une saveur inégalable. Comme elle n'était pas plus que son mari au fait des célébrités de ce monde, n'allumant la télévision que pour suivre les émissions de cuisine, elle reçut Nico comme un égal, avec la chaleur qui lui était coutumière.

Susana et les enfants n'étaient pas encore arrivés. Joe avait été retenu pour une réunion et n'assisterait pas à la soirée. Tant mieux, voilà qui lui épargnerait un malaise supplémentaire.

Les hommes s'installèrent sous la véranda tandis que Regina achevait les derniers préparatifs avec sa mère.

— Tu as tiré le gros lot, lui dit son père en entrant dans la cuisine à la recherche de cacahouètes, alors que sa mère était sortie cueillir du thym dans le jardin. Nous avons parlé de golf, et aussi de la guerre.

— Quelle guerre ?

— La seconde. Hitler n'a pas épargné sa famille. Enfin bref, nous avons aussi parlé mariage, évidemment.

— Ah ?

— Il insiste pour que sa famille prenne tous les frais en charge. Il a l'intention de nous envoyer un avion privé pour nous conduire en Italie. Je lui ai expliqué que ta mère risquait d'être malheureuse de ne pas pouvoir organiser les préparatifs, tu sais comment elle est…

Il y avait en effet fort à parier que la pauvre ne voie pas d'un bon œil de faire un aller-retour en jet privé pour assister au mariage de sa fille sans mettre en aucune façon la main à la pâte. Mais le plus irritant, c'était la manière dont Nico organisait les choses sans même lui demander son avis.

— J'ai bien failli croire à ton histoire d'insémination, continua son père. Cela m'a valu quelques cheveux blancs supplémentaires, d'ailleurs. Mais tu pars quelques jours en Italie, et tu nous reviens avec un prince ! Je suis fier de toi, ma fille. C'est un homme bien. Suffisamment solide pour s'accommoder d'un caractère comme le tien.

Comment ? A croire qu'elle était invivable !

L'arrivée de sa sœur et des enfants l'empêcha de réagir. Les présentations faites, tout le monde se mit à table.

— Moi aussi, je vais me marier avec un prince, déclara Gina tout en s'efforçant de remettre sa couronne en place.

— Lorsqu'elle a appris que nous allions vous rencontrer, elle a absolument tenu à mettre sa robe de princesse, expliqua Susana avec un sourire.

Sa sœur avait-elle reconnu Nico ? Elle ne lisait qu'occasionnellement les magazines à potins. Tout au plus en feuilletait-elle un pour patienter à la caisse du supermarché et l'achetait si son tour venait avant qu'elle ait terminé l'article qui l'intéressait.

— C'est tante Reggie qui m'a offert mon costume ! précisa Gina.

— Comme vous vous ressemblez beaucoup, je suis sûr que toi aussi, tu trouveras ton prince, assura Nico.

— J'imagine que, chez vous, c'est un chef étoilé qui s'occupe des repas ? avança Sabrina.

— C'est vrai. Mais lorsque vous nous rendrez

visite, vous pourrez lui donner des leçons. Cet osso buco est excellent !

Regina, dans un état second, assistait à la conversation comme si c'était un rêve.

Nico ne laissait rien paraître de leur mésentente, sûr de lui et de son charme. En quelques minutes, il avait gagné la sympathie des siens. Comme il avait suffi qu'il pose les yeux sur elle pour la faire craquer. Le don Juan dans toute sa splendeur, et le gendre idéal…

— Comment vous êtes-vous rencontrés ? demanda son père.

— Nous… je…, balbutia-t-elle.

— Sur la plage d'Amalfi, expliqua Nico en la gratifiant d'un regard plein de tendresse. Ma grand-mère, qui possède une boutique à Ravello, a rencontré Cara la première, et elle est tombée sous le charme. Si bien que quelques jours plus tard, et alors que j'accompagnais mon aïeule, cette dernière l'a aperçue et lui a fait signe. Je me suis retourné, j'ai croisé le regard de Cara, et j'ai su que j'étais perdu. Rien d'aussi fort ne m'était encore arrivé.

— Comme c'est romantique ! s'exclama Susana.

— Très, concéda Nico en prenant la main de Regina.

— Vous aussi, vous l'appelez Cara ? observa Sabrina. Ma petite fille…

Regina sentit des larmes lui monter aux paupières. Tenir contre sa paume celle de son amant, l'entendre évoquer leur rencontre lui faisait faire un bond dans le temps, la rendait à sa première émotion. Etait-il possible qu'il joue la comédie ?

— Je vais débarrasser, annonça-t-elle en se levant.

Nico l'imita et commença à rassembler les couverts. Susana et sa mère allaient protester, lorsque les jumeaux se mirent à pleurer.

— C'est l'heure du biberon, annonça Susana. Tu viens m'aider, maman ?

Constantin fila avec Gina chercher un porto pour le dessert, si bien que Nico et Regina se retrouvèrent seuls dans la salle à manger. La table nettoyée, celui-ci entreprit de faire le café tandis qu'elle disposait le tiramisu dans un plat.

— Pour quelqu'un qui n'a sans doute jamais lavé une assiette de sa vie, tu ne t'y prends pas trop mal.

— Je ne relèverai pas la provocation.

— O.K., je vais donc être plus claire : je veux que tu sortes d'ici et que tu disparaisses de ma vie.

— J'ai bien peur, au contraire, qu'il ne faille t'habituer à ma présence.

— Tu crois vraiment que je vais te laisser gérer mon existence sans broncher ?

— Tu t'es arrangée pour tomber enceinte de moi à mes dépens, à toi d'en assumer les conséquences.

— Nico, pour la dernière fois, je n'ai *jamais* eu ce projet en tête !

Il posa les tasses et la cafetière sur un plateau et, sans un mot, rejoignit le salon.

Elle le retrouva au milieu des siens, plaisantant gaiement, parfaitement à l'aise, comme si l'échange qu'ils venaient d'avoir n'avait jamais eu lieu.

Comment sa famille pouvait-elle accepter aussi facilement un étranger ? Le loup serait entré dans la bergerie qu'elle n'en aurait pas été plus effrayée. Nico séduisait ses parents, et bientôt il leur briserait le cœur.

Au cours de la conversation, il parvint même à faire accepter sans l'ombre d'un problème à sa mère qu'elle laisse aux Romano l'entière organisation du mariage. Tout à coup, c'était comme s'il avait toujours appartenu à la famille !

Regina bouillait littéralement. Son propre père n'avait jamais accepté ce qu'elle était, et voilà qu'il ouvrait grand sa porte à un parfait inconnu, avec une confiance qui frisait l'aveuglement !

Assis près d'elle sur le canapé, Nico avait passé un bras autour de ses épaules, sous le regard attendri de tous. En d'autres circonstances, elle aurait été touchée par cette attention, mais là, c'était insupportable. Du pur cinéma.

— J'aimerais qu'on s'en aille, à présent, murmura-t-elle à son oreille.

Mais Gina venait de se présenter devant Nico, un livre à la main, pour qu'il lui fasse la lecture.

— Quelle autorité ! plaisanta ce dernier en la prenant sur ses genoux. Pas de doute, tu tiens réellement de ta tante.

Exaspérée, Regina se leva pour aller aider Susana en cuisine. Nico n'avait pas poussé la comédie jusqu'à changer les couches des jumeaux, mais c'était tout juste. Pour le reste, il faisait très fort !

— Je n'arrive pas à y croire ! s'exclama Susana en déposant les assiettes dans le lave-vaisselle. Il parvient à différencier les jumeaux, c'est carrément dingue ! Tu sais que je l'ai vu à la télé, l'autre jour ? ajouta-t-elle sur le ton de la confidence.

— Dans ce cas, tu dois savoir qu'il était sur le point d'annoncer ses fiançailles avec la princesse Viola Eugenia di Frezano. Seulement voilà, je suis enceinte, et ses beaux projets tombent à l'eau.

— Arrête ! s'indigna sa sœur. Quand vas-tu cesser de douter de toi, à la fin ?

— Je ne doute pas de moi, le problème n'est pas là.

— D'accord, tu as raison, comme toujours. C'est toi l'avocate, après tout. Tout doit être pensé, logique, planifié. Il y a longtemps que j'ai décidé de ne plus me disputer avec toi sur ce sujet. Mais cet homme t'aime, ça crève les yeux.

— Comment peux-tu prétendre une chose pareille, tu le vois pour la première fois !

— C'est peut-être toi qui avais les bonnes notes à l'école, mais l'intuitive, c'est moi. Et je connais les hommes. Fais-moi confiance, et surtout, fais-*toi* confiance. Laisse tes sentiments te guider pour une fois, et oublie un peu tes raisonnements !

Lorsqu'elles rejoignirent le reste de la famille, Nico avait déjà lu trois fois *Cendrillon* à Gina.

Trois fois ! Regina n'avait jamais eu cette patience.

— Je n'ai pas vu le temps passer, déclara Nico en se levant. Mais il est tard, je crois qu'il est temps de vous quitter.

Il lui prit la main et y déposa un baiser avant de lui passer un bras autour de la taille.

Après des au revoir chaleureux, le père de Regina les reconduisit jusqu'à la limousine et l'embrassa.

— Je suis heureux pour toi, ma fille. Et tellement fier, ajouta-t-il, le regard pétillant de joie.

Elle retrouvait, pour la première fois depuis la naissance de Susana, la complicité qu'elle avait autrefois partagée avec lui. L'émotion l'envahit brusquement, au point que ses jambes se mirent à trembler.

Elle avait retrouvé son père et devait ce miracle à Nico… Son ennemi déclaré et l'homme que, quoi qu'il puisse lui faire subir, elle aimerait jusqu'à la fin de ses jours.

- 15 -

— J'ai passé une excellente soirée, déclara son compagnon.

Ils avaient retrouvé l'ambiance feutrée de la limousine, et Regina n'avait pas prononcé un mot depuis leur départ.

— Ça ne te dérange pas de séduire mes parents et de leur promettre monts et merveilles, pour bientôt leur briser le cœur ?

— C'est loin d'être mon intention. Et puis, c'est plutôt ta spécialité que la mienne, non ?

— Tu n'étais pas obligé d'être aussi charmant, surtout avec les enfants.

— Où est le mal ?

— *Où est le mal ?* Maintenant qu'ils t'adorent, ils ne comprendront jamais à quel point tu peux être machiavélique. Ils seront de ton côté, et je passerai une fois encore pour le vilain petit canard, pour la fille insensible, incapable de garder un homme…

— Ah ! Je vois. Tu es passée en mode « avocate ».

Au risque de perturber ta vision du monde, je te signale qu'on n'est pas forcément du « bon » ou du « mauvais » côté. Etre ensemble, se comprendre, s'entendre, c'est possible aussi.

— Pas pour nous, apparemment.

Nico poussa un soupir et ferma les yeux, visiblement fatigué de leur joute.

Et s'il avait raison ? Etait-il possible que deux familles aussi différentes que les leurs puissent être du même bord, vivre en harmonie ?

Elle contempla son profil altier, ses lèvres sensuelles, les mains immenses qui, quelques semaines plus tôt, lui prodiguaient des caresses dont elle n'avait jamais soupçonné les effets… Tout à coup, elle se demanda où il avait prévu de passer la nuit.

La limousine venait de se garer devant sa porte. Nico sortit et l'escorta jusque sur son seuil. Elle alluma la lumière du porche et découvrit les cernes sous ses yeux.

— Tu as l'air fatigué, murmura-t-elle.

Elle avait complètement oublié que le voyage depuis Rome, ajouté au décalage horaire, devaient l'avoir épuisé.

— Un peu.

— Tu veux… entrer un moment ?

Il la suivit et ferma la porte derrière eux. Sans un mot, ils restèrent face à face, chacun cherchant à lire dans les pensées de l'autre.

Pendant toute la soirée, elle avait eu envie d'être seule avec lui, et à présent que c'était le cas, elle ne savait plus quoi dire, quoi faire. Elle avait envie de se déshabiller, là, dans le vestibule, et de se jeter dans ses bras. C'était désespéré, mais elle avait tellement besoin de réconfort, de mettre fin à ces tourments insensés.

Elle fit glisser la bretelle de sa robe, lentement, espérant que Nico vienne à elle. Mais au lieu de ça, il lui tourna le dos et rejoignit la cuisine. Il dut trouver le bar, car elle le vit revenir avec un verre.

Il alla dans le salon et, après s'être installé sur le sofa, étendit ses longues jambes et desserra sa cravate.

— Tu peux dormir là, si tu veux, dit-elle en éteignant la lumière. Il y a aussi deux chambres d'amis au premier.

— Merci de me le proposer.

Il ne prit pas la peine de préciser s'il acceptait son invitation. De toute évidence, il n'avait pas envie d'elle. Peut-être allait-il terminer son verre et rejoindre le cinq étoiles où il avait réservé une chambre ?

Le cœur lourd, elle monta dans sa chambre et se déshabilla, incapable de penser davantage.

Dans la confusion qui régnait dans son esprit, une seule chose ressortait clairement : elle portait l'enfant de Nico, elle allait l'épouser. S'ils vivaient ensemble comme mari et femme, peut-être leur restait-il encore une chance. De la colère de tout à l'heure, il ne restait visiblement rien, non plus que de la dureté de Nico à son égard. Elle l'avait observé ce soir, si doux avec les enfants, si aimable avec sa famille, si prévenant avec elle. Il suffisait qu'il soit près d'elle pour que le désir la consume littéralement et la prive de tout réalisme.

Elle se glissa sous les draps et tendit l'oreille, incapable de trouver le sommeil.

La maison était silencieuse, en dehors du tic-tac horripilant du réveil posé sur la table de nuit. Elle l'enfouit sous son oreiller et s'efforça d'oublier qu'au-dessous d'elle, sur le sofa de son salon, se trouvait l'homme de sa vie. Un homme qui ne voulait pas d'elle, qu'elle avait perdu pour toujours.

Elle s'endormait à moitié lorsqu'elle perçut des pas dans l'escalier.

Son cœur se mit à battre la chamade. La porte de sa chambre s'ouvrit tandis qu'elle retenait son souffle, et la silhouette de Nico se dessina dans l'embrasure.

— Désolé si je te réveille, dit-il en lui passant une main dans les cheveux. Le whisky m'a assommé… Je me suis endormi. Je file à l'hôtel.

— Tu as eu une dure journée, tu pourrais rester ici, vraiment…

— Je t'appelle demain, l'interrompit-il avant de tourner les talons.

Une minute plus tard, elle entendait la limousine démarrer.

Désespérée, elle enfouit sa tête sous l'oreiller et sombra dans un sommeil de plomb.

C'est le téléphone qui la réveilla à l'aube.

— J'ai affrété un jet, nous partons après déjeuner, lui déclara Nico sans préambule.

Cette fois encore, le ton était sans appel.

- 16 -

L'orage avait cessé, mais il pleuvait encore lorsque Nico gara son Alfa Romeo devant la villa.

Instantanément, une nuée de domestiques en sortit et, sur un signe de Tiberio Abruzzi, ils formèrent une haie d'honneur, les femmes d'un côté, les hommes de l'autre.

— Mon Dieu ! murmura Regina, impressionnée, en se redressant sur son siège.

— J'avais pourtant demandé à ma mère d'y aller doucement sur le décorum, assura son compagnon.

— Mais ils vont être complètement trempés ! s'indigna-t-elle.

Elle descendit la vitre, prit une bouffée d'air frais, et s'efforça de sourire.

— Ça va aller ? s'enquit Nico.

— Oui, ne t'inquiète pas.

— Les gens que tu vois devant toi travaillent tous pour nous depuis des années. Il y a les domestiques bien sûr, mais aussi des secrétaires, deux comptables, un cuisinier, un chauffeur, des jardiniers… Autant que tu les connaisses, si jamais tu avais besoin d'eux. La pluie nous servira d'alibi pour écourter la corvée.

— Ma mère n'a pas de femme de ménage, et c'est mon père qui tond le gazon. Il faut juste que je me fasse à l'idée que, chez toi, une personne est assignée à chacune des tâches de la vie quotidienne. Ça devrait aller.

Les présentations faites, tout le monde entra dans la villa, et Massimo apparut, un sourire radieux sur les lèvres. Il salua son cousin et embrassa chaleureusement Regina.

Enfin un peu d'humanité, songea-t-elle, reconnaissante.

Tous trois traversèrent ensuite la galerie sans fin qui menait au bureau de la princesse Gloriana.

Impressionnante dans sa robe de soie bleue, celle-ci ne prit pas la peine de se lever ni même de sourire à leur entrée. Son regard glacé passa sur Regina comme si elle avait été transparente.

— Il faut que je m'entretienne avec toi seule à seul, dit-elle à son fils. C'est important.

— Mère…

— Tiberio et Massimo se chargeront de conduire Mlle Tomei jusqu'à sa suite, où elle pourra prendre un peu de repos, coupa-t-elle. Je lui ai réservé les appartements rouges. La pauvre a l'air épuisée.

Regina découvrit avec satisfaction qu'elle n'était finalement pas aussi invisible que ça. Sa future belle-mère pourvoyait visiblement à tout, en toutes circonstances. Mais elle regarda Nico avec inquiétude : l'idée de se retrouver seule dans l'immense demeure — pourtant la plus modeste des Romano, lui avait-il précisé — la paniquait littéralement.

Il lui prit la main et la serra entre les siennes.

— Tout ira pour le mieux, assura-t-il. Je n'en ai pas pour longtemps. Je viendrai te chercher un peu avant le dîner, qui est servi à 20 heures.

Il se pencha pour l'embrasser au coin des lèvres, et elle recouvra un peu de courage.

Les appartements qui lui étaient réservés, aux murs tendus de soieries rouges, étaient somptueux. Mais comment pourrait-elle jamais s'habituer à tout ce luxe, à cette débauche d'œuvres d'art et de beauté ? Les objets qui l'entouraient étaient si uniques, si exceptionnels que jamais elle n'oserait même les frôler, de peur d'en casser un. Le moindre vase devait valoir une année de son salaire d'avocate…

Elle ouvrit les portes-fenêtres, laissant l'air entrer dans sa chambre, puis s'allongea sur le lit et ferma les yeux. Du parc montait une odeur d'herbe mouillée et de roses, la pluie battait doucement sur les dalles de la terrasse. Elle guetta un moment les pas de son futur époux dans le corridor, mais bientôt la fatigue l'emporta et elle sombra dans une délicieuse obscurité.

Nico avait frappé plusieurs fois à la porte, sans réponse. Il entra et appela doucement Cara.

La pièce était plongée dans l'obscurité, et seule la pluie rompait le silence, frappant régulièrement contre les dalles au-dehors.

Il s'avança vers le lit où la jeune femme dormait d'un sommeil paisible.

Sa princesse… Le sang battait à ses tempes, tant il désirait poser ses lèvres sur sa bouche entrouverte. Mais non, il aurait été cruel de la réveiller. Il s'assit au bout du lit et, sans la quitter des yeux, se remémora leur dernière étreinte, dans la limousine qui les avait conduits à Rome. Devant l'aéroport, Regina, les larmes aux yeux, l'avait couvert de baisers, enfouissant son visage dans son cou, le serrant follement contre lui. Le cœur dévasté, il l'avait regardée s'éloigner en compagnie de Massimo. Longtemps, il était resté là, guettant la porte par où il l'avait vue disparaître, espérant secrètement qu'elle revienne.

Qui était cette femme qui avait ainsi bouleversé sa vie et tous ses repères ? Une opportuniste, ou bien la femme amoureuse et passionnée qui l'avait d'emblée séduit ?

Peu lui importait, au fond. Son désir régnait sur sa raison. Un sentiment impérieux s'était éveillé en lui à l'instant même où il avait posé les yeux sur elle, et il était incapable de le faire taire. Pourquoi elle ? Il avait été incapable de répondre quand sa mère lui avait posé la question.

L'amour, la haine, la naissance, la mort, autant de notions qu'il était vain de vouloir maîtriser, sa grand-mère le lui avait bien souvent rappelé.

L'heure du repas arriva puis passa, sans qu'il se décide à la réveiller. Pendant deux heures, il contempla le doux visage baigné par le clair de lune, puis il déposa un baiser sur ses lèvres et sortit à pas de loup.

- 17 -

Quand la lumière de l'aube réveilla Regina, elle se tourna d'instinct vers le deuxième oreiller à côté du sien.

Elle était seule. Nico n'était pas venu.

A 8 heures tapantes, une femme de chambre en tablier blanc vint lui annoncer que le petit déjeuner serait servi sur la terrasse nord à 9 heures.

— Où est Nico ? Je veux dire, le prince Nico Romano.

— Je suis désolée, *signorina*, répondit la jeune domestique, visiblement confuse. La princesse Gloriana m'a envoyée vous informer de l'heure du petit déjeuner et m'a demandé de vous y accompagner. Je ne sais rien de plus.

— Je suis levée depuis plusieurs heures et j'aimerais faire une petite promenade dans le parc.

— La princesse pense que vous ne trouverez pas facilement votre chemin dans le palais.

— Il est vrai qu'il est gigantesque. Pouvez-vous

dans ce cas me retrouver tout à l'heure dans le jardin ? Vous me guiderez jusqu'à la terrasse.

— A votre service, *signorina*. Si vous voulez bien me suivre.

La femme de chambre l'aida à s'orienter dans les couloirs labyrinthiques de la villa puis la laissa après une révérence au bord de la pièce d'eau.

L'automne commençait à teinter les feuilles des arbres de jaune et d'ocre, mais une multitude de variétés de fleurs exotiques fleurissaient encore.

En tournant le regard vers le palais, elle aperçut à l'une des fenêtres du premier une imposante silhouette masculine ainsi qu'une femme blonde, tous deux en train de l'observer. Une seconde plus tard, il n'y avait plus personne. Avait-elle rêvé ?

Décidée à profiter de la douceur du jour et de l'agrément du parc, elle entama une promenade depuis la falaise qui bordait la côte jusqu'à la forêt de châtaigniers qui lui était opposée.

Marcher lui fit du bien et l'entraîna dans une douce méditation.

Elle allait épouser Nico Romano. Toute sa vie, elle avait cru pouvoir tout planifier, certaine que la raison était la clé de tout. Mais cette femme-là avait disparu, et c'est à sa rencontre avec ce prince de conte de fées qu'elle le devait. L'existence, finalement, apportait son lot de surprises, et c'était bien là toute sa saveur. En revenant vers la villa, elle se prit à rêver à la vie qui l'attendait. Du moins à l'année qui se profilait, puisque son mariage comptait une restriction, et non des moindres…

La jeune domestique l'attendait comme prévu à deux pas de la pièce d'eau et la conduisit sans attendre vers la table du petit déjeuner. A sa suite, elle traversa de nouveaux salons, monta de nouveaux escaliers, découvrit de nouveaux trésors que la demeure recelait.

Tout à coup, une porte s'ouvrit devant elle à sa droite, et une jeune femme blonde en sortit.

Les traits fins d'une aristocrate, une peau de velours, des yeux immenses d'un bleu intense… Elle n'eut aucun mal à reconnaître la princesse Viola Eugenia di Frezano. Elégante, raffinée, c'était la copie conforme de la mère de Nico avec vingt-cinq ans de moins. Pour tout dire, elle ressemblait davantage à une poupée qu'à un être humain, si ce n'est que ses joues étaient baignées de larmes. De toute évidence, elle était bouleversée.

Leurs regards se croisèrent l'espace d'un instant, puis Viola s'engouffra dans un couloir latéral, visiblement soucieuse d'éviter toute rencontre. Apparemment, elle n'avait pas besoin de guide, elle ! Evidemment, elle devait être une habituée…

Regina passa la tête dans la pièce d'où sortait la jeune princesse et avisa Nico, debout devant une fenêtre. La même que celle où elle avait aperçu le couple, tout à l'heure ?

— Nico ? hasarda-t-elle.

— Cara !

Il se retourna, visiblement surpris de la trouver là.

— Tu as bien dormi ?

— Je pensais que tu viendrais me chercher, hier soir.

— Je n'ai pas osé te réveiller.

— Je viens de croiser Viola…

— Pour la première et la dernière fois.

— Vos fiançailles sont rompues ?

— Je lui ai expliqué la situation, elle s'est montrée extrêmement compréhensive.

— Mais bouleversée.

— Oui.

— Elle paraissait vraiment blessée.

— Je ne lui avais pas parlé de toi auparavant, elle a donc tout appris d'un bloc. Elle fera une annonce à la presse très bientôt.

— Je suis désolée, Nico. Si tu l'aimes, il est encore temps de…

— Ce qui est fait est fait, trancha-t-il. Tu es prête pour le petit déjeuner ? Ma mère nous attend.

Il lui prit la main, mais sans la porter à ses lèvres comme il avait l'habitude de le faire.

Allaient-ils devoir prendre tous leurs repas en

compagnie de sa glaciale future belle-mère, ou bien auraient-ils de temps en temps l'occasion d'être seuls ?

La princesse Gloriana était déjà attablée lorsqu'ils arrivèrent. Un parasol immense protégeait son teint de cire des agressions du soleil. Elle porta sa tasse à ses lèvres puis en essuya délicatement les commissures. Son rouge à lèvres n'avait pas bougé. Elle sourit à peine à son fils et ignora totalement Regina.

C'était peut-être mieux ainsi. Au moins savait-elle à quoi s'en tenir.

— N'est-ce pas une matinée superbe ? demanda-t-elle à l'attention de Nico. Les nuages d'hier ont disparu, rendant à notre Amalfi sa splendeur coutumière.

— C'est vrai, acquiesça Regina, bien qu'on ne se soit pas adressé à elle. La vue sur la mer est magique.

— Le monde entier nous l'envie, assura Gloriana. J'espère que vous êtes remise de votre voyage, ma chère. Pour le bien-être du bébé, il importe que vous vous reposiez.

Regina avala sa salive. Evidemment, la seule chose qui justifiait sa présence ici, c'était l'héritier qu'elle portait. Comment aurait-elle pu l'oublier ?

Nico décela son malaise et lui posa brièvement une main sur la cuisse, puis Tiberio se posta devant elle et s'enquit de ce que *la signora* désirait pour le déjeuner.

Elle se tourna vers le buffet où rien ne manquait, depuis les fruits jusqu'aux croissants, en passant par un assortiment de charcuterie tout à fait opulent.

— Je… je n'ai pas très faim, murmura-t-elle en se levant.

La tête lui tournait, elle avait chaud, elle allait être malade, c'était certain. Où pouvaient bien être les toilettes ?

Nico saisit en un instant la situation et, la prenant par la taille, la conduisit jusqu'à la salle de bains la plus proche.

— Je suis juste là, derrière la porte, assura-t-il en la laissant seule.

La même scène aurait-elle lieu tous les matins ? songea-t-elle avec désespoir. Bien sûr, les nausées liées à sa grossesse étaient inévitables, mais si elle espérait redorer un peu son blason, c'était mal parti !

Elle se passa longuement de l'eau fraîche sur le visage et prit une profonde inspiration. Le malaise était passé, elle se sentait mieux.

— Je suis désolée, murmura-t-elle en retrouvant Nico.

— Ne t'excuse pas. Ne t'excuse jamais, répéta-t-il en la serrant dans ses bras.

Enfin ! Elle attendait ce moment depuis tellement longtemps !

Elle se blottit contre lui, mais l'odeur de son après-rasage, qui la rendait habituellement folle, lui retourna tout à coup le cœur.

— Excuse-moi, dit-elle en se dégageant. Ton après-rasage… Je ne peux pas.

Elle se sentait sans force, livide, quand Nico la reconduisit à sa chambre. Il l'aida à s'allonger et rapporta un gant humecté d'eau fraîche, qu'il lui appliqua sur le front. Le redoutable Tiberio, décidément doué d'ubiquité, attendait ses instructions à la porte.

— Je ne supporte pas l'idée de te rendre malheureux, déclara-t-elle avec lassitude. Tu n'as aucune envie de m'épouser, alors laisse-moi partir. C'est mieux pour nous deux, pour le bébé, pour ta mère…

— Ne dis rien, répondit-il en posant un doigt sur ses lèvres. Dès que tu te sentiras mieux, nous pourrons parler. Tiberio suggère que du fromage blanc et des fruits te feraient du bien. Ce sont les seuls aliments que sa femme pouvait avaler lorsqu'elle était enceinte. Tu veux essayer ?

Elle ferma brièvement les paupières en guise d'assentiment.

— Non ! De la glace, si c'est possible, dit-elle à l'attention de Tiberio. De la glace au chocolat.

— *Gelato, signora ? Si, immediatamente !* prononça le majordome, ravi.

En un clin d'œil, il avait disparu et revenait quelques minutes plus tard avec une énorme coupe de glace.

— Tu permets que je m'absente un moment ? demanda Nico. J'aimerais prendre une douche. Je n'ai pas envie que l'odeur de mon après-rasage te rende de nouveau malade.

— Commence par ne plus prononcer ce mot, gémit-elle en s'efforçant de sourire.

A son retour, une demi-heure plus tard, elle avait terminé son petit déjeuner de bon cœur et se sentait rassérénée. A croire que le bébé connaissait déjà le pêché mignon de ses parents : la glace pour son père, le chocolat pour elle !

Nico s'assit sur le rebord du lit et lui sourit.

— Il est encore temps d'annuler le mariage, dit-elle.

— Je n'en ai pas l'intention.

— A quoi ça rime ? Un mariage insincère, un divorce juste après…

— Tout le monde doit l'ignorer, Cara. Sois vigilante sur ce point. Les murs ont des oreilles, ici, et la rumeur se propage à une vitesse dont tu n'as pas idée. Si jamais les médias découvraient le pot aux roses, ce serait désastreux. Ma propre famille, Massimo en tête, a du mal à garder un secret. Je suppose que ça tient au caractère extraverti des Italiens, à notre goût pour les cancaneries. Mais la dernière chose que je souhaite pour notre enfant, c'est que sa naissance soit liée à un scandale, tu comprends ?

— Oui. Nous devrons vivre dans le mensonge, faire semblant de nous aimer. Je veux bien essayer, si tu m'assures que ça ne durera qu'un an.

— Ce n'est tout de même pas le bagne ! s'indigna-t-il. Faisons une répétition : embrasse-moi en faisant semblant d'en avoir envie.

Elle eut une seconde d'hésitation et éclata de rire.

— D'accord…

Ils se levèrent de concert et se firent face. Elle tendit les lèvres, les yeux mi-clos, tandis que Nico la prenait par la taille.

Il suffit qu'il frôle sa bouche pour qu'instantanément, elle oublie qu'ils jouaient. Une onde de chaleur lui traversa le corps, et il l'attira à elle dans un baiser plus profond.

— Tu… tu simules à merveille, balbutia Nico en souriant.

— Attends, je suis sûre que je peux mieux faire, avec davantage de pratique.

Elle jeta les bras autour de ses larges épaules et embrassa de nouveau son compagnon, mordant ses lèvres avec gourmandise.

Nico lui répondit avec passion, et il venait de glisser une main le long de sa cuisse lorsqu'on frappa à la porte.

Elle poussa un soupir tandis que son compagnon, visiblement aussi dépité qu'elle, allait ouvrir.

Sa mère s'excusa poliment de venir les déranger et annonça qu'elle avait à parler à son fils.

— Ça ne peut pas attendre ?

— Je crains que non. La situation exige ta présence, répliqua-t-elle d'un ton sans appel.

— Désolé, Cara, dit Nico avant de la quitter.

Regina, encore sous l'effet de ses caresses, marcha jusqu'à la terrasse et s'accouda à la balustrade.

Combien de fois se retrouverait-elle seule dans cette immense demeure, pendant que Nico gérerait ses affaires ? Il fallait qu'elle trouve un travail, n'importe quoi qui lui occupe l'esprit, ou elle allait devenir folle. Mais que faire ici ? Aucune chance qu'elle trouve un poste d'avocate dans un pays dont elle ne parlait pas la langue. A quoi les princesses pouvaient-elles bien passer leurs journées ? Elles devaient mourir d'ennui, enfermées dans leurs cages dorées…

Elle décida de faire une nouvelle promenade dans le parc, qu'elle était loin d'avoir entièrement exploré. En passant derrière une haie qu'un jardinier était occupé à tailler, elle découvrit un petit portail en fer forgé en partie recouvert de lierre.

Intriguée, elle demanda à l'employé, un tout jeune homme, où menait le sentier. Il ôta les oreillettes de son MP3 et s'efforça de lui expliquer, moitié en italien-moitié en anglais, à grands renforts de gestes, qu'il s'agissait d'une ancienne voie utilisée par les bergers et leurs troupeaux.

Ravie de sa trouvaille, elle passa le portail et suivit le chemin qui serpentait entre les rochers.

Une heure plus tard, elle était perdue. Emportée par la magie des paysages, elle n'avait pas pensé à prendre des repères. Quelle idiote !

Elle s'assit sur un rocher et sortit son portable. Zut, elle l'avait éteint ! Et visiblement, Nico avait essayé de la joindre… six fois !

— Où es-tu ? tonna-t-il lorsqu'elle le rappela.

— Je n'en ai pas la moindre idée. En me promenant dans le parc, j'ai découvert un passage qui descendait vers les rochers.

Nico lui demanda de lui décrire ce qu'elle voyait, et à peine un quart d'heure plus tard, elle le vit apparaître.

— J'étais mort d'inquiétude, dit-il, hors d'haleine. J'ai pensé que tu m'avais quitté.

— Je suis désolée…

Ainsi, il s'inquiétait pour elle, même un tout petit peu ? Etait-il possible qu'il ait besoin d'elle comme elle avait besoin de lui ?

Debout devant elle, son profil altier tourné vers la mer, il lui semblait surtout terriblement seul.

Qui était ce prince qu'elle s'apprêtait à épouser, ce beau, ce mystérieux étranger ?

- 18 -

« Principessa Regina Carina Tomei di Romano »...

Assise sur le rebord du lit, Regina regardait, incrédule, l'alliance à son annulaire. Elle portait encore la robe blanche toute simple qu'elle avait choisie pour la cérémonie. Mon Dieu ! Elle venait d'épouser un homme dont elle ignorait tout ou presque, à part qu'il savait la rendre folle de plaisir.

Dans le salon d'or de la villa, le mariage avait été célébré en petit comité, sous le regard toujours impénétrable de Gloriana.

Prise de nausées comme tous les matins, elle avait prononcé les paroles rituelles de façon à peu près inaudible, sauf pour Nico, qui avait tout de même dû se pencher vers elle pour entendre le « oui » fatidique. A présent, c'en était fait, il était coincé. Tout comme elle. Et le pire, c'est que le monde entier avait les yeux rivés sur elle, attendant qu'elle trébuche dans ses pantoufles de vair !

La presse avait été prévenue juste après la cérémonie, et un journaliste de confiance, qui avait accepté que Gloriana relise son interview avant qu'il ne la publie, venait de l'interroger. Enfin, c'était un bien grand mot, parce que les nausées l'avaient reprise après la deuxième question.

— La « bonne amie » du prince, la princesse Viola, faisait-elle partie des invités ?

— Nous tenions à une cérémonie très privée, avait répondu Regina comme on le lui avait enseigné. Nous souhaitions que seules nos deux familles soient présentes.

— Une décision très soudaine.

— Oui, en effet…

Et c'était tout. Elle s'était levée d'un bond pour courir se réfugier dans la salle de bains.

Dépitée d'avoir raté cette première entrevue avec un journaliste, elle rejoignit la terrasse et contempla un instant les deux cygnes inséparables de la pièce d'eau. Ce tableau paisible l'aida à se remettre les idées en place. Au moins le plus dur était-il passé. Cette épouvantable cérémonie derrière elle, la vie allait pouvoir reprendre un cours normal.

Les préparatifs, l'arrivée de sa famille à la villa, tout s'était passé comme dans un rêve, sans qu'elle en maîtrise rien. La veille, seulement, Viola avait annoncé à la presse que son mariage avec le prince Nico Romano n'avait été qu'une rumeur. Qu'ils avaient toujours été et resteraient de bons amis.

Invité à commenter l'événement, Nico avait fait dire qu'il n'était pas disponible. Et la « bonne amie » de Nico n'avait bien entendu pas assisté à son mariage avec la *signorina* Regina Carina Tomei, lequel s'était tenu dans le plus beau salon de réception du palais, au milieu d'une mer de roses et d'orchidées. La princesse Gloriana n'avait pas desserré les dents durant la cérémonie civile, ni même à la réception qui avait suivi pour une centaine d'invités privilégiés. Quant à Nico, il avait tenu son rôle à merveille, comme toujours. Mais c'est à peine si Regina avait eu droit à un sourire lorsqu'il lui avait passé la bague au doigt.

Heureusement que la petite Gina et son père avaient été là pour mettre un peu de gaieté dans l'assemblée. La grand-mère de Nico n'avait pas été mal non plus. Trop heureuse sans doute d'avoir l'occasion de contrarier sa fille, elle avait débarqué en trombe deux secondes avant la cérémonie, vêtue d'une tenue extravagante et couverte de bijoux comme une gitane !

Regina repensa à l'attitude de son père et ne put s'empêcher d'en éprouver une certaine fierté. Ce dernier en effet n'avait pas paru impressionné par le faste de la villa. L'accueil figé de Gloriana ne l'avait pas démonté, pas plus que l'arrivée de la sœur aîné de Nico, la princesse Carolina, rentrée de Madrid pour l'occasion en s'indignant de ce qu'on l'ait prévenue aussi tard. Ses parents, l'un comme l'autre, étaient simplement heureux pour elle, la débauche de luxe qui entourait la cérémonie ne comptait guère pour eux. S'ils savaient que tout cela n'était qu'une sinistre farce !

Entendant un léger raclement de gorge derrière elle, elle se retourna.

Le cauchemar continuait ! Gloriana, dans une robe blanche venue tout droit de Paris, la toisait avec une froideur mêlée de tristesse. Elle n'aurait pas fait une autre tête si elle avait enterré son fils !

— J'ai frappé, mais vous n'avez pas dû m'entendre, déclara celle-ci. Tout le monde se demande où vous êtes, Nico est extrêmement contrarié.

— Combien de temps va-t-il me falloir pour apprendre que seules les apparences comptent dans votre monde ? observa-t-elle avec un soupir.

— C'est votre heure de gloire. J'avais pensé que vous aimeriez assister à la réception.

— Que me reprochez-vous, au juste ?

— Vous avez rencontré mon fils alors qu'il était encore fragile, endeuillé par la perte de son épouse. Il ne vous aime pas. Dès qu'il aura recouvré ses esprits, je peux même vous assurer qu'il vous détestera. Ce mariage est absurde. Vous n'avez aucun titre, pas même une fortune. Qui êtes-vous ? Une avocate renvoyée pour incompétence.

C'était dur à avaler, mais pour une fois, cela

avait le mérite d'être sincère. Et le moins qu'on puisse dire, c'est que quand Gloriana se décidait à parler, elle ne passait pas par quatre chemins. D'une certaine façon, et malgré la violence des propos qu'elle venait d'entendre, Regina se sentit soulagée. Au moins, les choses étaient-elles dites.

— Il se trouve que je l'aime, répondit-elle, décidée à ne pas se laisser impressionner.

— Je l'espère. Pour lui.

— Nous l'aimons toutes les deux. Voilà au moins une chose que nous avons en commun.

— Un jour très prochain, vous saurez ce qu'est l'amour d'une mère pour son enfant. Je veux ce qu'il y a de meilleur pour mon fils. La seule chose que je vous demande, c'est de jouer votre rôle sans faire de faux pas. Il a suffisamment souffert jusque-là pour que vous veilliez à ne pas lui faire davantage de mal.

— Me donnerez-vous des cours de maintien ?

Regina sentait bien qu'elle poussait loin l'insolence, mais c'était plus fort qu'elle. Comment une femme aussi austère pouvait-elle lui donner des leçons en matière d'amour, de sentiments ? La conversation, d'abord courtoise et froide, prenait un tour périlleux, et elle aurait sans doute mal fini si Nico n'était apparu derrière sa mère.

Celle-ci se retourna, affichant tout à coup une parfaite sérénité.

— Je te laisse avec ta jeune épouse, mon chéri.

— Je vous cherchais, toutes les deux. Les photographes vous demandent.

— Encore ? maugréa Regina.

— La séance sera courte, assura-t-il.

Cinq minutes plus tard, les jeunes mariés, enlacés sur un des balcons, le regard tourné vers le feu d'artifice tiré en leur honneur, posaient pour la postérité.

— Souris, Cara. Ils veulent un conte de fées.

« Moi aussi ! » faillit-elle répondre en s'exécutant, tandis que les flashs crépitaient.

Les photos, les interviews, elle allait devoir s'y faire. Lucy ne lui avait-elle pas laissé, la veille, des messages paniqués sur son répondeur ? Une horde de journalistes campait devant sa porte pour lui extorquer des détails croustillants au sujet du voyage de sa meilleure amie en Italie.

— Qu'est-ce que je dois leur dire ? gémissait son amie dans le combiné, visiblement à bout de nerfs. J'ai des contractions chaque fois que mon téléphone sonne !

Nico se rapprocha d'elle et, tout en souriant aux photographes, lui glissa à l'oreille :

— Tu es une femme organisée, qui ne laisse rien au hasard, murmura-t-il. Pourquoi, parmi tous les hommes qui peuplent la terre, m'avoir choisi, *moi* ?

— Je ne t'ai pas choisi. Je… J'ai été attirée par toi, irrésistiblement.

— Mais tu savais qui j'étais, n'est-ce pas ?

Voilà qu'il recommençait ! Elle secoua vigoureusement la tête.

— Non, je te l'ai dit cent fois !

— Lorsqu'une femme me désire, en général, c'est parce qu'elle sait que je suis un Romano et l'héritier de tout cela, reprit-il en désignant le parc d'un geste large.

— Je l'ignorais.

— Ce n'est pourtant pas dans ton caractère. Tu es une calculatrice.

— C'est ce que t'a dit le détective que tu as engagé pour tout savoir de moi, je suppose ? Et si tu m'écoutais, pour une fois, si tu me croyais ? Nous nous sommes rencontrés par hasard, Nico. C'est arrivé, et c'est tout. J'ignorais ton identité, je te le jure.

Regina avait passé une nuisette de dentelle outrageusement transparente et un déshabillé de soie noire, tous deux achetés à Portofino spécialement pour sa nuit de noces. Mais chaque fois que son regard se posait sur les draps de satin rouge du lit, elle se mettait à trembler.

— Je ferais mieux de te laisser, suggéra Susana.

Il sait peut-être que je suis là, c'est pour ça qu'il ne monte pas.

— Non, attends ! s'écria-t-elle en retenant sa sœur par le bras. Il y a quelque chose que je veux te dire. Un secret.

— Décidément, on est vraiment en plein conte de fées ! plaisanta sa cadette en se rasseyant.

— Justement, non. C'est bien là le problème. Nico n'avait pas l'intention de m'épouser. C'est Viola qu'il voulait. Nous sommes censés divorcer dans un an.

— Arrête, Reggie ! Cet homme est amoureux de toi, je te l'ai dit. En amour, je ne me trompe jamais.

— Tu es tellement naïve ! Regarde cette chambre. Tu trouves que j'appartiens à ce monde ?

— Et pourquoi pas ? Si Joe avait grandi avec une cuiller en argent dans la bouche, je m'y serais faite, crois-moi ! Parce que je tiens à lui, voilà tout. Tu es si pessimiste, parfois. Toujours persuadée que personne ne t'aime ! Comment, avec toutes tes qualités, peux-tu avoir une opinion de toi aussi lamentable ?

— Aimer a l'air si simple pour toi…

— Peut-être parce que tu as toujours été là pour me protéger ? Enfant, grâce à toi, je me sentais en sécurité, j'étais heureuse. Fais-moi confiance, ma vieille, ça va marcher. Tu l'aimes ?

— Oui, évidemment ! Mais je crois qu'en amour, j'ai vraiment la poisse.

— Le passé ne compte pas. Si vraiment tu penses que Nico est l'homme de ta vie, si tu es prête à t'engager à ses côtés, tu sauras le rendre heureux.

— J'aimerais tellement te croire ! Papa avait l'air si fier de moi, aujourd'hui.

— Il a été génial, jusqu'à ce que l'excès de champagne lui colle la migraine. Du coup, il est allé se coucher, et maman râle parce qu'elle voulait danser. Mais dis donc, il est tard, ajouta Susana en regardant sa montre. Il faut que j'aille voir si les jumeaux vont bien et si Gina ne harcèle pas les invités pour qu'on lui raconte une histoire. Mais je n'aime pas te laisser dans cet état… Dieu sait de quoi tu es capable !

— Ça va aller, ne t'inquiète pas.

— Tu es sûre ?

Regina rassembla tout son courage et acquiesça d'un signe de tête.

— Ma grande sœur, une princesse ! s'exclama Susana en l'embrassant.

Restée seule, Regina fit les cent pas dans la chambre, en proie à un désarroi qu'elle ne parvenait pas à maîtriser. Finalement, elle chercha un peu d'air frais sur la terrasse et… Rêvait-elle ou, juste sous sa fenêtre, une silhouette masculine semblait-elle l'observer ?

— Nico ? appela-t-elle en se penchant à la balustrade.

Il allait faire demi-tour, mais elle l'appela de nouveau, plus fort.

— Monte, ou je te jure que la presse va faire ses choux gras de ce que je vais lui mettre sous la dent, menaça-t-elle en faisant glisser son déshabillé sur le sol.

— Non ! cria Nico.

— Tu ferais mieux de monter, sinon j'enlève le reste et j'attends les paparazzis !

- 19 -

Hors de lui, Nico monta l'escalier quatre à quatre et courut vers les appartements rouges.

Qu'est-ce qui avait bien pu se passer dans la tête de Cara ? Sous son déshabillé, elle portait une chemise de nuit transparente, autant dire qu'elle était nue ! N'importe qui aurait pu la voir et prendre des photos. Une chance que le parc ait été désert à cette heure.

Furieux, il fit irruption dans la chambre et claqua la porte derrière lui.

La lumière était éteinte, seule sa respiration haletante venait rompre le silence.

C'est alors que Cara sortit de l'ombre. Dans le clair de lune, elle apparut nue, une fleur de gardénia dans les cheveux, plus belle que toutes les statues de la Grèce et de Rome réunies.

— Nico, murmura-t-elle, je t'ai tellement attendu.

Les poings serrés, il s'efforçait de calmer les

battements de son cœur, d'éteindre le feu qui brûlait dans sa poitrine. Il franchit les quelques mètres qui les séparaient et, la soulevant du sol, roula avec elle sur le lit.

— Tu t'apprêtais à t'offrir au monde entier, alors que tu es à moi, à moi seul !

— Oui, Nico, à toi ! Pour toujours.

— Tu as gagné, prononça-t-il, se débarrassant fébrilement de ses vêtements.

Plus rien n'avait d'importance qu'être en elle, oublier dans ses bras les épreuves qu'ils avaient vécues. Jamais il ne pourrait se rassasier de la sentir frissonner sous lui, jamais plus il ne pourrait vivre sans l'odeur de sa peau. Il voulait en goûter chaque centimètre, chaque infime parcelle, et recommencer.

Ils firent l'amour sur le lit, par terre, contre le mur, jusqu'à ce que leurs corps demandent grâce.

En la regardant s'endormir, il comprit que c'était auprès de Cara qu'il voulait vivre. Toujours. Et quelle qu'elle puisse être. Etait-elle une parvenue prête à tout pour réussir ? Une ensorceleuse décidée à le séduire parce qu'elle préférait un prince à un donneur de sperme anonyme ? Il s'en moquait complètement.

Un an à ses côtés, cela ne suffirait jamais. Mais il l'aimait trop pour la forcer à rester. Après tout, il lui avait imposé ce mariage alors qu'elle tenait farouchement à son indépendance. Il avait complètement perdu la raison en allant la retrouver à Austin. Fou de rage, aveugle, il n'avait rien voulu entendre lorsqu'elle avait protesté. Il avait agi en véritable goujat, l'accusant des pires vices, et il avait tout géré à sa place, la transplantant dans un monde qui, c'était évident, lui répugnait.

Sans un bruit, il se leva, récupéra ses vêtements épars sur le sol et sortit sur la terrasse.

Comment avait-il pu être assez égoïste pour la contraindre à tant de sacrifices ?

Lorsque Regina s'éveilla, son mari n'était plus à côté d'elle. En une fraction de seconde, elle se remémora la nuit qu'ils venaient de passer.

Mon Dieu ! Elle avait totalement perdu la tête ! La façon dont elle s'était donnée à lui, sans réserve, les caresses qu'elle lui avait prodiguées, qu'elle avait exigées de lui… Qu'allait-il penser d'elle, à présent ? Qu'il ait épousé une roturière, passe encore, mais une nymphomane !

— Nico ? appela-t-elle doucement.

Le jour allait bientôt se lever. Où son insatiable amant pouvait-il bien être ?

Elle chercha vainement sa chemise de nuit et s'enveloppa dans le drap de satin rouge. Elle s'apprêtait à aller voir dans la salle de bains lorsqu'elle l'aperçut, assis sur la terrasse. Son visage, qu'elle voyait de profil, paraissait livide dans les lueurs blafardes de l'aube.

— Nico !

Il sursauta mais ne se retourna pas.

— Je suis désolé, murmura-t-il en hochant lentement la tête.

— Je… je ne comprends pas.

— J'ai perdu la raison, je n'étais plus moi-même.

— Tu regrettes cette nuit ? demanda-t-elle d'une voix tremblante.

— Ce n'est pas ça…

— Il suffit qu'on s'approche un peu trop près l'un de l'autre pour que le désir nous submerge. Moi aussi, je suis désolée.

— Tu n'as pas à l'être ! J'étais fou quand je t'ai obligée à m'épouser, à passer cette année avec moi… Et suffisamment arrogant pour me figurer que tu ne t'intéressais qu'à ma position.

— Nico, de quoi parles-tu ?

— Tu n'es pas la créature vénale dont j'ai brossé le portrait l'autre jour, à Austin. Je ne peux pas te forcer à rester avec moi. Pour toi, pour le bébé, ça n'a pas de sens.

— Tu es en train de me dire que tu veux que je parte ?

Elle le regardait, hébétée, incapable de retenir les larmes qui coulaient le long de ses joues.

— Très bien, balbutia-t-elle. Je m'en irai demain avec ma famille, si c'est ce que tu veux maintenant. Dieu sait comment je vais leur expliquer... Ils pensent que nous nous aimons.

— Tu avais raison, je n'aurais jamais dû les impliquer dans cette histoire. Je me rends compte à présent du tort que je leur ai causé. Ce qu'ils vont lire dans les journaux va les tuer...

— Je me fous pas mal des journaux ! s'indigna-t-elle en se réfugiant dans la salle de bains.

Comment avait-elle pu croire qu'il l'aimait ? Depuis quand était-elle *aimable*, d'ailleurs ? Elle n'était pas Susana.

La limousine allait amorcer un virage lorsque Regina hurla.

— Stop ! Arrêtez la voiture !

Les jumeaux pleuraient, Gina chantait à tue-tête l'air des sept nains : le chauffeur ne l'avait visiblement pas entendue et continuait sa route.

— Stooop ! répéta-t-elle en frappant contre la vitre qui les séparait.

Lorsque, enfin, il s'arrêta, elle se tourna vers sa famille.

— J'en ai pour une minute, assura-t-elle.

Ses parents, sous le choc depuis qu'elle leur avait annoncé qu'elle quittait Nico et rentrait à Austin avec eux, se regardèrent avec inquiétude. Susana, qui avait insisté pour qu'elle ne laisse pas tomber aussi facilement, refusait désormais de lui adresser la parole.

Regina sortit de la voiture et se dirigea vers la plage, le banc où elle était assise lorsqu'elle avait vu Nico pour la première fois. Au large, le *Simonetta*, dont elle devinait la silhouette à travers ses larmes, lui rappelait tout l'amour qu'elle laissait sur cette côte.

Elle enfouit sa tête dans ses mains et éclata en sanglots.

— Cara…

Nico ? Elle se leva, incapable d'y croire. Déjà, celui qui, comme dans un rêve était devenu son mari, enserrait sa taille et l'attirait à lui.

— Ta sœur est venue me parler, ce matin. Pourquoi pleures-tu, Cara ?

— Parce que je ne te mérite pas. Parce que j'ai tout gâché, comme toujours.

— Je t'aime…

— Ta mère ne me supporte pas.

— Elle vit ici, et elle est en général très occupée.

— Je croyais que tu partageais le palais avec elle.

— Non, ma résidence principale est à Florence.

— Qu'importe, murmura-t-elle. Pourquoi parle-t-on de ça ?

— Parce que nous avons peur de nos sentiments l'un pour l'autre. Viens…

Il lui prit la main, et deux minutes plus tard, ils embarquaient sur le *Simonetta*.

— Oh ! Mon Dieu ! s'exclama-t-elle soudain. J'ai complètement oublié mes parents, Susana… Ils m'attendent dans la limousine.

Nico éclata de rire et sortit son portable. Lorsqu'il eut raccroché, il la prit dans ses bras et déposa un baiser sur ses lèvres.

— Susana te demande de l'appeler dès que tu le pourras. Ah, j'oubliais, elle tient aussi à ce que tu lui sois éternellement reconnaissante ! Elle pense que c'est grâce à elle si aujourd'hui, nous deux… Enfin, ne t'inquiète pas, ta famille est en route pour l'aéroport. Et nous… nous avons toute la vie.

— Nico…

— Susana a fini de m'ouvrir les yeux. Elle m'a expliqué à quel point tu manquais de confiance en toi, combien aussi elle t'avait trouvé changée à ton retour d'Italie, combien ça l'avait convaincue que quelque chose d'inédit, de profond, s'était produit dans ton existence. La manière dont tu as écouté ton cœur aux dépens de ta carrière, préférant perdre un job en or plutôt que de défendre des escrocs, a achevé de la persuader. Pour elle, ça ne faisait aucun doute : l'amour, l'amour véritable, pouvait seul être la cause d'une telle métamorphose. Quant à moi, je m'en veux d'avoir douté de toi. Je sais maintenant que jamais tu n'as cherché à me tromper, que tu n'as jamais vibré devant les signes de ma richesse. Cara, veux-tu être ma femme ? Une année ne suffira pas, je te préviens. Je te veux pour la vie entière.

— Oh, Nico, ce serait le paradis, balbutia-t-elle, les yeux baignés de larmes.

— Oui, dit-il en l'attirant à lui. Fini *l'Enfer*, fini le *Purgatoire*, il est temps que nous goûtions à la félicité des dieux, comme dit Dante !

Passions

Le 1er mai

Passions n°81

Une nuit avec toi - Susan Crosby

Quand Nicole tombe par hasard sur l'inconnu avec lequel elle a partagé une nuit de passion trois mois plus tôt, et qu'elle comprend qu'il compte rester dans les parages un certain temps, elle est atterrée : comment pourra-t-elle continuer à lui cacher qu'elle est enceinte ?

Les roses de la vengeance - Katherine Garbera

En proposant à Gavin Renard de travailler pour lui, Tempest Lambert ne se doute pas qu'elle vient de se jeter dans la gueule du loup. Car cet homme qui l'attire irrésistiblement n'a qu'une idée en tête : la séduire afin d'assouvir la haine qu'il voue à sa famille...

Passions n°82

Au piège du désir - Peggy Webb

Dans une petite ville du Mississippi, les élections de la Reine de Beauté se préparent. Crystal Jean, la plus jolie des candidates, accorde une interview à Clint Garrett, un reporter aux allures de baroudeur. Flattée d'abord par son intérêt pour elle, CJ s'irrite bientôt de l'attitude entreprenante de Clint et décide de garder prudemment ses distances avec lui...

La rivière des serments - Liz Flaherty

Micah Walker, l'ex-mauvais garçon, a fait fortune et revient en ville. Tout au long de la rivière Twilight, la rumeur se répand. Mais ce que tous ignore c'est qu'en revenant chez lui, Micah nourrit un espoir fou : revoir Landy Wisdom, l'héritière de la plus riche famille de la région, la jeune fille si belle et si fragile qu'on lui a interdit d'aimer autrefois...

Passions n°83

La fiancée de Case Fortune - Peggy Moreland

Quoique méfiante à l'égard du richissime Case Fortune, qui représente le type d'hommes qu'elle a juré de fuir comme la peste, Gina finit par succomber à la cour assidue de cet homme aussi séduisant qu'attentionné. Avant de découvrir, le cœur brisé, qu'il s'est bel et bien servi d'elle...

Une passion anglaise - Julie Cohen

Séduite par l'homme au charme envoûtant qu'elle vient d'engager pour sa nouvelle campagne de publicité, Jane sollicite par mail les conseils de son vieil ami d'enfance, avec lequel elle a récemment renoué sur Internet. Sans imaginer que ce dernier et le modèle qui la trouble tant ne font qu'un...

Passions n°84

Rendez-vous à Venise - Vivienne Wallington

Venise. C'est là que quatre ans plus tôt, Annabelle et Simon se sont connus. Là qu'ils ont échangé leur premier baiser. Là qu'ils se sont mariés, avant de se séparer brutalement, douloureusement. Aujourd'hui, Annabelle est de retour à Venise, et Simon est venu à sa rencontre. Pour la reconquérir. Pour raviver le feu de cet amour qui n'aurait jamais dû s'éteindre...

Pour un été ou pour la vie - Lisa Jackson

Lorsqu'elle avait dix-sept ans, Jamie est tombée amoureuse de Slade McCafferty, l'homme le plus dangereusement séduisant... et le plus insaisissable qui soit. Mais, après un été de passion, Slade l'a quittée pour une autre. Plus mûre, plus riche. De cette blessure Jamie ne s'est jamais remise. Et voilà qu'aujourd'hui, Slade est de retour...

Passions n°85

Le secret de Rebecca - Tessa Radley

Quand Damon Asteriade lui a brisé le cœur en épousant sa meilleure amie, Rebecca s'est fait la promesse de ne jamais le revoir. Mais lorsqu'il revient vers elle, quatre ans plus tard, libre, elle comprend que cet homme fait désormais partie de son destin. Même si un lourd secret les sépare...

Pour l'amour d'un prince - Emilie Rose

En acceptant de laisser le séduisant inconnu qu'elle vient de rencontrer lui servir de guide à travers les ruelles de Monaco, Madeline a bien conscience de jouer avec le feu. Mais si elle est prête à prendre le risque de tomber sous le charme de cet homme, elle n'imagine pas qu'il lui a menti du tout au tout sur son identité...